Aussicht auf Fichten

Ein Oberfranken-Liebesroman

Melanie Schubert

Impressum

Bibliografische Information der Deutschen Nationalbibliothek:
Die Deutsche Nationalbibliothek verzeichnet diese Publikation in der
Deutschen Nationalbibliografie; detaillierte bibliografische Daten sind
im Internet über *https://dnb.d-nb.de* abrufbar.

Mögliche Ähnlichkeiten oder Verwechslungen von fiktiven Charakteren
in diesem Buch mit realen Personen sind unbeabsichtigt und ohne realen
Bezug.

Zweite Auflage: Oktober 2023
Copyright © 2021 Melanie Schubert
c/o Fakriro GdR / Impressumsservice, Bodenfeldstr. 9, 91438 Bad Windsheim
Lektorat: Simona Turini | lektorat-turini.de
Korrektorat: Michael Haitel im Auftrag von Kia Kahawa | kiakahawa.de
Satz: Bente Hinske im Auftrag von Kia Kahawa | kiakahawa.de
Layout und Umschlaggestaltung: © 2021 Caro Wurm
Herstellung und Verlag: BoD – Books on Demand, Norderstedt
Alle Rechte vorbehalten

ISBN: 978-3-7557-4128-2

Für Jürgen

Kapitel 1

Je länger die Fahrt dauerte, desto schlechter wurde Maikes Laune. Die war bei der Abfahrt in Frankfurt schon nicht gut gewesen, jetzt war sie richtig mies.

Und die Fahrt wollte kein Ende nehmen. Viel zu lange fuhr sie bereits auf dieser schrecklichen Bundesstraße Richtung Osten. Kaum hatte sie auf einem der wenigen Überholstreifen einen Lkw mit tschechischem Nummernschild überholt, war der nächste vor ihr.

Felder und kleine Ortschaften wechselten sich in ihrer Trostlosigkeit mit finsteren Waldstücken ab. Mehr hatte dieses Mittelgebirge bisher nicht zu bieten. Wie zäher Kaugummi zog sich die Fahrt nun schon seit Beginn. Nach dem stundenlangen Stau, in den sie kurz hinter Frankfurt geraten war, war sie um jeden Kilometer froh, den der Firmenwagen sie dem Ziel näher brachte.

Oberfranken. Hochstätt lachte sich wahrscheinlich gerade krumm und schief über sie. Es passte ihm sicherlich großartig in den Kram, dass Herr Kaiser ausgerechnet sie für diesen Auftrag in der bayerischen Provinz ausgewählt hatte. Sie hätte jetzt auf dem Weg nach Hamburg sein können, aber stattdessen hatte sich Hochstätt als ihr direkter Vorgesetzter den Job dort selbst unter den Nagel gerissen. Der bekam sogar ein ganzes Team dafür. In Oberfranken brauchte sie kein Team, auch keine Assistenten, hatte er süffisant grinsend zu ihr gesagt. Für eine Firma dieser bescheidenen Größe seien ihre fachliche Kompetenz und ihr weibliches Einfühlungsvermögen wichtiger. Pah! Der wollte sie doch nur als Konkurrentin loswerden.

Energisch drehte sie die Lautstärke ihres Radios höher.

7

Vielleicht half ja der USB-Stick mit Tamaras Aufmunterungsmusik. Ihr Herz setzte vor Schreck aus, als ohrenbetäubend laut ein Anruf angekündigt wurde. Schnell drehte Maike den Regler etwas herunter und drückte auf die Anrufannahme.

„Frau Kellermann?", meldete sich eine Frauenstimme aus der Freisprechanlage.

„Ja? Hallo?"

„Hier ist Bauer von Polytech! Wo sind Sie gerade?"

„Hallo, Frau Bauer! Ich bin noch auf der Anreise. Ich hatte großes Pech mit dem Verkehr. Mein Navi meldet, dass ich noch etwa zwanzig Minuten nach Oberstemmenreuth brauche."

„Das ist gut, dann schaffen Sie es ja vor 18 Uhr. Herr Langmaier hätte Sie gerne heute noch persönlich gesprochen."

„Wäre es möglich, dass ich mich vorher irgendwo etwas frisch machen und vorbereiten kann?"

„Herr Langmaier verabschiedet sich ab morgen für drei Wochen in einen kurzfristigen Kuraufenthalt. Daher will er Sie vorher noch treffen. Er wartet auf Sie."

Das hieß dann wohl nein.

„Ist gut", gab Maike resigniert nach. „Ich bin in spätestens einer halben Stunde in der Firma."

„Großartig. Dann bis gleich."

„Ja, bis gleich."

Super. Der Tag wurde immer besser. Dreißig Kilometer noch bis zur tschechischen Grenze, zeigte ihr ein Schild im Vorbeifahren an. Erst hatte sie gedacht, Bayern, das sei gar nicht so schlimm. München und die Alpen hatten ihr immer gefallen. Leider war Bayern groß. Leider war Bayern vielseitig und leider lag die Firma ihres Kunden rund 250 Kilometer von München entfernt.

Polytech war im östlichsten Oberfranken zu Hause, wenige Fahrminuten von der tschechischen Grenze und nur fünfzig Kilometer von der sächsischen weg. Maike war Großstädterin durch und durch und mit jedem durchfahrenen Waldstück wurde ihr klarer, dass das hier nichts mit München oder den Alpen zu tun hatte. Die kommenden Wochen würden eine besondere Herausforderung werden.

„Bitte die nächste Ausfahrt nehmen und nach 150 Metern rechts nach Oberstemmenreuth abbiegen!"

8

Vor Schreck verriss sie fast das Lenkrad. Zum Glück konnte sie gleich von dieser verdammten Bundesstraße abfahren.

Die Trostlosigkeit, die sie erfüllt hatte, während sie hinter den Lkws hergefahren war, steigerte sich, als sie Oberstemmenreuth erreichte. Viele der Häuser an der Hauptstraße standen leer. Alle benötigten einen neuen Anstrich und keines sah einladend aus. Die Geschäfte, an denen sie vorbeifuhr, versprachen kein Einkaufsvergnügen und die meisten Menschen, die sie sah, hatten die besten Jahre hinter sich. So wie ihre Häuser.

Die Hauptstraße führte bergab, wo sich ein großer Teich befand – der Dorfweiher, wie ihn ein Hinweisschild nannte – und schließlich wieder einen Hügel nach oben.

Die Gehwege waren heruntergekommene Stolperfallen und die buckelige Hauptstraße erst recht. Ihr Audi schüttelte sie hin und her, während er von einem Schlagloch ins nächste rumste.

Den Hügel erklommen, erstreckte sich vor ihren Augen eine leicht abfallende Fläche. Von hier aus überblickte sie den ganzen Rest der Gemeinde Oberstemmenreuth. Am Ortsrand sah sie alte und neue Wohngebiete und im weiteren Verlauf der Hauptstraße konnte man ein Gewerbegebiet ausmachen. Dahinter durchzogen Felder und Wiesen die Landschaft, durch deren Kahlheit Maikes Niedergeschlagenheit nur noch mehr zunahm. In der Ferne stieg das Gelände wieder zu einem Berg hin an, der von dunklen Nadelhölzern und blattlosen Laubbäumen bedeckt als gewaltige finstere Front ihren Blick auffing. Lag da oben am Waldrand tatsächlich noch Schnee? Es war doch schon April! Der Bordcomputer ihres Audi zeigte sieben Grad Celsius an. Bei 18 Grad war sie in Frankfurt losgefahren. Sie hatte nicht einmal eine warme Jacke dabei.

Mit einem dicken Kloß im Hals steuerte sie ihr Auto auf das Gewerbegebiet zu und fuhr auf den Parkplatz der Firma Polytech. Das Navi hätte sie dafür kaum gebraucht, denn viel Auswahl an Betrieben gab es hier nicht. Unter den paar kleineren Gewerbebauten, an denen sie vorbeifuhr, war Polytech bei Weitem das Größte.

Das Unternehmen bestand aus mehreren großen, grauen Hallenbauten und einem Bürogebäude an der linken Seite.

9

Dazwischen erstreckte sich ein breiter Werkshof. Vor dem Bürogebäude befand sich ein gepflasterter Parkplatz mit gut drei Dutzend Stellplätzen. Eingerahmt von einem gepflegten Vorgarten lag der Eingang zum Gebäude, über dem ein großes Schild auf die „Anmeldung" hinwies.

Der Parkplatz war fast leer, nur wenige Wagen standen dort. Aber es war auch bereits später Nachmittag und wahrscheinlich hatten die meisten Mitarbeiter schon Feierabend.

Maike wählte einen für Gäste ausgewiesenen Parkplatz auf der rechten Seite zwischen einem leeren Parkstreifen mit dem Schild „Geschäftsführung" und einer mannshohen, noch kahlen Hecke.

Sie zog ihr Schminktäschchen aus der Aktentasche, die sie im Fußraum des Beifahrersitzes abgestellt hatte, und kramte ärgerlich darin herum. Wenn sie gewusst hätte, dass sie sich vor dem Treffen mit ihrem Auftraggeber nicht mehr richtig schickmachen konnte, hätte sie auf der Fahrt an einem Rastplatz gehalten, um das zu erledigen. In der Unternehmensberatung war ein professioneller Eindruck einfach alles.

Sie verpasste ihrem Make-up mit Wimperntusche gerade den letzten Schliff, als ein schwarzer BMW recht energisch neben ihr einparkte. Heavy-Metal-Musik dröhnte so laut daraus, dass sogar die Scheiben ihres Wagens im Bassrhythmus vibrierten. Das irritierte sie so sehr, dass ihr die Wimperntusche verrutschte. Ärgerlich fummelte Maike in ihrer Hosentasche nach einem Taschentuch und entfernte das Malheur aus dem Augenwinkel.

Dann riskierte sie einen vorsichtigen Blick zum BMW-Fahrer. Der saß immer noch bei voll aufgedrehter Musik hinterm Steuer und tippte in seinem Handy herum. Er musste etwa in ihrem Alter sein, Ende zwanzig, Anfang dreißig. Die laute Metalmusik passte nicht zu dem eleganten Hemd, das er trug. Plötzlich wandte er ihr sein Gesicht zu und ein feindseliger Blick traf Maike. Mist! Er musste gemerkt haben, wie sie ihn angestarrt hatte. Wie peinlich! Maike bemühte sich um ein würdevolles Lächeln, das nicht erwidert wurde.

Er wandte sich seinem Radio zu und stellte die Musik ab. Die plötzliche Stille verursachte Maike zusätzliches

10

Unbehagen. Das musste der Sohn des Geschäftsführers sein. Maike hatte im Vorgespräch mit ihrem Chef und dem Firmeninhaber von Polytech, Herrn Alois Langmaier, davon gehört, dass die Firma demnächst an den Sohn des Gründers übergeben werden sollte. Die Unternehmensberatung Kaiser & Locke war von Herrn Langmaier hinzugezogen worden, um eventuelle strukturelle Probleme zu identifizieren und zu beseitigen. Er wolle reinen Tisch machen, bevor er ginge, hatte der Seniorchef gemeint.

Mit geübten Fingern band Maike ihre langen blonden Haare zu einem Zopf und raffte die auf dem Beifahrersitz verstreuten Schminkutensilien in das Täschchen zurück. Sie zwang sich, tief Luft zu holen. Das würde schon werden, sie hatte schließlich bereits ganz andere Dinge geschafft. Wenn sie sich hier gut schlug, würde sie bald sicher attraktivere Aufträge bekommen. Auf in den Kampf!

Das Aussteigen gestaltete sich aber leider schwierig und ihr Kampfesmut schmolz dahin, als sie sich mühselig aus dem Auto quetschte. Der BMW hatte so nahe neben ihr geparkt, dass sie sich unbeholfen aus ihrer Tür herauswinden musste, um ihn nicht damit zu touchieren.

Mann, war das kalt! Sie war in einer leichten Stoffhose losgefahren und trug dazu nur eine dünne Bluse. Also kämpfte sie sich zum Kofferraum durch und nahm einen Blazer aus ihrer Reisetasche, den sie sich überwarf. Zusätzlich wechselte sie rasch von Autoschuhen zu ihren nagelneuen Pumps von Lodi. Jetzt noch die Aktentasche und es konnte losgehen. Die Aktentasche! Die lag nach wie vor im Fußraum vor dem Beifahrersitz.

Seufzend begann sie sich zwischen ihrem Auto und der Hecke zur Beifahrertür durchzuschieben. Die Zweige der Hecke rissen ihr Strähnen der eben zusammengebundenen Haare aus dem Zopf.

Sie öffnete die Tür und versuchte, ihre Tasche durch den Türspalt zu erreichen. „Scheiße!" Was war das für eine blöde Hecke? Die war so dicht, dass sich die Tür nicht weit genug öffnen ließ. Es würde ihr wohl nichts anderes übrig bleiben, als sich über die Fahrerseite zurück ins Auto zu quetschen. Wütend befreite sie sich aus den Klauen der Hecke und schob sich vorsichtig zwischen den beiden Wagen zur Fahrertür. Wieso hatte sie sich nur schon die Pumps angezogen?

11

Auf dem Fahrersitz kniend fingerte sie nach den Griffen ihrer Tasche, als sie die Tür des BMW zufallen hörte. Bis zu diesem Zeitpunkt hatte sie erfolgreich ignoriert, dass sie bei ihrer Turneinlage einen Zuschauer hatte. Wenig elegant quetschte sie sich wieder aus ihrem Auto heraus und bugsierte sich und die Aktentasche so vorsichtig wie möglich zwischen den Wagen hindurch. Erleichtert und etwas verschwitzt seufzte sie auf.

Der Herr mit dem BMW war gerade dabei, eine Anzugjacke von seiner Rückbank zu nehmen. Sie wappnete sich, ihn freundlich und strahlend zu begrüßen, obwohl sie ihn lieber gefragt hätte, warum er sie so zugeparkt hatte. Schließlich wäre ja wohl genug Platz gewesen! Aber sie verkniff es sich, atmete tief ein und legte ein freundliches Lächeln auf.

Voller Elan und Schwung schulterte sie ihre Aktentasche. Mit dem gleichen Elan und Schwung schrammte der silberne Mandala-Anhänger, den sie als Glücksbringer von Tamara geschenkt bekommen hatte, über den Lack des BMW. Schockiert und fassungslos starrte Maike auf den Kratzer, den der Glücksbringer am Kofferraum des schwarzen Wagens hinterlassen hatte.

„Sauber!", erklang eine tiefe, verärgerte Stimme.

Kalter Schweiß brach Maike aus allen Poren aus. Das durfte doch nicht wahr sein! Zaghaft wandte sie ihren Blick dem Fahrzeugbesitzer zu, der neben sie getreten war.

„Und was machen wir da jetzt?"

Abwartend und zornig blickte er sie aus kalten, blauen Augen an. Ihr gefror der Magen. Wenn es etwas in der Unternehmensberatung gab, was unter keinen Umständen passieren durfte, dann war es ein solcher erster Eindruck. Dazu gehörte dummerweise auch, sich jetzt eine entsprechende Antwort zu verkneifen. Der Kratzer, den sein stumpfes und ungehobeltes Verhalten auf ihrem Ego hinterließ, war deutlich tiefer als der auf dem Lack.

Die Situation wurde auch dadurch nicht gerade angenehmer, dass dieser Mann absolut fantastisch aussah. Er war etwa einen halben Kopf größer als sie, seine braunen, kurzen Haare hatte er elegant hochgegelt und der Anzug, den er trug, betonte seine sportliche Figur. Allerdings verpasste der verkniffene Ausdruck um seinen vollen Mund der ansonsten makellosen Erscheinung einen gehörigen Dämpfer.

12

Mit vor Wut und Scham bebenden Fingern suchte sie in ihrer Hosentasche nach dem Taschentuch, dass sie eben beim Schminkunfall benutzt hatte.

„Vielleicht kann man es wegpolieren?"

Sie schickte sich an, mit dem make-up-geschwärzten, spuckefeuchten Tuch auf der zerkratzten Stelle herum zu wischen, als er energisch ihre Hand festhielt.

„Lernt man das in der Unternehmensberatung? Lackreparatur?"

Er wusste also, wer sie war. Die Schamesröte brannte auf ihrem Gesicht wie Feuer. Er hatte recht. Wie dumm von ihr. Sie machte alles nur noch schlimmer.

„Nein. Natürlich nicht", antwortete sie mit fester Stimme. „Dann lassen Sie es bitte."

Er ließ ihre Hand los und sie senkte sie langsam, das gebrauchte Taschentuch immer noch in den Fingern.

„Ich werde natürlich für den Schaden aufkommen", erklärte Maike hastig.

„Hm", war seine gebrummte Antwort.

„Es tut mir wirklich sehr leid. Ich kann Ihnen gar nicht sagen, wie leid mir das tut."

Ohne ihr einen weiteren Blick zu schenken, wandte er sich ab und murmelte mit einer wegwerfenden Handbewegung: „Ja, ja. Basst scho. Sie haben übrigens etwas Hecke im Haar."

So ließ er Maike stehen und verschwand im Bürogebäude. Mit bebenden Fingern zog sie einige kleine Ästchen aus ihrer Frisur und band sich ihren zerzausten Zopf neu. Dann gestattete sie sich einen kurzen Moment, um sich zu sammeln und zu beruhigen.

Was für eine fürchterliche Situation! Sie musterte noch mal ihr Zerstörungswerk, fröstelte beim Anblick des langen Kratzers und nahm sich fest vor, dass ab jetzt alles ganz großartig werden würde.

Sie atmete tief durch und drückte die Eingangstür auf. Die graue Wolke, die über ihrem Gemüt hing, versuchte sie mit einem Lächeln abzuschütteln. So trat sie an die Empfangstheke, wo sie eine blendend aussehende Brünette strahlend begrüßte.

„Frau Kellermann! Wie schön, dass Sie da sind! Verena Bauer mein Name. Ich bin die Empfangsdame, Sekretärin und rechte Hand der Geschäftsführung."

Zwar wirkte ihr Lächeln freundlich, aber es erreichte nicht die etwas zu stark geschminkten Augen der Frau, die Maike kalt musterten. Es verlieh ihr eine beunruhigende Ausstrahlung.

Maike schüttelte dieses Gefühl schnell ab und erwiderte Frau Bauers Begrüßung so professionell und freundlich wie möglich.

„Wie schön, Sie kennenzulernen. Maike Kellermann. Ich bin froh, endlich angekommen zu sein."

„Das glaub ich Ihnen. War die Fahrt sehr schlimm? Bitte hier entlang."

Die Antwort schien Frau Bauer nicht zu interessieren, denn sie ließ Maike keine Zeit, zu reagieren. Schon hatte die Sekretärin ihre Theke verlassen, die benachbarte Tür zu einem Konferenzraum geöffnet und sie hineingeschoben. Der Raum war groß und hell und die Fensterfront an der gegenüberliegenden Stirnseite gab den Blick auf die kahlen Felder hinter Oberstemmenreuth frei. Zwei Männer standen am Fenster und stritten. Sie fuhren gleichzeitig zu ihr herum.

Bei dem rechten Mann handelte es sich um den Firmenchef, Alois Langmaier, den Maike bereits in Frankfurt beim Vorgespräch kennengelernt hatte. Er war an die sechzig Jahre alt, trug einen eleganten Anzug und trat sofort mit ausgreifender Geste auf Maike zu.

„Frau Kellermann! Ich freue mich, Sie wiederzusehen!", rief er ihr strahlend entgegen.

Er war ihr bei der Vorbesprechung bereits sympathisch gewesen. Sein Lächeln schien aufrichtig und warm. Er zerquetschte ihr beinahe die Hand mit seinem kräftigen Händedruck.

„Das geht mir genauso, Herr Langmaier."

„Das hier ist mein Sohn und Nachfolger, Bastian Langmaier", stellte er den Mann neben sich vor.

„Freut mich sehr, Herr Langmaier." Sie mühte sich um ein Lächeln, als sie die Hand des Sohnes schüttelte.

Der Händedruck war nicht so forsch wie der des Vaters, allerdings eiskalt. Kälter als sein Händedruck war sein Blick. Er hatte sich seit ihrer Begegnung eben noch mehr verdüstert. Wenn das überhaupt möglich war.

Bastian Langmaier wirkte nun noch größer als vorhin am

14

Auto. Jetzt, bei näherer Betrachtung, fiel Maike auf, dass sein Teint für Anfang April ziemlich braun war. Er schien sich viel an der frischen Luft aufzuhalten. Dazu passte, dass er leichte Stoppeln auf den Wangen hatte, als hätte er sich ein paar Tage nicht rasiert. Das verlieh ihm in Verbindung mit der eleganten Kleidung etwas Verwegenes. Alles in allem machte ihn das zum wohl attraktivsten Mann, dem Maike je die Hand gegeben hatte. Allerdings auch zum Unfreundlichsten. Er sagte kein Wort zur Begrüßung, ließ schnell ihre Hand los und setzte sich mit nach wie vor steinerner Miene an den Konferenztisch.

Professionell bleiben, professionell bleiben, war das Mantra, das Maike in Gedanken wiederholte, während ihr das Lächeln auf dem Gesicht gefror.

„Bitte setzen Sie sich. Kaffee? Kaffee für alle, Frau Bauer!“, schmetterte der Seniorchef und räumte so jeden Zweifel an der Hierarchie in dieser Firma aus.

Er schob sie zu dem Platz gegenüber seinem Sohn und setzte sich selbst an das Kopfende des Tisches zwischen die beiden.

„So, Frau Kellermann. Auch wenn nicht alle am Tisch diese Ansicht teilen“, Herr Langmaiers Blick ging scharf nach links auf seinen Sohn, „bin ich doch sehr erfreut, dass dieses Arrangement zustande kommen konnte.“

„Das bin ich auch, Herr Langmaier“, antwortete Maike. „Ich werde mein Bestes tun, um Sie und Ihre Firma mit meiner Beratung zufriedenzustellen.“

Ihr Blick ging geradeaus zum Junior, der mittlerweile bockig die Arme vor der Brust verschränkt hatte und sie kühl musterte. Bei ihren letzten Worten schnaubte er kaum hörbar. Sein Vater warf ihm einen warnenden Blick zu.

Was war denn mit dem los? Das konnte nicht nur an dem Kratzer liegen.

In dem Moment schwebte Frau Bauer mit einem Tablett mit dampfenden Kaffeetassen in das Konferenzzimmer. Sie hinterließ beim Hinausgehen eine Wolke von Kaffee- und starkem Parfümgeruch, der Maike kurz ablenkte.

„Wir hatten eigentlich ein Pensionszimmer im Ort für Sie vorgesehen“, erklärte Herr Langmaier nach einem großen Schluck Kaffee. „Leider ist die Pension ‚Zur Goldenen Aussicht‘ letzten Monat niedergebrannt.“

„Um Gottes willen!", entfuhr es Maike erschrocken. Welch unerwartete Gesprächswendung!

„Es ist niemand verletzt worden, aber bewohnbar ist es auch nicht", setzte der Senior fort. „Es war die einzige akzeptable Unterkunft in unserem bescheidenen Dorf. Wir haben hier im Haus allerdings eine Firmenwohnung. Sie ist als eine Art Notfallwohnung für Firmenangehörige gedacht und hat sich schon einige Male bewährt. Es gibt dort alles, was Sie brauchen: Bad, Küche, Wohnzimmer, Arbeitszimmer, Schlafzimmer und so weiter. Nur versorgen müssten Sie sich selber. Die Möglichkeit auf Halbpension ist leider mit der ‚Goldenen Aussicht' in Rauch aufgegangen." Er schmunzelte leicht, offenbar belustigt von seinem kleinen Witz.

Maike wusste nicht, ob sie es gut oder schlecht finden sollte, am Rand dieses trostlosen Ortes in einer Firma, die nachts leer stand, Quartier beziehen zu müssen. Es war ihr von vornherein klar gewesen, dass man sie hier in der Provinz eher nicht in einem Fünfsternehotel unterbringen würde. Sie rang sich ein, wie sie fand, begeistertes Lächeln ab und versicherte Herrn Langmaier ihre Dankbarkeit zu dieser improvisierten Unterkunft.

„Ich werde Ihnen die Wohnung gleich zeigen. Später wird meine Tochter vorbeikommen und Sie zum Essen abholen. Zwei Ortschaften weiter gibt es ein gutes indisches Restaurant, falls Sie indisch mögen."

„O ja! Vielen Dank! Aber machen Sie sich keine Mühe", erwiderte sie höflich.

„Keine Mühe! Meine Tochter freut sich schon auf Sie. Wir haben sie mit ins Boot geholt, damit sie sich etwas um Sie kümmert, was das alltägliche Leben hier so betrifft. Da ich ja so spontan meine Kur antreten muss, kann ich das nicht selbst übernehmen."

„Wie Sie im Vorgespräch angedeutet haben, sollen wir die Firma auf eventuelle strukturelle Probleme untersuchen."

„So ist es. Mein Studienfreund, Herr Kaiser, hat mir versichert, dass Sie eine seiner besten Mitarbeiterinnen sind, mit einem beeindruckenden Portfolio für Ihr junges Alter. Besonders hervorgetan haben sollen Sie sich bei einem Auftrag in London vergangenes Jahr. Da müssen Sie sich hier ja vorkommen wie auf dem Mars."

16

Er lachte laut und herzlich. Maike erwiderte das Lachen höflich, fand aber, dass er erstaunlich nahe an die Wahrheit herangekommen war. In ihren vier Jahren bei der Unternehmensberatung Kaiser & Locke in Frankfurt war sie die Karriereleiter schnell und zielsicher emporgeklettert. Sehr zum Leidwesen ihrer meist männlichen Kollegen. Hochstätt hatte wahrscheinlich Albträume, wenn er an ihren Erfolg in London dachte. Da Herr Kaiser sehr wohl wusste, wer dort die Arbeit gemacht hatte, hatte ihr intriganter Kollege es nicht geschafft, sich selbst damit zu brüsten. Er versuchte gerne mit Machosprüchen, Anmachen und frauenfeindlichen Bemerkungen ihre Autorität zu untergraben, doch das steigerte Maikes Ehrgeiz nur noch weiter.

Auch diesen Auftrag würde sie zur vollsten Zufriedenheit abwickeln. Das Vertrauen von Herrn Kaiser, dass er gerade sie zu seinem alten Studienfreund Langmaier schickte, würde sie ihm um ein Vielfaches zurückzahlen.

In der nächsten Stunde besprachen sie Maikes Vorgehen in den kommenden Wochen, in denen sie die Firma begutachten und Mitarbeiter interviewen würde. Maike führte das Gespräch ausschließlich mit dem Seniorchef. Es fiel ihr wahnsinnig schwer, sich darauf zu konzentrieren, da Bastian Langmaier ihr die ganze Zeit schweigend gegenübersaß und sie anscheinend mit seinen Blicken zu töten versuchte.

Mit Feindseligkeit von Firmenangehörigen empfangen zu werden, gehörte seit jeher zum Berufsbild der Unternehmensberatung, das war sie gewohnt. Trotzdem kribbelten ihr Gesicht und ihr Hals unangenehm. Sie hatte sich selten in der Gegenwart eines Menschen so unwohl gefühlt. Abgesehen von jedem einzelnen Mal, wenn sie mit Blödmann Hochstätt in einem Raum war. Aber diese Begegnung hier rangierte auf ihrer persönlichen Unwohlseinsskala definitiv unter den Top Fünf.

Wobei man sagen musste, dass der ältere Herr Langmaier ein wirklich vor Begeisterung und Freundlichkeit sprühender, einnehmender Charakter war, der diese Situation schon wieder viel positiver gestaltete.

„So, jetzt zeig ich Ihnen die Wohnung", schloss Herr Langmaier.

Er stand auf und auch Maike wollte sich gerade erheben, als er sich wieder setzte und sie ernst ansah: „Ich muss Sie noch darauf vorbereiten, dass die Menschen hier teilweise ein wenig ... schwierig sind."

Aha. Super. So wie Junior?

„Sie sind anfangs etwas verschlossen und könnten Ihnen vielleicht die kooperative Mitarbeit versagen. Wir Oberfranken neigen zur Eigensinnigkeit und sind bisweilen nicht unbedingt aufgeschlossen Veränderungen gegenüber."

Puh. Der Sohn war also nur ein Beispiel für die Leute, mit denen sie in den nächsten Wochen zu tun haben würde. Ganz großartig.

Der Blick von Bastian Langmaier wandte sich nun seinem Vater zu. Mit zusammengekniffenem Mund und vor Wut sprühenden Augen fixierte er ihn.

„Aber Sie müssen keine Angst haben, Frau Kellermann. Mein Sohn hier wird sich um Sie kümmern, solange ich weg bin. Wenn Sie also Schwierigkeiten mit den Mitarbeitern haben, wenden Sie sich vertrauensvoll an ihn."

Das klang weniger wie ein Ratschlag für sie, als wie eine rhetorische Spitze für seinen Filius. So schien es auch Bastian Langmaier aufzufassen, der hörbar Luft einsog.

Endlich erhob sich Herr Langmaier. Maike folgte seinem Beispiel und stand von ihrem Stuhl auf, erleichtert, bald eine Tür zwischen sich und den stechenden blauen Blick zu bekommen.

Zum Abschied zwang sie sich, Bastian Langmaier in die Augen zu sehen und ihm ihr strahlendstes Lächeln zuzuwerfen.

„Auf Wiedersehen, Herr Langmaier."

„Bis morgen."

Lieber Himmel! Seine Worte klangen eher wie eine Drohung als wie ein Versprechen.

Kapitel 2

Zusammen verließen Maike und die beiden Langmaiers den Konferenzraum. Frau Bauer eilte ihnen entgegen.

„Herr Langmaier", wandte sie sich an den Junior. „Herr Heidenreich wünscht einen Rückruf wegen des Termins zur Vertragsverhandlung."

„Danke, ich rufe ihn gleich zurück", brummte Bastian Langmaier zur Antwort, dann fügte er noch hinzu: „Können Sie bitte den Schorsch anrufen? Er soll, wenn er in der Nähe ist, vorbeikommen und sich mein Auto anschauen. Ich hab da einen Kratzer."

Maike schoss das Blut ins Gesicht. Alois Langmaier wandte sich um.

„Biste wohl wo gegengerumst?"

„Nein. Jemand anderes ist drangerumst", antwortete Bastian Langmaier mit einem scharfen Blick auf Maike. Mehr sagte er dazu nicht.

Der Seniorchef zuckte die Achseln und führte die leicht schwitzende Maike an Frau Bauers Theke vorbei durch eine Glastür in ein Treppenhaus.

„Hier im ersten Stock sind die Büros der Schreibtischhengste, sag ich mal", meinte er lachend, als sie die Glastür passierten und die Treppe zum nächsten Stockwerk nahmen. „Die Chefbüros liegen im Erdgeschoss, bei den repräsentativen Räumen und dem Sekretariat von Frau Bauer. Im ersten Stock sind hauptsächlich Verwaltung und Kundenbetreuung untergebracht. Und hier kommt auch schon Ihr Reich."

Er hielt ihr die Tür im zweiten Stock auf und ließ sie zuerst eintreten.

19

„Dieses Stockwerk besteht nur aus einem Flur. Auf der linken Seite ist das Labor. Dort werden Qualitätsuntersuchungen durchgeführt und auch Neuentwicklungen erarbeitet. Hier werden Sie des Öfteren auf meinen Sohn treffen, der für das Labor zuständig ist. Und hier, genau gegenüber, ist die Tür zur Firmenwohnung."

Wunderbar! Die schlechte Energie von Junior Langmaier würde sicherlich bis in ihre Unterkunft durchsickern. Maike schwand der Mut mehr und mehr.

„Bitte einzutreten!", rief Herr Langmaier und hielt ihr die aufgesperrte Tür auf.

Vorsichtig, um nicht in Kollision mit dem mittelgroßen Bauch des Firmenchefs zu kommen, schob sie sich an ihm vorbei in einen weiteren Flur. Er war fensterlos und dunkel, bis Herr Langmaier einen Lichtschalter neben der Eingangstür betätigte. Die Lampen schienen neu zu sein. Es roch deutlich nach Reinigungsmittel. Der Boden war mit hellem Laminat belegt und an der Wand gegenüber der Tür stand eine Kommode mit Garderobe. Anscheinend erstreckte sich der Flur parallel zum eben verlassenen Korridor. Drei Türen waren hier angeordnet, eine an jedem Ende und eine neben der Kommode.

„So, hinten links haben wir Wohn- und Esszimmer und die Küche."

Sie folgte Herrn Langmaier in einen sonnigen Raum mit großen Fenstern mit Blick auf Felder und Wald. Auch hier lag helles Laminat und an den weißen Wänden hingen einige Kunstdrucke, die hauptsächlich Wälder zum Motiv hatten. Ein gemütlich aussehendes, relativ neues Dreisitzersofa mit Chaiselongue stand in der Mitte des Raumes. Davor war ein großer, moderner Fernseher auf einem niedrigen Lowboard aufgebaut.

Sie drehte sich um und ließ ihren Blick über einen Esstisch mit vier Stühlen und eine offene kleine Küche schweifen. Die Küche war nicht von der modernsten Art, aber ganz passabel. Zumindest schien sie sehr gepflegt und sauber zu sein.

„Hier können Sie auf die Dachterrasse gehen, die sich über die ganze Länge der Wohnung erstreckt. So kommen Sie auch von den anderen Räumen aus drauf", erklärte Herr Langmaier nicht ohne Stolz in der Stimme.

Sie betraten wieder den Flur und Herr Langmaier öffnete die Tür neben der Kommode. Hier befand sich ein kleines Badezimmer mit Dusche, WC und Waschbecken.

„Kein Fenster, aber Abzug und leider keine Badewanne", merkte er an.

„Macht nichts. Ich dusche sowieso lieber", sagte Maike.

„Waschen können Sie in unserer Waschküche im Keller. Dort haben wir Waschmaschinen für das, was hier im Haus eben so anfällt an Textilien. Besprechen Sie am besten mit unserem Reinigungspersonal und dem Hausmeister, zu welchen Zeiten die Maschinen nicht gebraucht werden."

„Okay. Mach ich."

„So und jetzt noch Schlaf- und Arbeitszimmer."

Er öffnete die Tür am anderen Ende des Ganges und sie betraten ein kleines Arbeitszimmer mit Schreibtisch an der Fensterfront und Regal an der Wand. Durch eine Schiebetür gelangten sie in das Schlafzimmer. Ein großes Boxspringbett beherrschte den Raum.

„Wow!", entfuhr es Maike. In ihrem WG-Zimmerchen hatte sie nur Platz für ein 120er-Bett mit Lattenrost. Das hier war purer Luxus. Hier roch es ebenfalls frisch geputzt und noch nach etwas anderem. Ein Geruch, den sie nicht einordnen konnte, aber auf keinen Fall unangenehm.

„Das Bett ist wie der Fernseher und das Sofa noch ein Überbleibsel des letzten Bewohners", merkte er an. „Hier haben Sie, wie gesagt, auch einen Zugang zur Dachterrasse."

„Ich weiß nicht, was ich sagen soll, Herr Langmaier. Ich bin gerührt von Ihren Mühen. Das ist sehr großzügig von Ihnen."

„Dafür sind Sie hier am Arsch der Welt. Den können Sie von hier aus sogar sehen, bei gutem Wetter!" Er lachte so herzlich, dass Maike sofort mit einstimmte.

Sie begann, sich etwas zu entspannen. Der Seniorchef schien sehr nett zu sein. Hoffentlich hielt das an.

Nachdem Herr Langmaier ihr die Schlüssel zum Gebäude und zur Wohnung ausgehändigt hatte, verließ er sie mit den besten Wünschen für ihren Arbeitsstart und verabschiedete sich für die nächsten drei Wochen.

Als die Tür hinter ihm zufiel, atmete sie erst einmal tief durch. Ihr Puls beruhigte sich etwas und schließlich verließ auch sie die Wohnung und ging zu ihrem Auto, um ihre

Koffer zu holen. Der schwarze BMW von Bastian Langmaier war bereits weg und sie seufzte darüber erleichtert auf.

☐

Theresa Kolb war eine dunkelhaarige, leicht stämmige junge Frau mit fröhlichen grauen Augen, die kurze Zeit später vor ihrer Tür in der Firma stand. Sie war Maike sofort sympathisch. In Art und Auftreten kam sie ihrem Vater sehr nah und schien so gar nicht wie ihr Bruder zu sein.

„Ich dachte, wir gehen zum Inder. Da gibt es einen in Marktredwitz. Ist nicht allzu weit von hier."

„Ja, sehr gerne."

Maike bemühte sich, etwas mehr Zuversicht und Fröhlichkeit in ihre trübe Stimmung fließen zu lassen. Teresa Kolb konnte ja nichts für den schlechten Eindruck, den ihr Bruder bei Maike hinterlassen hatte. Das galt umgekehrt sicher genauso.

Die kurze Fahrt kam ihr vor wie eine Ewigkeit. Mittlerweile war es dunkel geworden. Maike war Großstädte gewöhnt, in denen es nie richtig Nacht wurde, daher war ihr diese Dunkelheit unheimlich. Das Mondlicht ließ die oberfränkische Provinz noch öder erscheinen, als sie Maike tagsüber vorgekommen war. Die Finsternis jenseits des Fernlichtkegels war vollkommen, nur hin und wieder holte es den Waldrand schemenhaft und kalt aus der Dunkelheit hervor. Sie wünschte sich fröstelnd in die hell erleuchteten Straßen Frankfurts zurück. Dort offenbarten die Straßenlaternen alle Geheimnisse und nichts blieb im Verborgenen.

Nach etwa 15 Minuten erreichten sie eine Kleinstadt und Teresa parkte ihr Auto, einen Familienvan mit Kindersitz, in einer Seitenstraße. Zu Fuß gingen sie noch ein kurzes Stück, bis sie schließlich ein gemütliches, kleines Lokal betraten und von einem zuvorkommenden Kellner an ihren Tisch in einer Ecke geführt wurden.

Wie jedes indische Restaurant, in dem Maike je gewesen war, war auch dieses überladen mit Deko. Der Kitsch quoll aus allen Ecken: Tücher und die Götter Shiva, Ganesha und Vishnu als Statuen in Keramik, Ton oder vergoldet. Die Lampen über den Tischen hatten rote Schirme mit Goldrändern

22

und silbrigen Kordeln. Alles in allem maximal bunt. Und wie in jedem ihr bekannten indischen Restaurant machte das in Kombination mit den Gerüchen von Ingwer, Gewürzen, Reis und Curry den Besuch erst so richtig schön. Sie fand es großartig und begann, sich etwas zu entspannen.

Nach erfolgter Bestellung faltete Teresa Kolb ihre Hände vor sich auf dem Tisch, blickte Maike herausfordernd in die Augen und sagte: „Sie sind also die Unglückliche, die meinem Bruder erklären soll, wie er Papas Firma nach der Übergabe zu führen hat."

Ein überraschender, aber auf jeden Fall sehr direkter Gesprächseinstieg. Maike war froh darum, sonst hätte sie den ganzen Abend versucht, das Thema zu meiden, weil sie nicht wusste, wie Teresa dazu stand. Diese Bemerkung ersparte ihr die Sorgen und zwang sie zur Ehrlichkeit.

Dennoch um Souveränität bemüht, räusperte sich Maike leise und antwortete vorsichtig: „So scheint es wohl. Wobei ich natürlich nur Empfehlungen geben kann. An meine Ratschläge muss sich niemand halten. Ich beobachte nur und gebe Hinweise. Manchmal ist der Blick von außen für eine Weiterentwicklung bei, zum Beispiel, festgefahrenen Strukturen sehr hilfreich und auch notwendig."

„Da bin ich sicher", pflichtete ihr Teresa Kolb mit einem geheimnisvollen Schmunzeln bei. „Das Problem werden wahrscheinlich eher die empfehlungsresistenten Klienten sein."

„Die Bereitschaft zur Veränderung war bisher eigentlich immer ziemlich groß. Dafür wird unser Büro ja konsultiert."

„Dann scheint das hier für Sie ja auch Neuland zu sein. Der Einzige, der Sie hier sehen will - nichts für ungut, Sie sind mir sehr sympathisch – ist mein Vater. Die Menschen hier in Oberfranken sind im Allgemeinen etwas schwerfällig, was Veränderungen betrifft. Vorsichtig ausgedrückt. Mein Bruder ist sicher ein sehr typisches Exemplar."

„Haben Sie irgendwelche Ratschläge für mich, wie ich mit den Leuten hier umgehen soll?", fragte Maike hoffnungsvoll.

„Da kann ich Ihnen kaum helfen. Aber ich kann Ihnen sagen, wie Sie die Zeit hier am besten rumkriegen. Nehmen Sie sich die Reaktionen nicht zu sehr zu Herzen. Die meisten meinen es nicht so. Machen Sie Ihr Ding und ignorieren Sie meinen Bruder und all diejenigen, die Ihre Ratschläge zerreden wollen."

Maike schluckte schwer, als sie Teresa Kolb zuhörte. Das war ein Albtraum. Sie wünschte sich augenblicklich nach London zurück. Der Auftrag dort war zwar wahnsinnig stressig und anstrengend gewesen, aber das hier würde Maike vor neue psychologische Herausforderungen stellen.

Offenbar musste sie vor allem die zukünftige Geschäftsführung von ihrer Arbeit überzeugen.

„Konfrontation nützt hier wenig. Da stoßen Sie auf Granit." Teresa Kolb lachte auf einmal herzlich los. Auf Maikes irritierten Blick hin erklärte sie: „Granit. Das hier alles ist auf Granit gebaut. Der Untergrund besteht daraus. Da haben Sie Ihren Rat! Die Menschen hier sind wie der Boden, auf dem sie wohnen. Aber der Granit ist auch rissig, zerklüftet. Seien Sie wie Sand! Versuchen Sie, in die Ritzen des Granits zu kommen."

Teresas Lachen steckte Maike schließlich an, und als sie sich beide die Tränen auf den Augenwinkeln strichen, wurde ihr Essen gebracht und Teresa meinte: „Lassen Sie uns Du sagen. Wir haben ja beruflich nichts miteinander zu tun."

„Warum nicht?" Maike streckte ihr über dem Tisch die Hand hin und musste grinsen, als Teresa sie nahm.

„Maike."

„Teresa. Oder einfach Resi."

Es war ein bisschen, als hätten sie einen Pakt besiegelt, mit Vishnu als Zeugen und Elefanten als Wächter inmitten einer Explosion von Düften und Farben.

Beim Essen plauderten sie angeregt und Resi erzählte von ihrer Familie, damit Maike die Konstellationen besser verstand. Die Langmaiers waren eine Akademikerfamilie. Alois Langmaier war studierter Betriebswirt und ihre Mutter Edith hatte ein Jurastudium absolviert, ehe sie die zwei Kinder bekommen hatte und als Hausfrau daheimgeblieben war.

„War damals so. Ist eigentlich eine totale Schande, denn meine Mutter ist ein sehr sachlicher und gerechter Mensch. Etwas kühl vielleicht im ersten Eindruck." Schmunzelnd fügte sie hinzu: „Das muss Bastian von ihr haben."

Vom Vater hatte er das jedenfalls nicht, dachte Maike.

„Ich bin davon überzeugt, dass meine Mutter eine großartige Karriere als Juristin hingelegt hätte. Aber sie hat dann eben die Entscheidung getroffen, das alles für die Familie zu opfern. Hm, kann man das so sagen?"

„Doch. Ich würde es als Opfer bezeichnen."

Resi erzählte ihr auch von einer schwierigen Zeit, die sie nach dem Abitur gehabt hatte: Sie war mit ihrem damaligen Freund zum Studium nach Regensburg gezogen. Dort hatte sie mit Jura angefangen, war allerdings immer stärker den Gewohnheiten ihres Freundes Klaus verfallen, der sich irgendwann mehr für Gras als für Bücher interessiert hatte. Studium und Beziehung wurden nach drei Jahren abgebrochen.

„Ich habe nur noch gekifft, eine Prüfung nach der anderen verhauen und begann langsam, Depressionen zu kriegen. Klaus hat das nicht wirklich gekümmert. Also bin ich zurück nach Hause. Ich hatte gar nichts mehr. Geld verbraucht, Zeit verschwendet, Zuversicht verloren. Da hat mich mein Bruder zum Geburtstag eines seiner Kumpel mitgenommen und da hab ich dann meinen heutigen Mann getroffen. Thorsten. Bin schnell zu ihm nach Kirchenstemmenreuth gezogen, hab eine Ausbildung als Erzieherin angefangen und ihn schließlich geheiratet. Unsere Tochter Laura ist jetzt zwei Jahre alt."

Im Gegenzug für so viel Offenheit erzählte Maike Resi von ihrer Studienzeit in Frankfurt und von Ex-Thomas, der von ihr verlangt hatte, ihre Karriere seiner hintanzustellen. Ein Opfer, das Maike nicht bereit gewesen war, für ihn zu bringen. Für keinen Mann würde Maike das tun. Sie hatte, seit sie sechs Jahre alt war, dafür geschuftet, beruflich erfolgreich zu werden.

Ihr Ex hatte das nach einiger Zeit, in der er sie gerne und stolz vor seinen Freunden vorgezeigt hatte, anders gesehen. Eine Familie wäre nett, da könne man als Frau doch nicht heute nach London und morgen nach Luxemburg jetsetten. Solle er etwa bei den Kindern zu Hause bleiben? Dafür hätte er zu hart gearbeitet.

Der Streit, der danach ausgebrochen war, musste in ganz Frankfurt zu hören gewesen sein. Er wusste doch, dass sie aus einer Arbeiterfamilie stammte. Seit sie denken konnte, hatte sie sich gegen die Schublade gestemmt, in die sie die Gesellschaft drängen wollte. Ein Kind aus der Sozialbausiedlung am Gymnasium? Würde sie die Schule überhaupt schaffen, wenn ihr zu Hause niemand helfen konnte? Eine junge Frau aus der Sozialbausiedlung an der Uni? Wie wollte die ihr Studium hinkriegen neben all den Nebenjobs, die sie brauchte, um mit dem mickrigen BAföG einigermaßen leben zu können?

Man benötigte eine gute Portion Selbstbewusstsein, Entschlossenheit, Mut, ein dickes Fell und viel, viel Sturheit.

Diese Sturheit hatte die Trennung von Thomas besiegelt. Was fiel ihm ein, ihre Bedürfnisse seinen unterzuordnen? Maike war noch in der Nacht des Streits zu ihren Freunden Tommy und Tamara in die WG gezogen, einem Ort, an dem jeder so sein konnte, wie er wollte.

Mehr mochte sie nicht erzählen, denn sie sprach ungern mit Fremden über ihre Herkunft. Nach einigen schlechten Erfahrungen war sie vorsichtig geworden, daher verschwieg sie Resi diesen Aspekt ihrer Trennungsgeschichte.

„Momentan wohne ich bei meinen Freunden Tamara und Tommy. Tamara hat einen eigenen kleinen Esoterikladen und Tommy ... na ja ... ist in einem Varietétheater als Dragqueen tätig."

„Eine Dragqueen? Wie abgefahren ist das bitte", stieß Resi mit aufgerissenen Augen hervor.

„Ja, schon irgendwie krass. Aber ich kenne Tommy schon so lange, dass das zu meinem Alltag gehört. Vor allem, seit ich mit bei ihm wohne. Er sieht einfach wunderschön aus, wenn er sich hergerichtet hat. Seltsam ist es eigentlich nur noch, wenn er mit seinen Kollegen eine Show bespricht oder sie neue Outfits probieren. Das machen sie dann immer in unserem Wohnzimmer."

Der ungläubige Ausdruck auf Resis Gesicht wurde langsam durch ein breites Grinsen verdrängt.

„Tommy ist durch und durch Performancekünstler. Das ist oft sehr anstrengend, aber auch abwechslungsreich und witzig. Darüber hinaus liebe ich ihn wie einen Bruder. Er ist toll!"

„Wow! Das glaub ich! Ist schon ein anderes Leben in der Großstadt als hier. Und was sagen deine Eltern zu deiner Wohnsituation?"

„Die lieben Tommy und kennen ihn genauso lange wie ich. Sie hätten mich allerdings lieber weiter mit meinem Ex Thomas gesehen. Der hat Geld, einen tollen Job, 'ne super Wohnung ..."

Maike zögerte. Resi zog neugierig die Augenbrauen zusammen. Sollte sie ihr mehr erzählen? Nein. Sie wusste nicht, ob Resi es an ihren Bruder oder ihren Vater weitergeben würde. Das konnte sie nicht riskieren. Das Bild, das sie geschäftlich abgab, musste neutral bleiben.

Ihre soziale Herkunft kam in manchen Kreisen nicht gut an. Ex-Thomas hatte seinen Freunden gegenüber nie etwas erzählt und auch innerhalb der Firma machte Maike ein Geheimnis daraus. Nur Herr Kaiser und die Personalabteilung wussten aus ihren Bewerbungsunterlagen und dem Vorstellungsgespräch von ihrem familiären und sozialen Hintergrund. Für Herrn Kaiser war das nie ein Problem gewesen, aber Maike wollte sich nicht ausmalen, was Hochstätt mit dieser Information anstellen würde. Bei dem Gedanken daran fröstelte sie.

Ihre schwierige Familiengeschichte würde sie sicherlich nicht mit ihren Auftraggebern teilen. Also erzählte sie Resi von all dem nichts.

„Na ja, wir können nicht immer unser Leben so leben, wie unsere Eltern das gerne wollen, oder?"

„Nein", antwortete Maike, erleichtert, dass Resi das Thema Herkunft und Eltern damit ad acta legte. „Wir müssen so leben, wie wir es für richtig halten."

„Ganz genau!"

Breit grinsend stießen sie miteinander an.

☗

Wieder zurück in ihrer neuen Bleibe rief Maike Tommy an. Der war um 23 Uhr stets noch erreichbar, denn da saß er meistens in der Garderobe des Nachtklubs, in dem er gegen Mitternacht auftrat, und bearbeitete sein Gesicht mit Farbe, Puder und Enthaarungsmitteln.

Bei ihnen zu Hause in normaler Kleidung und ohne Schminke würde keiner auf seinen Beruf und seine homosexuelle Neigung kommen. Tommy hasste Klischees, aber

27

er war ein großartiger Schauspieler und machte sich oft einen Spaß daraus, Menschen mit Vorurteilen gegen die LGBTQ-Community im Allgemeinen oder ihn im Besonderen mit klischeehaften Einlagen und deren spontaner Auflösung hinters Licht zu führen. Er war außerdem äußerst attraktiv und charmant, sodass ihre tiefe Freundschaft mit ihm oftmals Eifersuchtsanfälle von Ex-Thomas hervorgerufen hatte.

„Ich stell dich auf laut, ja?", rief er anscheinend aus einiger Entfernung in sein Handy.

Sie erzählte ihm von ihrem merkwürdigen Tag in der Provinz und Tommy stieß an den richtigen Stellen abwechselnd Schnauben, Brummen und Seufzen aus.

Nachdem sie alles bis ins kleinste Detail berichtet hatte, sagte er: „QED!"

„Hä?"

„Wieder einmal beweist sich, dass die schönsten Männer entweder vergeben, arrogant oder schwul sind. Siehst du doch an mir."

„Für so was hab ich jetzt keine Nerven, Tommy."

Maike wurde wütend. Sie hockte hier, am Arsch der Welt, mutterseelenallein nachts in einer Fabrik. Was hatte sie falsch gemacht, um diese Strafe zu verdienen? Tamara würde ihr jetzt vom Universum erzählen, das da sicher aus gutem Grund seine Finger im Spiel habe, und dass sich alles zum Allerbesten wenden werde. Weil sie auf diese Art Aufheiterungsversuche keine Lust hatte, hatte sie Tommy angerufen, der ihre recht sachliche Sicht auf die Dinge für gewöhnlich teilte.

„Warte es ab, Maike", sagte Tommy beschwichtigend. „Nichts wird so heiß gegessen, wie es gekocht wird."

„Danke für die Allgemeinplätze und noch einen schönen Abend."

Wütend legte sie auf. Sollten ihr doch alle gestohlen bleiben! Dann musste sie eben allein da durch.

Als gerade eine Träne der Wut auf ihr Display tropfte, leuchtete es auf und zeigte eine Nachricht von Tommy an.

„Halt die Ohren steif! Und lass dich drücken! Wenn es jemand schaffen kann, dann du!"

Das Emoji, das sie als Antwort schickte, drückte den Zweifel aus, den sie fühlte. Mit diesen Zweifeln im Gepäck legte sie sich in das fremde, riesige Bett mit den fremden Gerüchen in fremder Umgebung und sollte sich am nächsten Tag darüber wundern, dass sie sofort tief und fest eingeschlafen war.

Kapitel 3

Mit müden Bewegungen schloss Maike ihre Tasche mit Laptop, Diktiergerät und Unterlagen. Ohne Kaffee in den Tag zu starten, war für sie immer eine große Herausforderung. Heute Abend würde sie welchen besorgen, vorerst musste es ohne gehen – zumindest, bis sie unten im Büro war. Also öffnete sie die Wohnungstür, atmete durch und betrat den Flur dahinter.

Er lag verlassen da, aber durch die Milchglastür zum Labor gegenüber konnte sie Bewegungen in den Tiefen des dahinterliegenden Raumes ausmachen. Da es sich dabei mit hoher Wahrscheinlichkeit um Bastian Langmaier handelte und sie auf ein Aufeinandertreffen wenig Lust verspürte, setzte sie ihren Weg den Flur hinunter Richtung Treppenhaus zügig fort.

Kaum betrat Maike das Erdgeschoss, rauschte ihr Frau Bauer entgegen, erneut von einer überbordenden Duftwolke umgeben.

„Ich habe Ihnen eine Kanne Kaffee gemacht und in Ihr Büro gestellt."

„Oh, großartig", antwortete Maike etwas perplex.

„Ich führe Sie hin."

Maike folgte Frau Bauer und ihrer Parfümwolke in ein kleines Büro gegenüber der Treppe neben deren Theke. Es war schlicht, hell und modern eingerichtet.

„Das war ursprünglich das Sekretariat, aber die Herren haben vor zwei Jahren entschieden, dass ein Empfang für die Kundenbetreuung besser geeignet ist", erklärte Frau Bauer.

Sie blickte Maike auffordernd an, sodass die sich genötigt

30

sah, schnell und mit maximaler Begeisterung zu antworten: „Eine tolle Idee. Und ein hübsches Büro."

„Gell! Herr Langmaier", Frau Bauer zögerte kurz, „Junior", fügte sie lächelnd hinzu, „wollte, dass ich Ihnen einen netten Empfang bereite mit Kaffee, da Sie oben noch keinen haben können, und Ihnen außerdem den WLAN-Schlüssel gebe, damit Sie mit Ihren digitalen Geräten in unser Netzwerk kommen. Sie können das WLAN natürlich auch privat nutzen, wie Herr Langmaier betonte."

„Sehr nett von Herrn Langmaier", antwortete Maike.

„Wenn Sie Fragen haben oder etwas brauchen, Sie wissen, wo Sie mich finden."

Mit diesen Worten stöckelte Frau Bauer auf ihren Pfennigabsätzen aus dem Büro und ließ ein süßes, blumiges Wölkchen zurück, das einfach nur rosa roch.

Nachdem Maike sich eingerichtet und eine Tasse Kaffee eingeschenkt hatte, lehnte sie sich zurück und dachte über ihre Vorgehensweise für das Projekt nach. Um herauszufinden, wie hier alles funktionierte und wie es lief, musste sie tief in die Firmenbücher einsteigen und aus jeder Abteilung mindestens einen Mitarbeiter interviewen, sobald sie sich durch die Bücher über die Fragestellungen klar war. Sie begann, einen kurzen Überblick der Firma und allem, was sie bisher erfahren hatte, in ihren Laptop zu tippen. Diesen Abriss würde sie nach und nach erweitern und ergänzen, bis daraus ihr Bericht entstand.

Alles in allem schien die Firma, die sich auf industrielle Kunststoffverarbeitung spezialisiert hatte, durchaus positiv dazustehen. Das hatte Maike aus ihren Recherchen von Frankfurt aus bereits erfahren. Aber der Seniorchef musste irgendwo ein Problem ausmachen, das er nicht genau definieren wollte oder konnte, sonst hätte er nicht so ohne Weiteres ein Büro zur Strukturanalyse zurate gezogen. Vielleicht wollte er aber auch nur prüfen, ob er für die Zukunft alles gut eingestellt hatte. Sie würde dem auf den Grund gehen müssen.

Seufzend stand sie auf, durchquerte ihr kleines Büro und betrat den Flur, an dessen Ende oder besser Beginn Frau Bauer an ihrer Theke thronte.

Maike versuchte es mit ihrem freundlichsten Lächeln.

„Frau Bauer", sagte sie, „ich will nicht stören, aber ich

benötige einige Unterlagen zur Analyse. Zugang zu den Bilanzen und so weiter."

„Herr Langmaier ist gerade in sein Büro gegangen. Ich werde Sie ankündigen." Das schmachtende „Junior' ließ sie dieses Mal weg. Rasch wählte sie eine kurze Nummer und säuselte, hauchte beinahe: „Herr Langmaier, entschuldigen Sie die Störung, aber Frau Kellermann wünscht die Bücher zur Einsicht."

„Soll reinkommen", konnte Maike die durch den Hörer gedämpfte Antwort vernehmen.

Ihr schoss das Blut ins Gesicht. Sie konnte es regelrecht in sich aufsteigen spüren. Außerdem schwitzte sie plötzlich. Maike verdammte sich für ihre Nervosität. Bastian Langmaiers kühler Blick, seine frostige Art und der Kratzer auf seinem Auto hatten sie doch sehr aus dem Konzept gebracht. Normalerweise hielt sie sich für recht robust, was Konflikte betraf.

„Gehen Sie den Gang vor und dann die dritte Tür links."

Frau Bauers Worte rissen Maike aus ihren Grübeleien. Auf ihrem Weg den Flur entlang wappnete sie sich innerlich, richtete sich körperlich auf, atmete vor der Tür zweimal tief durch und klopfte.

„Herein", murmelte es drinnen.

Schwungvoll drückte Maike die Klinke herunter und betrat mit stolzer Haltung das Büro des Juniorchefs.

Das Zimmer war nur wenig größer als ihres und auch die Einrichtung ähnelte der bei ihr. Der einzige Unterschied war der Stuhl, der für Besucher vor dem Schreibtisch stand, außerdem ging das Fenster zum Parkplatz hinaus. Alles war ordentlich und aufgeräumt.

Auf einen großen Bildschirm blickend saß Bastian Langmaier am Schreibtisch, als sie eintrat. Mit festen Schritten näherte sie sich dem Tisch, und als sie davor stehen blieb, ihrer Meinung nach für alle Eventualitäten gewappnet, wechselte schlagartig sein Blick vom Bildschirm in ihre braunen Augen. Es fuhr ihr wie ein Stromstoß in den Magen, sofort wurde ihre Kehle trocken und sie merkte gar nicht, wie sie die Luft anhielt. Der Typ sah wirklich verdammt gut aus. Jetzt bloß nicht aus dem Konzept bringen lassen.

„Sie wollen die Bücher sehen?", fragte er kühl.

32

„J-ja. Die Bücher. Bitte", antwortete sie mit belegter Stimme. Und das ärgerte sie maßlos. Sie versuchte, sich zu fangen, indem sie schluckte und sich räusperte. „Die Bilanzen sollen mir bei der Analyse und der Wahl der Methodik helfen. Natürlich werden alle Daten darin streng vertraulich behandelt. Ich wäre Ihnen sehr verbunden", gelang ihr die Antwort im zweiten Anlauf besser.

Er runzelte die Stirn und meinte: „Da ich Weisung habe, Ihnen alles, was Sie verlangen, zukommen zu lassen, solange der Chef außer Haus ist, werde ich mein Bestes geben und Ihren Bitten nachkommen. Egal, was ich davon halte."

Damit hatte er seinen Standpunkt klargemacht. Er hatte sehr sachlich gesprochen und war dabei aufgestanden. Zügig ging er um seinen Schreibtisch herum, an ihr vorbei und öffnete die Tür. Dort wartete er kurz und blickte zu Maike zurück, die wie angewurzelt stehen geblieben war.

„Helfen Sie mir tragen oder soll ich Frau Bauer holen?", fragte er gereizt.

„Oh!", entfuhr es Maike. „Entschuldigung! Ich …"

Aber er war schon losgegangen, den Flur entlang zurück zum Eingangsbereich. Dort bog er in den Gang links ab und ging auf eine Bürotür zu, neben der ein Schild ‚Geschäftsführung' angebracht war. Das Büro lag neben dem Sitzungszimmer, das Maike schon kannte.

Sie hatte den gleichen Stil erwartet wie in ihrem und Bastian Langmaiers Büro, aber hier war alles mit dunklen, schweren, altmodischen Möbeln ausgestattet. Der Seniorchef mochte es offenbar düster. Bastian Langmaier öffnete einen Wandschrank. Sauber aufgereiht und beschriftet standen darin die Aktenordner, die die Bilanzen der letzten Jahre enthielten.

„Wie viele brauchen Sie?"

„Die letzten fünf Jahre müssten erst mal genügen."

„Soso", war seine missmutige Antwort.

„Nun ja, die letzten fünf Jahre sind als Ausgangspunkt für die gegenwärtige Entwicklung aussagekräftig und …"

Er unterbrach sie rüde: „Seien Sie mir nicht böse, aber es interessiert mich nicht sonderlich. Das hat nichts mit Ihnen zu tun. Ist eher familienintern, dass ich Ihre Gegenwart mehr oder weniger als Angriff auf meine Person verstehe. Nichts für ungut."

Schön, in einen Familienstreit war sie also hineingeraten. Das würde sie jetzt nicht kommentieren. Aber sie sollte es für ihre Untersuchungen im Hinterkopf behalten. Vielleicht hatte diese familieninterne Auseinandersetzung ja Auswirkungen auf die Firma.

Er lud ihr mehrere Ordner auf die ausgestreckten Arme, griff sich selbst einige, schloss die Schranktür und marschierte, ohne ihr noch weiter Beachtung zu schenken, aus dem Büro seines Vaters.

Sie folgte ihm in ihr Zimmer, wo er die Ordner auf ihrem Schreibtisch abstellte.

„Frohes Schaffen", meinte er freudlos beim Verlassen des Büros.

„Danke. Und danke für den Kaffee", sagte Maike noch, bevor er aus der Tür trat.

Ohne sich zu ihr umzudrehen, machte er eine wegwerfende Handbewegung und schloss die Tür.

Den Kaffee hatte sie bestimmt seiner Schwester zu verdanken, dachte Maike bitter. Dem Miesepeter sicher nicht.

♱

„So ein Arschloch!", schimpfte Maike in ihr Handy. Sie saß im Auto, das sie vor dem nächsten Supermarkt außerhalb von Oberstemmenreuth geparkt hatte.

„Ich würde dir so gerne helfen, mein Schatz." Ihre Freundin Tamara seufzte laut. „Du musst einfach versuchen, ihm aus dem Weg zu gehen, wo du kannst."

„Heute habe ich eh niemanden von der Firma gesehen. Ich habe mich in meinem Büro in die Akten vergraben und bin nicht rausgekommen. Nur einmal bin ich zur Toilette", erklärte Maike mit vor Frust bebender Stimme.

Erst als ihr die Tränen auf die Hand tropften, merkte sie, dass sie weinte. Wütend wischte sie sich über die Augen. Sie heulte in den letzten 24 Stunden eindeutig zu viel. Das ärgerte sie enorm.

„Der kann mich mal! Ich werde das hier durchziehen, so schnell ich kann, und schauen, dass ich Land gewinne!", wütete sie mit einem Mal los, sodass Tamara am anderen Ende leise lachen musste.

34

„Brav, Maike. Zeig es den Provinzlern! Du bist so gut in deinem Job, dass Hochstätt gegen dich intrigiert, weil du ihm sonst gefährlich zu werden drohst. Lass dich nicht unterkriegen und ruf an, wann immer du willst, ja?"

„Okay. Danke, Tamara."

„Das wird schon. Jetzt kauf dir mal was zu essen. Du hast sicher nichts gegessen heute, wenn du dein Büro nicht verlassen hast."

Hatte sie tatsächlich nicht. Da sie keine Vorräte besaß und auch vor lauter Wut keinen Appetit, war das Abendessen gestern das Letzte gewesen, was sie zu sich genommen hatte. Als ihr das bewusst wurde, wurde ihr beinahe schlecht vor Hunger.

„Okay. Ich geh mal einkaufen. Wir telefonieren wieder. Hab dich lieb!"

„Ich dich auch, Maike. Ich drück dich", sagte Tamara, bevor sie auflegte.

Maike atmete ein paar Mal tief durch und stieg dann aus ihrem Auto. Als sie sich in Richtung Supermarkt entfernte, wurde ihr bewusst, dass dieser Wagen für sie hier das einzige Vertraute darstellte. Darin fühlte sie sich sicher und sie merkte, dass sie sich nur ungern aus dieser Blase des vermeintlichen Schutzes lösen wollte.

Sie schalt sich für diese Gedanken und Gefühle. Gerade einmal einen Tag war sie hier und schon kurz vor einem Nervenzusammenbruch. Das durfte doch nicht wahr sein. Sich wegen solcher Idioten wie Hochstätt oder Langmaier nur einen Moment Gedanken zu machen, hatte sie ja wohl nicht nötig!

Erst als sie den Supermarkt schon halb durchquert hatte, ohne auf irgendetwas als ihren Ärger zu achten, merkte sie, dass sie überhaupt nicht wusste, was sie kaufen sollte. Sie entschied sich nach kurzem Innehalten für Salat, Tomaten und Nudeln. Daraus würde sie ja wohl was hinkriegen.

Sie stand schon an der Kasse, als ihr einfiel, dass sie ja auch Kaffee kaufen wollte. Genervt ging sie wieder zurück zum Kaffee, nahm dann noch Obst, Milch, Toast und Käse mit und stand einige Zeit später mit vollen Armen erneut an der Kasse an.

Dass sie die Filtertüten vergessen hatte, merkte sie erst, als sie zurück am Auto war. Immerhin war sie noch in der Nähe des Supermarktes. Man musste in allem etwas Positives sehen.

☶

Nach dem Essen, das sie sich ohne Unfall und größere Katastrophen in ihrer neuen Behausung zubereitet hatte, wirkte die Welt schon wieder ein gutes Stück besser als noch zuvor. Sie hatte sogar so viel Optimismus und Tatendrang zurückgewonnen, dass sie sich dazu entschloss, ihren Laptop aus dem Büro zu holen, um noch ein bisschen zu arbeiten. Vor lauter Resignation hatte sie früher am Nachmittag alles auf ihrem Schreibtisch zurückgelassen.

Vorsichtig zog sie ihre Wohnungstür auf und spähte in den Flur hinaus. Wegen des fortgeschrittenen Abends war es schon dunkel draußen und somit auch im Gang vor ihrer Tür. Bis auf einen Lichtstrahl, der durch die Milchglastür des Labors fiel. Sie konnte deutlich Stimmen vernehmen.

„Ach, sei doch mal nicht so ein blödes Rindviech!"

Die Stimme kam Maike vertraut vor und sie war sich fast sicher, dass sie Resi gehörte.

„Ich? Was habe ich bitte verbrochen, dass er mich so bestraft? Seit Jahren reiße ich mir hier den Arsch auf und so dankt er es mir?"

„Er macht das nicht, um dich zu ärgern oder zu bestrafen. Ich glaube, dass er dir nur helfen will."

„Helfen? Mit so einer Tussi aus der Großstadt?"

„Das ist sie sicher nicht. Ich mag sie. Sie ist klug, lustig und sie hat ein gutes Herz."

„Ein gutes Herz." Bastian Langmaier lachte freudlos auf. „Und was bringt mir das, wenn sie hier alles umkrempeln will?"

„Stell dich halt nicht blöder, als du bist, Bastian! Du führst dich auf, wie ein trotziges Kleinkind. Du bist ein Idiot, dass du nicht auch die Chance dahinter erkennen kannst."

„Dann bin ich eben ein Idiot. Hast du den Kratzer an meinem Auto gesehen?"

„Ja, ich hab ihn mir angeschaut, nachdem du mir groß und breit davon erzählt hast."

„Und?"

36

„Find ich fei nicht so schlimm. Man sieht ihn kaum. Du bist doch sonst nicht so, also reg dich ab. Hast du dem Schorsch schon Bescheid gsagt?"

„Ja. Der kommt nächste Woche vorbei und schaut es sich an."

„Also. Dann musst du halt noch ein paar Tage mit dem Kratzer leben."

Die gebrummte Antwort von Bastian Langmaier verstand Maike nicht. Vorsichtig schloss sie ihre Wohnungstür wieder. Anstatt zu arbeiten, würde sie sich in ihrem fremden Bett verkriechen. Tussi. Als ob! Der hatte ja keine Ahnung.

Diese dumme Unterstellung machte sie wütend. Der tickte wohl nicht mehr richtig, dieser arrogante, sture Fatzke! Das genügte als Schläge ins Gesicht für einen Tag. Sollte sich das boshafte Schicksal für den Rest des Tages einen neuen Sparringspartner suchen. Sie war erst mal raus.

♊

Die nächsten Tage verbrachte sie mit konzentrierter, fast fieberhafter Arbeit. Sie wollte so schnell wie möglich den Auftrag in diesem Nest abschließen und nie wieder herkommen müssen. Lieber teilte sie sich fortan mit Hochstätt ein Büro, als länger als nötig hier zu hocken.

Pünktlich zum Wochenende hatte sie die Bilanzen durchgearbeitet, ihren Bericht mit den Erkenntnissen daraus erweitert und den Fragenkatalog für die Interviews erarbeitet. Davor hatte sie am meisten Angst. Sie würde dafür mit einigen Angestellten des Unternehmens ein längeres Gespräch führen müssen, auch mit Bastian Langmaier, was sich sicherlich äußerst schwierig gestalten dürfte.

Bisher war sie, wenn sie irgendwelchen Mitarbeitern begegnet war, immer mit ziemlich wenig Interesse oder Freundlichkeit behandelt worden. Man ignorierte sie. Überhaupt schien es die Gegend mit Freundlichkeit und Offenheit nicht so genau zu nehmen. Selbst in vielen Geschäften begegnete man ihr bisweilen mit Gleichgültigkeit, als müsste sie um die Dienstleistung bitten und für den Minimalismus, den man ihr dann entgegenbrachte, dankbar sein.

37

Sie merkte, dass sie anfing, mit gesenktem Blick herumzulaufen, was eigentlich nicht ihre Art war. Zum Wochenende musste sie hier weg. Sie nahm sich vor, nach Frankfurt zu fahren und dort bei ihren Freunden neue Kraft zu tanken. Also packte sie Freitagabend ihre Taschen in den Audi und gab unnötig viel Gas, als sie den Firmenhof verließ.

Die Heimfahrt verlief ruhig und ohne größere Schwierigkeiten und so schloss sie vier Stunden nach ihrer Flucht aus Oberstemmenreuth in Frankfurt die Wohnungstür auf. Es roch nach geröstetem Brot, ein bisschen nach Toilettenstein und stark nach Männerdeo, als sie ihre Taschen und dann sich selbst erleichtert und erschöpft durch die Eingangstür schob. Ihr Zimmer sah aus wie bei ihrer Abfahrt, allerdings schienen Tommy oder Tamara ihre Zimmerpflanze gegossen zu haben. Die wirkte deutlich kraftvoller, als sie selbst sich fühlte.

Seufzend stellte sie ihre Sachen ab und schleuderte die Jacke auf das Bett. Dann ging sie in die Küche, wo Tommy gerade so darin vertieft war, Salat zu schneiden, Brot zu rösten und vor sich hin zu summen, dass er ihr Kommen erst jetzt bemerkte.

„Gott! Hast du mich erschreckt! Willst du mich umbringen? Etwa, weil ich das größere Zimmer habe?"

Mit der Hand auf dem Herzen stand er mit nassen Haaren, T-Shirt und Jeans vor ihr und grinste sie fröhlich an. Sie war so erleichtert, ein vertrautes, freundliches Gesicht zu sehen, dass sie ihm stürmisch um den Hals fiel.

Er tätschelte vorsichtig ihren Rücken, während sie seinen Duft einsog und das Gefühl von Nähe zu einem anderen Menschen genoss.

„Möchtest du mit mir essen? Ich hab wie immer zu viel gemacht", fragte er sie nach einiger Zeit.

„Gerne, Tommy. Danke."

Maike war einfach nur erleichtert und froh, dass das Leben, wie sie es kannte, in den Tagen ihrer Abwesenheit nicht aufgehört hatte zu existieren. Alles war wie immer und das würde es auch bleiben. Sie durfte nur nicht zulassen, dass es durch etwas von außen zerstört wurde.

Kapitel 4

Um Punkt acht Uhr am Montagmorgen saß Maike an ihrem Schreibtisch in Oberstemmenreuth. Sie hatte über das Wochenende wieder etwas Mut und Zuversicht getankt und war während ihrer Rückfahrt am Sonntagabend nochmals im Kopf durchgegangen, wie sie Bastian Langmaier entgegentreten und die anstehenden Aufgaben angehen wollte. Es musste doch möglich sein, diesen Eisblock zum Schmelzen zu bringen. Entschlossen packte sie Schreibblock und Stift und verließ zielstrebig ihr Büro.

Die Empfangstheke war verwaist. Frau Bauer war wohl noch nicht da. Kurz entschlossen drehte sie sich auf dem Absatz um und ging energisch den Flur zurück, an dessen hinterem Ende Langmaier Juniors Büro lag. Selbstbewusst klopfte sie. Schweigen antwortete. Mit pochendem Herzen versuchte sie es noch einmal, lauter diesmal. Nichts. Mist. Da war sie wohl zu früh dran. Ihre Entschlossenheit bröckelte.

Für einen Moment setzte ihr Herzschlag aus, als dicht hinter ihr eine tiefe Stimme sagte: „Wie kann ich Ihnen helfen?"

Maike fuhr herum und blickte direkt auf den Krawattenknoten von Bastian Langmaier. All ihre Zuversicht und Selbstsicherheit fielen in sich zusammen und es blieb nur ... Wut.

„Warum schleichen Sie sich so an?", versetzte sie aggressiver als beabsichtigt. Was tat sie da? Wollte sie sich selbst ins Aus befördern? Ach, egal. Sollte er doch ihr Verhalten für unangebracht halten. Er benahm sich schließlich auch nicht gerade professionell. Und er stand viel zu nah vor

39

ihr. Letzteres schien er selbst zu merken, denn er räusperte sich und trat einen kleinen Schritt zurück.

„Ich bin ganz normal den Flur entlanggekommen. Sie haben mich nur nicht gehört." Seine Stimme hatte einen warmen, aber auch amüsierten Klang, was sie noch mehr ärgerte.

Ein leichtes Lächeln blitzte auf Langmaiers Gesicht auf. Sein Mund war klar geschnitten und die schmale Ober- und fülligere Unterlippe verliehen ihm einen etwas schmollenden Ausdruck. Auf der rechten Hälfte der Unterlippe war eine senkrechte, verblasste Narbe auszumachen. Wie ein Stilbruch stand die Narbe der klaren Struktur seiner Lippe entgegen und betonte sie dadurch. Die Nase begann breit an der Wurzel und lief zur Spitze hin gleichmäßig schmal zu, unterbrochen von einer abgeflachten Stelle auf dem Rücken. Die Nasenspitze war leicht nach rechts geneigt. Vielleicht hatte er sie sich mal gebrochen?

Maikes Blick wanderte über die Nase hinauf in seine Augen, in deren blauem Glanz aufblitzte, dass er die Herausforderung annahm, mit ihr jede Richtung, in die das Gespräch führen würde, auszudiskutieren. Gott, hoffentlich hatte er nicht gemerkt, wie sie ihn angestarrt hatte. Das musste eine Ewigkeit gewesen sein. Kalt schoss Maike die Scham in den Magen.

„Ich wollte Sie sprechen, hinsichtlich der nächsten Schritte meiner Arbeit, Herr Langmaier", versetzte Maike in, wie sie hoffte, angebracht hochmütigem Ton. Leider kamen die Worte zu leise heraus. Ihre Stimme schien ihr rau und hohl.

„Haben Sie unsere finanzielle und wirtschaftliche Situation bereits ausgiebig eruiert?", fragte er kühl.

„So ist es. Um das Ganze nun ins Verhältnis zur subjektiven Wahrnehmung der Arbeitnehmer und Geschäftsführung setzen zu können, sind Gespräche in Form von Interviews erforderlich. Und ich brauche jemanden, der mich durch die Firma führt und mir alles zeigt und erläutert."

Sie wäre schon längst einen weiteren Schritt von ihm zurückgetreten, doch hinter ihr war die Bürotür und er machte nicht den Eindruck, dass er demnächst auch nur daran denken würde, sie hineinzubitten. Er spielte hier Machtspielchen und ließ ihr als einzigen Ausweg, das Feld zu räumen, indem sie an ihm vorbei in den Flur zurückging.

40

Aber so leicht würde sie nicht aufgeben. Das war sie aus der Frankfurter U-Bahn gewöhnt, bei den stillen Machtkämpfen um die Haltestangen. Sie würde das hier aussitzen und nicht klein beigeben. Warten, das konnte sie. Ihr Geduldsfaden war lang. Mit der richtigen Veranlagung konnte man es durch die unzähligen Gelegenheiten in der Großstadt darin zur Perfektion bringen.

Sie waren sich so nah, dass sie sogar seinen Geruch wahrnahm. Irgendwie vertraut. Wie merkwürdig.

Nach endlosen Sekunden räusperte sich Langmaier, zwinkerte kurz, kaum merklich, und streckte seinen Arm an ihr vorbei zum Türgriff aus. Die Bürotür schwang auf.

„Nach Ihnen", sagte er, den Blick weiterhin auf ihre Augen gerichtet.

Erleichtert gestattete sie sich ein kleines Hochgefühl, als sie sich umdrehte und sein Büro betrat. Sie schien einen Sieg davongetragen zu haben. Darauf konnte man aufbauen.

„Setzen Sie sich bitte. Ich muss erst meinen Rechner hochfahren."

„Natürlich. Ich will Sie so wenig wie möglich in Ihrem gewohnten Ablauf stören, Herr Langmaier."

Er quittierte die Anspielung auf seine Vorbehalte mit einem schiefen Lächeln.

Sie schrieb einige Stichpunkte auf ihren Notizblock und tat beschäftigt, während er mit starrem Blick auf den Bildschirm dessen Ladevorgang zu überwachen schien.

Nach einigen Minuten räusperte sich Langmaier. „Ich würde Ihnen Herrn Schuster von unserer IT-Abteilung als Fremdenführer an die Hand geben", sagte er. „Der ist im Moment nicht allzu sehr im Stress. Das geht natürlich nur, wenn er auch einverstanden ist und keinen Notfall bearbeiten muss."

„Sicher", antwortete Maike erleichtert. Sie war froh, dass er nicht sich oder Frau Bauer für die Führung vorgeschlagen hatte. Ein IT-ler war Maike da deutlich lieber.

„In den Abteilungen fragen Sie dann die Leute selbst, wer zum Interview bereit ist. Außer bei denen, die an den Maschinen arbeiten, können alle ihre Arbeit für die Zeit unterbrechen. Wie es den Mitarbeitern eben passt. Für die, deren Arbeitsrhythmus nicht selbstbestimmt abläuft, müssen Sie bitte Termine vor oder nach der regulären Arbeitszeit ausmachen. Wenn sich in irgendeiner Abteilung keine Freiwilligen finden, sagen Sie es mir. Ich werde das dann organisieren. Aber hoffentlich können Sie ausreichend viele Kollegen positiv von der Notwendigkeit überzeugen und motivieren", sagte er in einem Ton und mit einem Blick, der seiner Aussage komplett widersprach.

„Vielen Dank, Herr Langmaier." Kurz entschlossen fügte sie fest hinzu: „Ich hoffe, vor allem Sie selbst noch von den positiven Effekten meiner Arbeit überzeugen zu können."

Er lachte kurz auf und antwortete dann, spöttisch grinsend: „Wie gesagt: viel Glück!"

Maike konnte keine Kälte in dieser Antwort finden. Er klang eigentlich eher amüsiert. Machte er sich über sie lustig? Ganz ruhig, Maike. Professionell bleiben!

„Möchten Sie, dass ich Ihnen den Fragenkatalog vorab vorlege, den ich mit Ihren Mitarbeitern durchgehen will?", fragte Maike.

„Muss ich auch interviewt werden?"

„Ich fürchte ja. Aufgrund Ihrer Zugehörigkeit zur Geschäftsführung und Ihrer Tätigkeit im Labor brauche ich Ihre Darstellung, wenn Sie sonst keine Kollegen dort haben."

„Herr Schuster geht mir manchmal zur Hand. Aber der zählt nicht. Somit melde ich mich also gezwungenermaßen freiwillig", gab er lächelnd zurück. „Dann will ich die Fragen vorher auch nicht sehen."

„Alles klar."

Maike notierte sich Bastian Langmaier als Gesprächspartner für das Labor. Mit sehr gemischten Gefühlen. Das konnte ja heiter werden.

„So!" Er erhob sich und Maike tat es ihm gleich. „Ich werde Sie jetzt bis zur IT-Abteilung begleiten. Dann übergebe ich Sie der Obhut von Herrn Schuster, damit ich mich wieder anderen Dingen widmen kann. Die Firma muss ja schließlich auch geleitet, nicht nur verbessert werden."

Maike versuchte, die Spitze zu ignorieren, aber seine Worte hinterließen trotzdem ein unangenehmes Prickeln in ihrem Nacken. Immer wenn sie dachte, er würde ihr ihre Anwesenheit nicht mehr so übel nehmen wie anfangs, belehrte er sie eines Besseren.

Warum ihr das nicht egal war, verstand sie allerdings immer noch nicht. Sein Vater war ihr Auftraggeber, er bezahlte für ihre Dienste. Der Senior musste zufrieden sein. Sie hatte sich auf der Herfahrt nach dem Wochenende vorgenommen, dass sie nicht mehr groß über Langmaier Junior nachdenken würde, aber das gelang ihr nicht. Grübelnd folgte sie ihm aus seinem Büro.

„Hier gegenüber ist eine kleine Kaffeeküche. Kennen Sie die schon?"

„Ähm … nein."

„Da könnten Sie Ihre Interviews abhalten, wenn Sie wollen. Für eine lockerere Atmosphäre."

Wie überraschend, dass er sich über so etwas Gedanken machte.

„Daneben ist Ihr Büro, wie Sie ja wohl wissen. Und gegenüber sind Toiletten. Die kennen Sie vielleicht auch schon."

„Ja. Danke. Wir sind bekannt miteinander", sagte Maike, bevor sie richtig darüber nachdachte.

Bastian Langmaier blieb stehen und musterte sie mit einem merkwürdigen Ausdruck. Dann lächelte er und setzte seinen Weg fort. Sie kamen an Frau Bauers Theke vorbei.

„Frau Bauer ist die Wächterin über den Eingangsbereich. Wenn Sie also unbemerkt hinaus, hinauf oder in diesen Abstellraum", er deutete auf eine Tür rechts des Treppenhauses, „gelangen möchten, sollten Sie auf ihre Abwesenheit hoffen."

Jetzt musste Maike schmunzeln. Komplett humorlos schien er wohl doch nicht zu sein.

„Das Büro meines Vaters und das Besprechungszimmer kennen Sie auch schon. Hier ist übrigens noch ein kleiner Raum mit Kopierer, Drucker und so weiter. Falls Sie mal was ausdrucken müssen. Die Verbindung müssen Sie allerdings erst von Herrn Schuster einrichten lassen."

Er zog die Tür zum Treppenhaus auf und ließ Maike zuerst hindurchgehen. Sie stiegen die Treppe hinauf in den ersten Stock, den Maike bisher noch nicht betreten hatte.

„In dem Gang geradeaus auf der rechten Seite sind Personalabteilung, Buchhaltung und Anwendungstechnik. Links sind Toiletten, Kaffeeküche, Putzraum und so weiter. Hier hinten", er deutete in den Flur, der rechts von ihr verlief, „haben wir Kundenbetreuung und Marketing."

Er führte sie diesen Flur entlang bis zur letzten Tür auf der rechten Seite.

„Hier sind IT und Server. Und Herr Schuster."

Er klopfte und ein gedämpftes „Ja" antwortete ihm.

Sie betraten ein lang gezogenes Büro mit einigen Computern. Hier saß ein sehr großer Mann an einem Schreibtisch vor mehreren Bildschirmen. Er schien in Maikes Alter zu sein. Sein Haar war rötlich braun und kurz geschnitten und seine Kleidung unterschied sich deutlich von der Bastian Langmaiers. Er trug Jeans und ein graues T-Shirt, über dessen Kragen ein rötlicher, dichter Bart wucherte.

„Peter, das ist Frau Kellermann. Die Dame aus Frankfurt, die wir unserem Chef zu verdanken haben."

„Ah!" Er erhob sich und kam mit ausgestreckter Hand auf Maike zu. Dabei schien er zu lächeln, aber unter der Gesichtsbehaarung war das kaum auszumachen. „Freut mich sehr, Frau Kellermann! Wir hatten noch nicht das Vergnügen."

Sie musste den Kopf weit in den Nacken legen, als sie ihm händeschüttelnd in die leuchtend grünen Augen blickte. Er schien nett zu sein. Sicher würde er sie nicht die ganze Zeit blöd anmachen wie Junior.

„Sie braucht einen Fremdenführer und du bist ja praktisch an jedem Arbeitsplatz zu Hause. Wenn du also nicht im Stress bist oder einen Notfall bearbeiten musst, könntest du dich um Frau Kellermann kümmern?", fragte Bastian Langmaier.

„Klar, gerne. Ich bin froh, mal hier rauszukommen." Verschwörerisch zu Maike gebeugt, sagte er leise: „Die lassen mich nämlich nur selten raus. Manchmal bin ich auch angekettet. Und ab und zu, wenn ich brav bin, dann darf ich in den zweiten Stock und dem Doktor Frankenstein hier", er deutete mit dem Daumen auf Bastian Langmaier, „bei seinen Experimenten helfen."

Erschrocken fuhr Maike herum, als Bastian Langmaier plötzlich auflachte. Er warf den Kopf zurück und schallendes, tiefes Lachen übertönte das laute Summen der Rechner. Breit zeigte er eine Reihe weißer und gerade Zähne.

„Großartig. Ich bin dann mal bei meinen Experimenten. Das Monster ist schließlich noch nicht fertig. Peter, Frau Kellermann, viel Vergnügen."

44

Weiterhin lachend verließ er den Raum. Maike sah ihm nachdenklich hinterher. Einen solchen Gefühlsausbruch hätte sie dem Griesgram gar nicht zugetraut. Tja, so konnte man sich täuschen. Schien also doch an ihr zu liegen – ein deprimierender Gedanke. Aber als sie sich Herrn Schuster zuwandte, stahl sich ein Grinsen auf ihr Gesicht. Die Vorstellung, dass er hier oben zwischen den Computern angekettet seine Tage fristen musste, war beim Anblick seines dichten Bartwuchses nicht als unmöglich von der Hand zu weisen.

⊠

Der weitere Vormittag gestaltete sich sehr angenehm. Herr Schuster war ein lustiger und fröhlicher Zeitgenosse, der an allen Arbeitsplätzen, denen sie einen Besuch abstatteten, ein gern gesehener Gast zu sein schien. Spontan meldete er sich zum Interview der IT-Abteilung und überlegte minutenlang laut, ob es wirklich freiwillig war, wenn man als einziger Angehöriger seiner Abteilung im Grunde keine Wahl hatte. Das Ganze diskutierte er in nasalem Ton mit sich selbst und Maike kam gar nicht mehr hinterher, sich die Lachtränen aus den Augen zu streichen.

Immer mit einem fröhlichen Spruch auf den Lippen führte er sie von einem Mitarbeiter zum Nächsten. Das Labor ließen sie in ihrer Führung erst einmal aus, das sollte Bastian Langmaier persönlich übernehmen, so Herrn Schusters Meinung.

Besonders beeindruckte Maike die Abteilung für Anwendungstechnik. Hier wurde von zwei Mitarbeitern, beides technische Zeichner, der individuelle Kundenwunsch in einem CAD-Programm umgesetzt. Dies konnte dann als eine Art digitale Schablone auf die Fertigungsmaschinen übertragen werden, was eine von Herrn Schusters Aufgaben war.

Nach dem Rundgang durch das erste Stockwerk, der einige freundliche Exemplare von Bewohnern Oberfrankens offenbarte, marschierten sie aus dem Bürogebäude in eine der Hallen. Herr Schuster führte sie durch die verschiedenen Produktionsabteilungen mit CNC-Fräsmaschinen,

Spritzgussfertigung und Pressformung. Der Geruch von verschmortem Plastik, die ungewöhnlich hohen Temperaturen in der Halle und der allgemeine Lärm verursachten bei Maike nach kürzester Zeit Kopfschmerzen und Beklemmungsgefühle.

„Man gewöhnt sich recht schnell an den Lärm und das alles", überbrüllte Herr Schuster die Geräuschkulisse, als hätte er ihre Gedanken gelesen.

Aber nicht jeder Mitarbeiter empfing sie mit offenen Armen. Viele murrten vor sich hin und blickten Maike kaum in die Augen. Zu einer Zwangsverpflichtung würde es für ihre Befragungen dennoch nicht kommen müssen, da sich in jeder Abteilung Freiwillige fanden. Mehr oder hauptsächlich weniger begeistert, aber immerhin. Sie notierte sich fleißig, was sie glaubte, dem fränkischen Genuschel entnommen zu haben, mit dem Arbeitsplätze und Aufgaben beschrieben wurden. Herrn Schuster schien die missmutige Haltung mancher Kollegen völlig kalt zu lassen. Er war so fröhlich wie zu Anfang.

Als sie ihren Weg zur Halle für die Produktion der Kunststoffe und Lagerung der Endprodukte antraten, fragte ihn Maike nach dem Geheimnis, wie er mit diesen Leuten zurechtkäme.

Achselzuckend antwortete er: „Grantler gibt's überall. Hier auch nicht mehr als in Norddeutschland, Oberbayern oder Berlin. Manche können halt nicht aus ihrer Haut. Ich ignorier das meistens. Heißt ja nicht, dass das nicht auch gute Menschen sind."

Wahrscheinlich hatte er recht. Maike schämte sich etwas dafür, dass sie die knurrige Art der Leute so sehr an sich heranließ. Vorbehaltlosigkeit sollte eigentlich eine Schlüsselqualifikation in ihrem Job sein.

Als sie am Abend ihre Wohnungstür aufsperren wollte, öffnete sich gegenüber die Tür zum Labor. Maike fuhr herum, in Erwartung, wieder Bastian Langmaier gegenüberstehen zu müssen, aber es war Resi, die freudestrahlend auf sie zukam.

46

Gott sei Dank!

„Hi! Toller Zufall", rief Resi strahlend.

„Hi! Ja. Magst du einen Kaffee mit mir trinken?", fragte Maike erleichtert, den Bruder nirgendwo zu erblicken.

„Warum nicht, ich hab noch etwas Zeit, bis ich Laura von meiner Mutter abholen muss."

Gemeinsam betraten sie Maikes Domizil. Resi wandte sich automatisch nach links, dem Wohn- und Esszimmer zu.

„Ich kenn mich aus. War hier früher öfters zu Besuch", meinte sie, als hätte sie Maikes fragenden Gesichtsausdruck im dunklen Flur erkennen können.

Sie betraten das Wohnzimmer und Resi ging gleich auf den Esstisch zu. Zum Glück war Maike grundsätzlich ordentlich und hatte nichts Verfängliches herumliegen lassen.

„Wer hat hier denn gewohnt, den du besucht hast?", fragte Maike, während sie sich umwandte und die Küche zur Kaffeemaschine durchschritt.

„Mein Bruder."

Oh. Damit hatte sie jetzt nicht gerechnet. Sie stockte kurz im Befüllen der Maschine.

„Ja. Der hat hier nach seiner Scheidung eine Zeit lang gewohnt. Hat seiner Ex Gelegenheit gegeben, eine eigene Wohnung zu finden, hat sie schließlich ausgezahlt und ist in das gemeinsame Haus zurück. Er hat auch die meisten Möbel angeschafft." Sie deutete auf den Fernseher und die Couch. „Weil es hier vorher echt ganz schön altmodisch war. Kannst du an der Küche vielleicht noch erahnen."

Maike bemühte sich, die Kaffeemaschine gelassen in Gang zu bringen. Ihre Finger bebten etwas. Bastian Langmaier hatte hier gewohnt? Mit einem Mal war ihr, als wäre die gesamte Wohnung von seinem missmutigen Geist durchdrungen. Sie bekam große Lust, ihre Sachen zu packen und sofort nach Hause zu fahren. Ihr ganzer Körper begann leise zu kribbeln.

Um Haltung bemüht, setzte sie sich zu Resi an den Tisch.

„Alles okay mit dir? Siehst so blass aus auf einmal", bemerkte Resi besorgt.

„Schon in Ordnung. Ich hatte einen anstrengenden Tag", antwortete Maike.

Resi nickte verständnisvoll.

47

„,Basst scho!', musst du hier sagen", sagte sie lachend. „Das ist die universelle Antwort auf alle Fragen zum Gemütszustand. Kann man auch benutzen, wenn einer zum Beispiel fragt, ob etwas gefällt. Wenn du es hammermäßig gut findest, kannst du ‚basst scho' sagen. Das ist hier fast so wie ‚großartig', ‚genial' oder so. Aber bitte mit minimalster Emotion. Sonst wirst du unglaubwürdig." Wieder lachte Resi. „Nach der Antwort wird dich niemand weiter fragen. Kannst du auch sagen, wenn du in Ruhe gelassen werden willst."

„Alles klar, das merk ich mir", sagte Maike und stimmte in das Lachen mit ein. Sie bekam immer mehr das Gefühl, dass Resi ihre Gedanken lesen konnte.

„Und? Was steht bei dir diese Woche so an?", erkundigte sich Resi.

„Ich bin von Herrn Schuster von der IT-Abteilung durch die Firma geführt worden und habe dabei auch die Gelegenheit bekommen, meine Interviewpartner klarzumachen. Die Durchführung wird in nächster Zeit auf dem Programm stehen, schätze ich. Sind ganz schön viele Abteilungen, ich werd bestimmt an die zwanzig Interviews führen müssen."

„Puh, ganz schön viel Arbeit. Wie wirst du's machen? Wird das total offiziell und streng durchgeführt?"

„Nein, ich will mich mit den Leuten unten in die Kaffeeküche setzen. Ups! Der Kaffee!"

Schnell stand Maike auf und holte jeder eine Tasse Kaffee und die Milch aus dem fast leeren Kühlschrank.

„Gibt's da auch Kuchen oder so?"

„Nein, eigentlich war das nicht vorgesehen."

„Sollte es aber vielleicht. Du bist hier in der ‚Genussregion Oberfranken'", Resi hob bedeutungsvoll den Zeigefinger. „Du musst den Leuten was bieten. Die haben Vorbehalte und sicher wenig Bock auf deine Fragen, fürchte ich. Aber wenn wir hier was gut können und mögen, ist das Essen und Trinken. Bier ist wohl fehl am Platz für den Rahmen der Interviews, aber so ein paar Gebäckstücke würden dir das eine oder andere Herz erobern. Lass den Kuchen dein Sand sein. Du weißt schon, für die Ritzen im Stein."

Die Idee war nicht schlecht, fand Maike. Vielleicht würde das nicht alle Probleme lösen, aber es könnte ihr bei dem

48

einen oder anderen Interviewpartner eine bessere Aus-gangsposition verschaffen.

„Hast du übrigens Lust auf 'ne Party? Nächste Woche Samstag feiert ein sehr guter Kumpel seine Betriebserwei-terung oder wie man es nennen mag. Magst du mitkom-men? Ich habe ihn schon gefragt, ob ich dich mitbringen kann, und er war begeistert. Wird bestimmt lustig, seine Partys sind immer ein Kracher. Vielleicht verbessert das deine Meinung und deinen Eindruck von den Leuten hier."

Resi sagte das mit einem seltsamen Unterton und ohne sie anzublicken, was Maike das Gefühl gab, dass sie ihr nicht alles dazu erzählte. Dieser Moment war allerdings nur flüchtig und so maß Maike ihrem Gefühl nicht allzu viel Bedeutung bei. Dem konnte sie gerade ja sowieso nicht besonders trauen.

„Klar, gerne. Ich freue mich darauf, deine Freunde kennen-zulernen. Und die andere Seite von Oberfranken." Konnte ja nicht schaden, ein bisschen Spaß zu haben.

Gut gelaunt verabschiedeten sie sich etwas später von-einander, nicht ohne sich für die Party am übernächsten Samstag um sieben Uhr zu verabreden.

Kapitel 5

Ihr war überhaupt nicht wohl, als sie am nächsten Morgen die Treppe der Firma hinunterstieg. Der Erfolg ihrer Arbeit war komplett von den Interviews abhängig, denn das war ihre Vorgehensweise. Andere Kollegen nutzten ganz andere Methoden, um die Analyse eines Betriebes durchzuführen, Maike jedoch hatte sich auf die Auswertung von Mitarbeitergesprächen spezialisiert.

Hochstätt schüttelte gerne den Kopf über ihr Beharren auf dieser Methode. Dem war schlichtweg egal, was die Menschen dachten, die für einen Betrieb arbeiteten. Er hätte auch schon Personalabbau empfohlen, hatte er Maike einmal großspurig unter die Nase gerieben. Natürlich hatte sie sich dann heimlich seinen Bericht geschnappt und ihn gelesen. Ihrer Ansicht nach wäre Personalabbau nicht notwendig gewesen. Fehlinvestitionen des Managements waren das Problem, aber dieser Arschkriecher hatte nicht den Mumm, der Geschäftsführung des Auftraggebers gegenüber Kritik zu äußern. Er war eben ein Feigling.

Niemals hätte Maike zugelassen, dass man vierzig Arbeiter entließ, um der Chefetage den Gewinn nach so einem Schlamassel wieder rosig aussehen zu lassen. Für sie blieben, anders als für Hochstätt, die Mitarbeiter einer Firma nicht nur gesichtslose Namen auf dem Papier. Sie fühlte eine Verantwortung der gesamten Firma gegenüber. Die Arbeit musste schließlich von jemandem erledigt werden, und je zufriedener der Arbeitnehmer, desto gewinnbringender. Das war ihre Grundeinstellung. Vielleicht hatte die auch etwas mit ihrer Herkunft und dem Umfeld zu tun, in dem sie groß geworden war.

50

Sie hoffte sehr, dass ihr diese Methode hier nicht zum Verhängnis werden würde. Wenn niemand mit ihr sprechen wollte oder die Gespräche anderweitig nicht gut liefen, hatte sie keine Ahnung, wo sie stattdessen ansetzen sollte.

Irgendwo vermutete Alois Langmaier ein Problem für die zukünftige Ausrichtung seiner Firma, aber bisher konnte Maike keines ausmachen. Alles schien gut zu laufen. Es gab keine finanziellen Probleme, die Auftragslage war prima und die Aufträge konnten bewältigt werden. Sie fühlte sich wie ein Detektiv, der einen Fall untersuchen sollte, von dem man ihm nicht sagte, worum es überhaupt ging. Ihre einzige Hoffnung waren die Gespräche. Möglicherweise konnte sie da das Problem ausfindig machen. Wenn nicht, würde sie das in Schwierigkeiten bringen. Dann konnte sie sich die nächste Beförderung in die Haare schmieren.

Sie verließ das Gebäude und stieg in ihren Wagen. Erst einmal in Ruhe beim Bäcker einkaufen. Sie hoffte sehr, dass Resis Ratschlag das Gebäck wert war.

Sie folgte der Hauptstraße in die Ortsmitte, denn dort müsste sich ja ein Bäcker finden lassen. Aber sie fand keinen. Zweimal fuhr sie die Hauptstraße entlang, raus aus Oberstemmenreuth, kehrte um und wieder zurück bis zum Gewerbegebiet. Zum zweiten Mal wendete sie und folgte der Hauptstraße bis zum Dorfweiher. Dort parkte sie schließlich ihr Auto. Dann musste sie eben doch Anwohner nach einer Einkaufgelegenheit für Backwaren fragen.

Ein mürrisch dreinblickender älterer Herr mit Hut und Gehstock versuchte, sichtlich um Trittsicherheit bemüht, den rumpeligen Gehweg entlangzugehen.

Maike blieb vor ihm stehen und fragte mit zuckersüßer Stimme: „Entschuldigen Sie bitte, wo finde ich hier in der Nähe eine Bäckerei?"

„Hä? A Bäckerei?", war die unfreundliche Antwort. Er blieb nicht stehen, sondern wollte sich an ihr vorbeischieben.

„Ja, eine Bäckerei. Gibt es hier eine?", versuchte es Maike, noch mal so freundlich sie konnte und im Rückwärtsgehen.

„Da lang", er zeigte mit dem Daumen hinter sich, „und dann links."

51

„Wann links?", versuchte Maike, mehr zu erfahren. Aber sie bekam keine Antwort. Der Mann ging unbeirrt weiter seiner Wege und ließ sie ratlos stehen.

Frustriert machte sie sich auf den Weg zurück. In die erste Straße, die links abzweigte, bog sie ein und stand tatsächlich vor einer Bäckerei. Die leider geschlossen war. Ein handgeschriebener Zettel, an die Eingangstür geklebt, teilte ihr mit, dass sich die Bäckerei Leonhardt momentan im Betriebsurlaub befände. Noch die ganze Woche.

Großartig! So viel zu dem tollen Plan.

‚Das wird nix', resümierte sie ihre Chancen auf Erfolg in der Kuchenmission.

„Die ham Betriebsurlaub", sagte plötzlich eine Stimme hinter ihr.

Maike drehte sich um und sah sich einer älteren Dame gegenüber, die auf die geschlossene Ladentür deutete, um das Offensichtliche nochmals zu betonen.

Um Freundlichkeit bemüht, antwortete Maike: „Ja, hab ich gerade gelesen. Gibt es vielleicht noch eine Bäckerei in Oberstemmenreuth?"

„Freilich. Den Haberlein."

„Aha."

Hier wollte anscheinend niemand seine Antworten irgendwie erklären oder mehr Worte als nötig machen. Das strengte Maike nun echt an. Sie war kurz davor, die Geduld zu verlieren.

Die Frau schien ihr die Ungeduld aber anzusehen und ergänzte nach eingehender Musterung: „Sie sin net vo do."

„Nein. Ich komme aus Frankfurt und bin vorübergehend beruflich hier."

Die Frau runzelte die Stirn, als könne sie nicht glauben, was sie da hörte und sagte schließlich bemüht hochdeutsch: „Sie müssen die Straße hier weitergehen und dann die zweite links. Direkt neben der Pension ‚Goldene Aussicht' is der Haberlein."

„Die Pension, die abgebrannt ist?", fragte Maike.

„Genau." Die Frau wirkte überrascht von so viel ortsgeschichtlicher Kenntnis. „Die Pension war net zu retten, aber die Bäckerei hat zum Glück nichts abbekommen. Da lagen die Nerven in der Brandnacht aber blank, bei den Haberleins. Des kann ich Ihnen sagen." Sie beugte sich

52

verschwörerisch zu Maike. „Mein Mann is nämlich bei der Feuerwehr und der hat erzählt, dass des halt scho echt gefährlich war. Mit dem ganzen Mehl", sie machte eine entsprechende Handbewegung für eine Explosion, „und so. Sie wissen scho."

„Großer Gott! Kann ich mir vorstellen. Ich danke Ihnen für die Auskunft. Auf Wiedersehen!"

„Wiederschaun! Ade!"

Die Frau drehte sich um und zog von dannen.

Der Beschreibung folgend, stieg Maike einen ziemlich steilen Berg hinauf und gelangte schließlich in eine Straße, in der es vielversprechend nach verkohltem Holz roch. Sie musste sich auf dem Kamm des Hügels von Oberstemmenreuth befinden, denn nach rechts fiel das Gelände wieder deutlich ab. Die Häuser auf dieser Seite waren alle in den Hang gebaut worden und hatten ihre Zugänge auf der ersten Etage, die ebenerdig zur Straße lag. Der Rest der Gebäude lag unterhalb des Straßenniveaus.

Und da stand sie dann auch auf einmal vor einer Brandruine. Das Haus wirkte auf den ersten Blick ganz normal, nur waren keine Fenster mehr drin und die Wände oberhalb der Fensteröffnungen rußgeschwärzt. Es schien innen komplett ausgebrannt zu sein. Einige Männer mit Ganzkörperanzügen waren gerade dabei, verkohlte Möbelreste aus dem Haus zu tragen und in einen Container davor zu werfen. Sie erntete genervte Blicke und Kopfschütteln und sprang aus dem Weg, in dem sie zu stehen schien.

Schnell ging sie weiter auf das nächste Gebäude zu. Hier führte eine steile Einfahrt neben dem Haus hinunter zum Untergeschoss, wo sich offenbar die Backstube befand. Der Laden war auf Straßenhöhe im ersten Stock untergebracht und, zu Maikes großer Erleichterung, geöffnet. Seufzend öffnete sie die Ladentür und schreckte die Verkäuferin, die über einen Notizblock gebeugt war, mit der Ladenglocke auf.

Die Bäckerei Haberlein hatte ein kleines Ladengeschäft, die Theken waren allerdings vollgestopft bis oben hin. Maike fragte sich, wer all die Backwaren kaufen sollte. Sie hatte, bis auf den unfreundlichen alten Mann, die Frau beim anderen Bäcker und die beiden Arbeiter bei der ‚Goldenen Aussicht' auf dem Weg hierher keine Menschen gesehen.

„Bidde?", fragte die Verkäuferin lächelnd.

53

„Ich hätte gerne zehn Gebäckstücke. Gemischt, von allem etwas."

„Nur süße oder salzige oder beides?"

„Beides, bitte."

„Sie sin net vo do", war die Feststellung der Verkäuferin. Das kam Maike bekannt vor. Sie spulte ihre Antwort von vorhin nochmals ab.

„Wärglich? Wu denn?", wollte die Verkäuferin neugierig wissen. Bisher hatte sie kein einziges Teilchen eingepackt.

Maike hatte nur noch eine halbe Stunde Zeit, bis der erste Interviewpartner in der kleinen Kaffeeküche auftauchte und sie musste auch zum Auto zurücklaufen. Das stand ja bei diesem Teich weit unten im Ort.

„Bei Polytech. Im Gewerbegebiet", antwortete sie möglichst einsilbig.

Je schneller dieses Gespräch der Verkäuferin langweilig wurde, desto schneller kam sie hier raus. So zumindest Maikes Theorie. Pustekuchen.

„Oh! Bei die Langmaiers? Dem Langmaier Alois und seim Sohn?"

„Genau."

„Ach, das sind so Nedde, die Langmaiers. Sie, die Edith, kaaft immer bei uns ei. Die wohna ja ned weit weg vo do."

Maike nickte beflissentlich und bemerkte wohlwollend, dass die Verkäuferin anfing, verschiedenste Teilchen in die Tüte zu packen.

Plötzlich hielt sie inne und beugte sich Maike über die Theke hinweg entgegen: „Der Bastian! Ist der ned a Buzziger? Mei gruße Schwester is mit dem in der Schul gwesn. Immer wenn die mit denen lusgezongn is, wär ich am libbsten dabeigwesn. Der hodd scho als Jugendlicher so glasse ausgschaut. Aber hodd ja dann die ane aus Bareit heiern missn. Schoot. Etzat wu er widder frei is, bin ich verheirot." Sie lachte herzlich laut auf.

Maike wusste nicht, was sie darauf sagen sollte. Zum einen hatte sie die Hälfte davon kaum verstanden, zum anderen war ihr das Gesprächsthema unangenehm. Sie versuchte, die Situation wegzulächeln.

„Und ich soch Innern: Wenn der damals aufgedredn is, da sen dem alle Fraunherzn zugflogn. Und lustich is der und nedd sowieso. A Draumdübb!"

54

Da war Maike schließlich nicht mehr möglich, zustimmend zu nicken oder zu lächeln. Nett und lustig? Da war es ja in einer Notaufnahme lustiger als in der Nähe von Bastian Langmaier!

„Aufgetreten?" Das wollte Maike allerdings doch genauer wissen. Was meinte die Verkäuferin damit?

Aber bevor die antworten konnte, ging die Türglocke und zwei Damen älteren Semesters und die beiden rußgeschwärzten Arbeiter von der ‚Goldenen Aussicht' betraten nacheinander den Laden.

„Senn 14 Euro und 53 Cent."

Maike zahlte und als sie ihre Tüte entgegennehmen wollte, reichte ihr die Verkäuferin noch eine Kleine entgegen.

„Des grieng Se dazu. A glaane Dreigoob."

„Oh, vielen Dank!", sagte Maike erfreut. So was passierte in Frankfurt nicht. Selbst in ihrer Stammbäckerei hatte sie noch nie etwas geschenkt bekommen.

Das stimmte sie nun doch wieder positiver und sie ging mit deutlich besserer Laune und sehr viel optimistischer zu ihrem Auto zurück. Wenige Minuten vor dem Eintreffen ihres ersten Interviewpartners kam sie im Büro an.

Mit diesem Interviewpartner hatte sie anscheinend ebenso wenig das große Los gezogen, wie mit dem ganzen Auftrag hier. Zu ihr an den Tisch in der Kaffeeküche setzte sich ein kleiner Mann in einem blauen Overall, der eine Kappe schief auf dem Kopf trug. Er hatte einen kleinen Bauchansatz und machte einen missmutigen Eindruck. Offenbar war er noch weniger zu dem Gespräch motiviert als sie.

Nach einigen einleitenden Worten ihrerseits, begann sie erst einmal Fragen zu seinem persönlichen Hintergrund zu stellen. Er beantwortete sie wortkarg und gelangweilt.

Nach diesem formellen Teil ließ sie ihren Eisbrecher los: „Möchten Sie einen Kaffee und etwas Gebäck?" Die Frage mit strahlendem Lächeln hervorgebracht, welches nicht erwidert wurde, und ausgreifender Geste auf die Kanne und Teller, verfehlte ihre Wirkung allerdings nicht. Deutlich gelöster wandte sich der Bediener einer Spritzgießmaschine an das Dargebotene und bedachte sie mit einem Plus an Wärme im Blick, als sie loslegte und ihre Fragen stellte.

Zwar ging es zäh und langsam voran, aber sie bekam zumindest Antworten. Sie hoffte, dass er mit mehr

Begeisterung an der Maschine tätig war, als er hier ihren Fragenkatalog abarbeitete. Aber nach langem Ringen erfuhr sie, zwischen den Zeilen, dass er recht zufrieden mit der Arbeit war, es hier in der Gegend wenig Alternativen gab und er seine Vorgesetzten und Kollegen im Großen und Ganzen schätzte.

„Der Wechsel macht ma aber a weng Sorng. Der Alde wor halt immer recht streng, aber gerecht, und er hodd immer gschaut, dass ma Aufdräch ham. Beim Junga hob ich a weng meine Zweifl, ob der sich net übernimmt mit dem Forschn und der Firma. Also halt als Chef dann. Mir missn ja konkurrenzfähich bleim, desweng schaut der Jung ja, dass ma immer wos Neis machen känna. Aber wenner bluß na nuch na Chef machen muss, wie solln des dann nuch geh? Finna Se amol su an Wissenschaftler! Gring Sa fei ned! Mir känna fruh sa, dass ma na ham. Aber wenner die Firma a nuch leiden soll, siech ich schwarz. Aber na ja. Schaumer amol. Vielleicht kimmts ja a ganz anderscht."

Diese Abschlussrede war für Maike nicht nur dahin gehend bemerkenswert, dass der Redner erstmalig so etwas wie Emotionen aufgebracht hatte und zu solch einem Monolog fähig war. Seine Gedanken, wie es mit der Firma nach dem Wechsel weitergehen und in welche Richtung sich Polytech entwickeln würde, waren zudem überaus interessant.

Sie konnte verstehen, dass er Angst um seine Stelle hatte. Der Arbeitsmarkt war in dieser Gegend nicht wirklich reichhaltig. Wenn Bastian Langmaier Polytech in den Sand setzte, bedeutete das für viele der Angestellten höchstwahrscheinlich eine lange Arbeitslosigkeit. Der Druck auf den Juniorchef war hoch.

Nachdem sie den Arbeiter freundlich verabschiedet hatte, blieb sie eine Weile nachdenklich am Küchentisch sitzen. Sie entschloss sich, den Fragenkatalog um einen Punkt zu erweitern. Sie würde nach der persönlichen Einschätzung der Angestellten fragen, was den Wechsel und seine Auswirkungen betraf. Möglicherweise war es das, was auch Alois Langmaier Sorgen bereitete.

Das nächste Interview an diesem Tag, ein Lagerist, verlief extrem unergiebig. Sie konnte sich gar nicht erklären, warum sich der Mann freiwillig gemeldet hatte. Er war

56

wortkarg, hatte keine eigene Meinung und offenbar überhaupt keine Lust, mit ihr zu sprechen. Da nutzte auch ihre Bestechungsverköstigung nichts. Der Mann war nicht aus der Reserve zu locken.

Als sie nach diesem schrecklichen Gespräch die Kaffeeküche verließ, um ihre Notizen in ihr Büro zu bringen, stand dort Herr Schuster vor der Tür.

„Ah! Zu Ihnen wollte ich", rief er ihr entgegen, als er sie kommen sah. „Ich muss für den Termin morgen Frau Markov aus der Buchhaltung entschuldigen. Die ist eben mit Erkältung nach Hause gegangen. Ich könnte Ihnen aber meine Wenigkeit als Gesprächsersatz zu ihrem Termin anbieten. Ich würde mit ihr tauschen. Nächste Woche, zu meinem Termin, ist sie sicher wieder fit."

„Klar, kein Problem. Danke, dass Sie sich so einbringen. Ich habe das Gefühl, dass das in dieser Firma ein seltener Fall ist", gab Maike zurück.

„Läuft nicht so super, was?" Herr Schuster musterte sie aufmerksam.

„Nein. Irgendwie nicht. Aber das wird noch", antwortete Maike schnell, weil sie Bastian Langmaier sein Büro verlassen sah. „Ich werde schon was Brauchbares aus dem Ganzen zusammenkriegen."

„Da bin ich sicher. An mir soll es nicht liegen. Dann bis morgen. Freu mich!"

Und so verabschiedete sich Herr Schuster winkend in Richtung des Treppenhauses.

„Was haben Sie denn morgen vor mit dem lieben Peter?", fragte Bastian Langmaier hinter ihr.

Maike drehte sich zu ihm um und hielt seinem kühlen blauen Blick stand.

„Interview", war ihre kurze Antwort, bevor sie sich auf dem Absatz umdrehte und ihr Büro betrat. Sie schloss die Tür und grinste. Erst hatte sie ihn schön abtropfen und dann stehen lassen. Wieder einen kleinen Teilsieg errungen. Ging doch!

Für ihren Termin mit Herrn Schuster hatte sie erneut Gebäck besorgt. Diesmal war so viel los in dem Laden, dass die Verkäuferin keine Anstalten machte, ihr Gespräch vom Vortag fortzusetzen. Es hätte Maike durchaus interessiert, mit was der Junior aufgetreten war, dass ihm die Frauenherzen nur so zugeflogen waren. Wenn sie es nicht über die Bäckereiverkäuferin rauskriegte, dann würde sie wohl Resi danach fragen müssen. Da musste sie allerdings aufpassen, dass sie nicht zu neugierig wirkte. Das wäre saupeinlich.

Sie freute sich, als der bärtige Computerspezialist die Kaffeeküche betrat und sich ihr gegenüber auf dem Küchenstuhl niederließ.

„Schön, Sie zu sehen." Maike strahlte Herrn Schuster an.

„Gleichfalls", war die fröhliche Antwort.

„Haben Sie noch Fragen, bevor wir loslegen? Oder soll ich gleich beginnen?", fragte Maike.

„Kann losgehen. Bin etwas aufgeregt. Ich will ja nichts Falsches sagen", gab Herr Schuster zurück.

„Sie können keine falschen Antworten geben. Das gibt es bei diesem Gespräch nicht. Das Wichtigste ist, möglichst intuitiv zu antworten. Nicht lange überlegen. Unbewusst sind schon alle Antworten da. Einfach entspannen und los", munterte Maike Herrn Schuster auf.

„Ich will mich halt auch nicht vor so einer schönen Frau blamieren."

Ihr wurde plötzlich heiß und sie hoffte, dass die Röte nicht zu offensichtlich in ihren Kopf schoss. Komplimente zu bekommen, war gar nicht ihr Ding. Besonders nicht, wenn sie nicht darauf vorbereitet war. Unangenehm berührt musste sie an Hochstätt denken, der ihr bei jeder Gelegenheit Avancen machte und sie in Verlegenheit brachte. Wohl eher absichtlich und aus seiner eigenen Arroganz heraus als ihretwegen.

„Danke für das Kompliment. Aber Sie können sich nicht blamieren, ich habe schon alle möglichen Antworten gehört. Von total Blöden bis zu Hyperintelligenten. Sie können mich nicht überraschen", versuchte Maike, ihr Unwohlsein zu überspielen.

„Na gut. Also los."

Während des Interviews hielt Herr Schuster ihrem Blick stand. Es schien ihm nicht peinlich zu sein, dass er ihr ein Kompliment gemacht hatte. Souverän beantwortete er alle ihre Fragen. Schließlich kam ihre letzte an die Reihe, zur Zukunft der Firma nach der Übergabe an Bastian Langmaier.

„Ich kenne Bastian jetzt schon eine ganze Weile und glaube an ihn. Ich habe ihn als Materialwissenschaftler frisch von der Uni kennengelernt und ihn mit seinen Aufgaben, vor allem den zunehmenden in der Geschäftsführung, wachsen sehen. Er wird das großartig machen. Sicher wird er oft anderes agieren und entscheiden als sein Vater, dazu sind sie beide zu verschieden. Aber das heißt ja nicht, dass das falsch sein muss.

Ich habe zwar zu wenig Einblick in die Geschäftsführung und höre nur, was er mir selbst erzählt, aber er macht das alles schon ganz gut. Seine absoluten Stärken und Leidenschaften sind zwar mehr wissenschaftlicher Art, allerdings will und wird er die Firma sehr gut weiterführen. Da bin ich mir wirklich sicher."

„Vielen Dank", schloss Maike das offizielle Gespräch ab. Sie hielt das Diktiergerät an und legte ihre Notizen zur Seite. Als sie aufblickte, fing sich ihr Blick in den Augen Herrn Schusters.

„Wollen Sie mit mir Essen gehen?", fragte er zielstrebig.

„Oh!", entfuhr es Maike.

„Sie müssen nicht. Ist mir so rausgerutscht."

Da war sich Maike allerdings nicht so sicher. So wie er sie musterte, hatte er die Frage bereits länger geplant. So viel Menschenkenntnis schrieb sie sich zumindest zu, das zu erkennen. Zumal er gewartet zu haben schien, bis sie das Diktiergerät ausgeschaltet hatte.

Er war zwar nicht wirklich ihr Typ mit seinem roten Vollbart und dem dünnen, hochgeschossenen Körperbau, aber er war nett und lustig und es würde sicher ein unterhaltsamer Abend werden.

„Klar." Sie strahlte ihn an. „An welchen Tag hätten Sie denn so gedacht?"

„Übernächste Woche? Dienstag, vielleicht um 19 Uhr? Griechisch?"

Sie spürte ein aufgeregtes Kribbeln in den Fingern, als sie antwortete: „Gern."

„Super!"

Er schlug sich mit beiden Händen auf die Knie und stand auf. Sie erhob sich ebenfalls und er reichte ihr seine Rechte zum Abschied hin. Maike ergriff sie, sich nur zu sehr bewusst, dass ihre etwas schwitzig und kalt war.

„Bin übrigens der Peter. Da wir das Offizielle ja nun hinter uns haben."

„Maike", gab sie zurück. Sie hielt seinem grünen Blick stand, bis er sich umdrehte und den Raum verließ.

Verwirrt und überrumpelt ließ sie sich auf den Stuhl zurücksinken und versuchte, sich zu sammeln, bevor der nächste Gesprächspartner die Küche betrat. Mit einer Essenseinladung hatte sie nun wirklich nicht gerechnet.

☷

Nach einem langen, arbeitsreichen Tag betrat sie zum ersten Mal die Dachterrasse ihrer Übergangswohnung. Die Sonne schien tief und wärmend knapp über die grüne, dunkle Wand aus Fichten auf dem nahen Berg. Sie schloss die Augen und sog langsam die nach Frühling duftende Luft ein. Endlich wurden die Tage wieder wärmer und länger. Vielleicht nahm dann auch ihr Trübsinn ab, den sie seit ihrer Trennung von Thomas bisweilen verspürte.

Sie roch den Wald, würzig und angenehm frisch, und spürte dem kühlen Wind nach, der ihre Haare aus dem Zopf zerren wollte. Die Bäume rauschten und einige wenige Vögel sangen fröhlich ihr Lied vom nahen Frühling.

Der Frieden und die Ruhe auf der Dachterrasse taten ihrer aufgewühlten Seele gut. Was war das für ein Tag gewesen! Ihr Gespräch und ihre Verabredung mit Herrn Schuster hatten den ganzen restlichen Tag nachgewirkt. Sie hatte sich kaum auf ihre anderen Gesprächspartner konzentrieren können. Und dann waren das auch noch besonders mürrische Exemplare gewesen. Beide hatten unabhängig voneinander ihr Misstrauen Maike gegenüber geäußert. Anscheinend ging in der Firma das Gerücht um, dass Maike eine Entlassung der Belegschaft und eine Verlagerung der Firma in den Süden Bayerns empfehlen wollte.

Sie brauchte ihr ganzes psychologisches Geschick, um die beiden Herren davon zu überzeugen, dass das weder ihre Absicht noch ihre Aufgabe war. Sie hatten sie einigermaßen besänftigt verlassen. Aber jeder vermutete gleich einen Angriff, wenn man Fragen stellte oder mögliche Verbesserungen auslotete.

60

Sie musste sich überlegen, wie sie diese Zweifel und Ängste zerstreuen konnte. Und beim Juniorchef würde sie anfangen, denn sein Misstrauen schlug Wellen bis in die Belegschaft. Das musste aufhören.

Kapitel 6

Freitagmittag machte sich Maike auf den Weg nach Frankfurt, denn ihre Mutter hatte Geburtstag. Der Gedanke an den Besuch bei den Eltern bescherte ihr gemischte Gefühle. Das war schon lange so, wenn sie aus ihrer neuen Welt – der akademischen – in ihre alte Welt – das Arbeitermilieu – zurückkehrte.

Ihr Vater war relativ jung, mit gerade mal 33 Jahren, aus betriebsbedingten Gründen arbeitslos geworden und hatte seither keine gute Stelle mehr gefunden. Momentan arbeitete er als Reinigungskraft am Flughafen, womit er ganz zufrieden war, weil es ihm Spaß machte, mit dem kleinen Elektrowagen rumzufahren. Ihre Mutter war Verkäuferin in Teilzeit in einem Kaufhaus. Eine Vollzeitstelle hatte sie schon lange nicht mehr gefunden. Die Abende verbrachte ihr Vater meistens mit anderen Männern aus dem Wohnblock in einem Kiosk, wo sie über Gott und die Welt redeten, die sie schon lange nicht mehr verstanden. Ihre Mutter war entweder auf der Arbeit oder zu Hause und langweilte sich.

Ihre Eltern bewohnten eine Sozialbauwohnung in Frankfurt-Sossenheim. Sie hatten Maike bereits als Kind vermittelt, dass sie selbst dafür sorgen musste, wenn sie etwas erreichen wollte, und dass die Welt ihr nichts schenkte. Sie hatten sie unterstützt, wo sie konnten, aber die Gesellschaft hatte es ihr nicht leicht gemacht, sich hochzuarbeiten. Als wären Arbeiterkinder in der akademischen Welt ein Makel, der ungern zugelassen wurde. Eine Bedrohung für das Selbstverständnis der gebildeten Klassen. Man wollte gerne unter sich bleiben.

62

Sie hatte nicht das Gefühl, fest zu einer der Welten dazuzugehören. Als wären sie ein von beiden Seiten beschriebenes Blatt und Maike stets dazu verdammt, das Blatt gegen das Licht zu halten. Sie konnte keine Seite ausblenden, immer schimmerte deutlich und unausweichlich die Gegenseite durch. In ihr existierte beides und machte einen endgültigen Wechsel der Milieus unmöglich.

Ihre Eltern und der Sozialbau, das war ihre Kindheit mit allem Negativen und auch Positiven. Vieles hatte sie in dieser Umgebung zum ersten Mal im Leben gemacht: Laufen, Fahrradfahren, Knutschen. Sie hatte eine gute, glückliche Kindheit verbracht, die so lange unbeschwert gewesen war, bis sie herausgefunden hatte, wie schwer es ihre Eltern hatten. Und dass ihre Familie innerhalb der Gesellschaft im Abseits stand.

Doch anstatt sie zu lähmen, wie so viele, die ihr Schicksal teilten, hatte der Schock dieser Erkenntnis in Maike einen unbeugsamen Ehrgeiz geweckt. Sie wollte das nicht hinnehmen und hatte es letztlich geschafft, beide Füße auf die Karriereleiter zu stellen.

Menschen wie Bastian Langmaier, die bereits auf dieser Leiter geboren wurden, würden das nie verstehen. Genauso wenig wie ihre Kollegen bei Kaiser & Locke. Dieses Nichtwissen, Nichtnachvollziehenkönnen war die Kluft, die sie zwischen sich und den übrigen Akademikern empfand. Auch ihr Ex Thomas hatte ihr das stets deutlich gemacht. Sie hatten in dieser Sache nie einen gemeinsamen Nenner finden können.

Gleichzeitig hatte sie sich mit jedem Bildungserfolg weiter vom Milieu ihrer Kindheit entfremdet und konnte nicht verstehen, warum niemand das Unrecht zu bekämpfen versuchte, dass ihnen mit der Ausgrenzung widerfuhr. Keiner ihrer Freunde von früher verstand, warum sie so viel in die Schule investiert hatte.

Manchmal begegnete man ihr mittlerweile sogar mit offener Feindseligkeit. Einige ihrer alten Klassenkameraden aus Grundschulzeiten, die sie für ihre Freunde gehalten hatte, machten ihr mit den Jahren deutlich, wie sehr sie sie für das verachteten, was sie erreichen wollte und in deren Augen darstellte: eine arrogante, herausgeputzte, besserwisserische und hochnäsige Unitussi. So zumindest hatte es einmal ein ehemaliger Klassenkamerad ausgedrückt, den sie bei einem ihrer letzten Besuche bei ihren Eltern im Treppenhaus getroffen hatte.

Er wohnte noch im selben Haus wie damals, hatte seine Freundin mit 17 Jahren geschwängert und war ohne Abschluss von der Schule gegangen. Gelegenheitsjobs und Hartz IV waren sein Lebensentwurf und er hasste sich selbst tagaus, tagein dafür. Und er hasste alle Leute, denen es vermeintlich besser ging als ihm. Maike war von der Begegnung und diesem Hass schockiert gewesen. Dabei hatte sie ihm doch immer das Beste gewünscht.

Sie hoffte, dass ihre Mutter auch noch andere Leute außer der Familie, bestehend aus Maike und ihrem Vater, eingeladen hatte. Im letzten Jahr hatten sie allein im Esszimmer gesessen und sich angeschwiegen. Ihre Eltern waren enttäuscht gewesen, dass Ex-Thomas damals nicht mitgekommen war. Er hatte andere Pläne gehabt, weil es ihm bei ihren Eltern immer unangenehm war. Ex-Thomas wusste nie, über was er mit ihren Eltern reden sollte, also ergriff er jede Gelegenheit, dem zu entgehen, und ließ Maike einsam und hin- und hergerissen stehen.

Ihr fiel ein, dass sie ihrer Familie noch gar nicht von den Umständen der Trennung berichtet hatte, und so verfiel sie während der Fahrt nach Hause schon wieder in Trübsinn.

☒

In Frankfurt angekommen, schaute sie erst einmal in der WG vorbei. Dort stieß sie auf Tommy, der gerade aus seinem Zimmer kam, als Maike die Tür aufsperrte.

„Hi! Willkommen zurück." Tommy warf sich ihr freudestrahlend um den Hals. Maike erwiderte die Umarmung mit einem warmen Gefühl im Bauch.

„Hey, Tommy! Bist du gerade erst aufgestanden?"

„Nee, bin schon 'ne Weile wach. Hab 'ne Verabredung."

„Wie, Verabredung? Mit wem?"

„Bring erst mal deine Sachen ins Zimmer." Tommy lachte und machte sich von ihr los. „Ich mach derweil Kaffee."

Maike tat wie geheißen, platzte aber beinahe vor Neugierde, als sie die Glastür zur Küche aufdrückte.

64

„Also?"

Gespannt ließ sich Maike auf einem Küchenstuhl nieder. Tommy antwortete ihr nicht sofort. Er ließ sich Zeit an der Kaffeemaschine und stellte schließlich schweigend eine dampfende Tasse Kaffee vor sie. Erst nachdem er sich ihr gegenüber gesetzt hatte und einen riesigen Schluck von seinem eigenen Kaffee genommen hatte, begann er zu sprechen.

„Ich hab da was am Laufen. Ist vielleicht was Ernstes. Ich habe ihn vor einigen Wochen im Fitnessstudio kennengelernt. Er heißt Elios und ist gebürtiger Grieche, Wirtschaftsmathematiker und arbeitet bei der Deutschen Bank. "

Das waren ja mal tolle Nachrichten. Ihr Freund schien auf Wolke sieben zu schweben.

„Hat allerdings einen Haken", meinte Tommy. „Er ist geschieden, hat eine zwölfjährige Tochter und ist bereits Anfang vierzig."

Oh. Das war mal was Neues.

„Er ist schon länger getrennt. Seine Familie ist sehr konservativ, da ist er lieber eine Alibi-Ehe eingegangen, als zuzugeben, dass er schwul ist. Seine Frau hat es irgendwann herausgefunden. Wie das konkret lief, hat er mir noch nicht erzählt. Offiziell geoutet hat er sich erst nach dem Tod seiner Eltern vor zwei Jahren. Aus der Ehe hat er die Tochter." Etwas atemlos beendete Tommy seinen Bericht. Er war sichtlich aufgeregt. Vorsichtig fragte er: „Was sagst du dazu?"

Maike musste nicht lange nachdenken. Ein kompliziertes Privatleben gehörte zu Tommy wie das Aftershave, das er benutzte, seit sie ihn kannte.

„Ach, ist doch egal", sagte sie mit wegwerfender Handbewegung. „Mit den jüngeren, unverheirateten, kinderlosen Männern hattest du ja die letzten Jahre mal so gar kein Glück, oder?"

Tommy atmete hörbar aus. Es musste wirklich was Ernstes sein, wenn er so angespannt ihr Urteil abwartete.

„Hast du seine Tochter schon kennengelernt? Wie geht sie mit der Situation um?"

„Ich kenne sie noch nicht, aber er will sie mir bald vorstellen. Sie weiß, dass ihr Papa mit Männern ausgeht, er hat sie aber noch niemandem vorgestellt."

65

„Dann wäre es bei dir das erste Mal?" Maike grinste über das ganze Gesicht. „Dann ist das wohl wirklich was Ernstes. Ich freu mich!"

„Ich mich auch." Tommy grinste zurück.

„Wieso hast du mir nicht schon eher davon erzählt? War es wegen Thomas? Hast du dir Sorgen gemacht, dass ich die Neuigkeiten zu deinem Liebesglück irgendwie in den falschen Hals kriegen würde?"

Schuldbewusst verzog Tommy den Mund, als er antwortete: „Ja, schon. Du hattest halt andere Sorgen. Ich wollte dir nicht den Raum nehmen, angemessen um deine Beziehung zu trauern."

„Ach hör auf!", sagte Maike lachend. „Trauern. Damit war ich doch schnell durch. Dieser Beziehung trauere ich nicht mehr hinterher. Mit Abstand betrachtet, haben wir nicht wirklich zusammengepasst, das weiß ich jetzt und hab es akzeptiert. Trotzdem bin ich etwas traurig, dass du es mir nicht schon früher erzählt hast."

„Ja, kann ich verstehen", meinte Tommy schuldbewusst. „Aber wir wollten es wirklich sehr langsam angehen lassen. Tamara hab ich's auch erst gestern gesagt."

„Na gut", antwortete Maike besänftigt.

„Und jetzt erzähl du, wie es in Bayern weitergegangen ist."

Nach einem ausführlichen Bericht über die letzte Woche in Oberstemmenreuth, bei dem Tommy großen Wert auf die Schilderungen von Bastian Langmaier legte, ging Maike in ihr Zimmer und sichtete die Tüte, die auf ihrem Bett lag. Die Jacke, die daraus zum Vorschein kam, und die Tommy für ihre Mutter hatte besorgen sollen, war genau so, wie Maike sie sich vorgestellt hatte.

Anschließend duschte sie ausgiebig und machte sich ausgehfertig für den Besuch bei ihren Eltern.

☒

Bevor sie zu ihren Eltern fuhr, wollte Maike auf jeden Fall im Ladengeschäft von Tamara vorbeischauen, denn sie vermisste sie enorm. Zwar lebte auch Tamara in der WG, war aber die meiste Zeit in ihrem Esoterikshop. Sie hatte keine Angestellten und schmiss das kleine Geschäft ganz allein.

Seit ihrer gemeinsamen Schulzeit auf dem Gymnasium waren sie stets durch dick und dünn gegangen. Zusammen waren sie dreimal die Woche beim Leistungsschwimmen und auch bei Schwimmwettbewerben gewesen. Tamara stammte ebenfalls aus Sossenheim, nur kam sie, im Gegensatz zu Maike, nicht aus den Sozialbausiedlungen, sondern aus dem alten, dörflichen Teil des Ortes. Tamaras Familie hatte die Vorurteile gegenüber Maike und ihren Eltern schnell abgebaut, nachdem sie sie einmal kennengelernt hatten.

Tamara Huber und ihre Eltern waren Maikes größte Förderer gewesen. Sie hatten sie zu den auswärtigen Schwimmwettbewerben gefahren und sie ermutigt, ihren Traum von Abitur und Studium niemals aus den Augen zu verlieren. An sie hatte sich Maike wenden können, wenn sie Nachhilfestunden gebraucht hatte. Tamaras Vater Heinz war studierter Betriebswirt und ihre Mutter Sabine Diplomchemikerin. Sie hatten sie da unterstützt, wo Maikes Eltern nicht mehr konnten, hatten sie beraten und gefördert. Ohne sie wäre Maike nie dort angekommen, wo sie jetzt stand, und ohne Heinz wäre sie vielleicht auch nie auf die Idee gekommen, Wirtschaft zu studieren.

Kein Geld der Welt konnte das Engagement der Familie Huber zurückzahlen. Maike hatte riesiges Glück gehabt, sie getroffen zu haben. Eine Familie, zu der auch Tommy als Tamaras Cousin gehörte.

Tamaras Geschäft lag nur fünf Querstraßen von der WG entfernt, aber Maike beschloss, entgegen ihrer sonstigen Gewohnheit, das Auto für die Strecke zu benutzen. Zum Glück war direkt vor dem Laden ein Parkplatz frei und sie stellte gut gelaunt ihren Audi ab. Die Glöckchen über der Ladentür bimmelten leise, als Maike in das Geschäft trat.

„Ich bin gleich für Sie da", drang Tamaras Stimme von unter der Ladentheke. Sie suchte dort wohl etwas.

„Kein Thema, Tamara. Ich kann warten."

„Maike! Liebes!" Tamara schoss unter der Theke hervor und umrundete sie blitzartig, um Maike in ihre Arme zu schließen. „Du warst schon ewig nicht mehr hier im Laden", stellte sie fest, während sie sich mit Maike um die eigene Achse drehte.

Ihre großen Ohrringe und ihre langen Locken kitzelten Maike im Gesicht. Ein rauchiger Duft ging von der Freundin

67

aus. Er haftete ihr an, seit Maike sie kannte. Entweder dieses Räucherstäbchenaroma oder Chlor vom Schwimmbad. Sie liebte diese Gerüche, denn sie erinnerten Maike an ihre Kindheit, als alles einfach und unkompliziert war. Zumindest aus heutiger Sicht. Damals waren natürlich die Probleme zahlreich, unüberwindlich und essenziell für das Leben einer 14-Jährigen gewesen. Maike grinste.

„Kann ich dir was anbieten? Mandeltee? Roibusch? Schwarz? Grün? Weiß?"

„Nein, danke. Ich habe nicht viel Zeit, muss gleich weiter zu meinen Eltern. Meine Mutter hat heute Geburtstag."

„Sag Claudia alles Gute von mir! Ich geb dir eine Kleinigkeit für sie mit. Sie mag doch diese Sandelholzräucherstäbchen."

„Klar, da wird sie sich freuen. Ich brauch auch was von dir. Was zur Entspannung. Ich muss mal ein bisschen runterkommen."

„Sicher, da hab ich einiges. Da hinten in der Ecke." Tamara deutete auf ein Regal mit unzähligen verschiedenen länglichen und bunten Packungen. „Da sind so auf halber Höhe die entspannenden Raucharomen. Darunter die Anregenden. Nimm am besten was, das auch zur Unterstützung von Meditation hilfreich ist, damit kommt man ganz gut runter und es ist nicht so aufdringlich. Das magst du ja nicht so."

Maike durchquerte den Laden, vorbei an Regalen voller Buddhas in verschiedensten Ausführungen, Klangschalen aller Größen und unzähligen unterschiedlichen Duftkerzen und Badezusätzen. Bei den Räucherstäbchen machte sie halt und zog eine der Packungen aus dem Regal.

„Das ist mit Orangenblütenduft. Das ist doch gleich das Richtige für dich."

„Wenn du es sagst", erwiderte Maike lächelnd.

„Brauchst du noch eine Halterung dazu, oder hast du eine?"

„Ich hab eine für Bayern eingepackt, hatte aber die Räucherstäbchen vergessen."

„Na, dann hast du ja jetzt welche. Die schenk ich dir."

„Nein", wehrte Maike ab. „Ich zahl die."

„Quatsch, die 1,90 Euro sind für mich kein Schaden. Und ich will dir damit positive Energie für deine Restzeit in Bayern schenken."

Maike erwiderte Tamaras Lächeln. Sie hatte immer eine so optimistische Sichtweise. Überhaupt kam es Maike vor, als wäre sie selbst von all ihren Freunden die pessimistischste. Sie konnte sich noch so sehr anstrengen, sie schaffte es oft nicht, irgendetwas Gutes an einer schwierigen Situation zu erkennen. Zum Glück gab ihr Umfeld ihr da immer wieder Halt und baute sie auf.

„Ich muss leider gleich los. Wollen wir Sonntag zusammen frühstücken gehen? Tommy wollte ich auch dazu animieren", meinte Maike.

„Klar. Aber dann wohl erst am späten Vormittag, wenn unsere Königin der Nacht ihren Schönheitsschlaf gemacht hat."

„Sicher. Ich reservier was für elf Uhr im *Café Garten*, okay? Wir schleifen den Tommy schon mit."

„Super. Ich freu mich. Hier", Tamara reichte ihr noch eine Packung Räucherstäbchen, „das sind die für deine Mutter."

„Danke dir. Bist du heute Abend zu Hause? Wollen wir einen Film zusammen anschauen?"

„Klar", antwortete Tamara. „Was willst du denn sehen? Was fürs Herz?"

„Lieber was mit Action. Zur Kompensation meiner gereizten Nerven."

„Machen wir. Bis dann."

Maike winkte ihrer Freundin im Hinausgehen zu. Diese erwiderte den Gruß so heftig, dass die Talismane an ihren zahlreichen Armbändern fröhlich mit der Türglocke um die Wette bimmelten.

☫

Nach zwei Wochen in der Provinz kam Maike der Verkehr in Frankfurt unglaublich anstrengend vor. Autos, Lieferwagen, alles an zwei- und vierrädrigen Gefährten, was man sich vorstellen kann, schoben sich über die mehrspurigen Straßen in alle erdenklichen Richtungen. Unüberschaubar war das Chaos, das durch die zahllosen Ampeln und Beschilderungen gesteuert wurde. Hin und wieder gesellte sich ein Krankenwagen oder Polizeiauto mit einer Einsatzfahrt mit Blaulicht dazu.

Erst jetzt fiel Maike auf, dass sie während ihrer Zeit in Oberfranken nicht einen einzigen Wagen der Polizei gesehen hatte. Der Krankenwagen, dem sie mal auf dem Weg zum Einkaufen begegnet war, hatte weder Blaulicht noch Sirene angehabt.

Seltsam, wie schnell man sich an etwas gewöhnt, schoss es Maike durch den Kopf. Langsam öffnete sie die Hände. Ihre Finger hatten sich schmerzhaft um das Lenkrad gekrampft.

Sie war froh, als sie auf die A66 abbiegen konnte. Die Autobahn führte sie in westlicher Richtung bis nach Sossenheim. Dort fuhr sie an der Ausfahrt Eschborn ab und steuerte, den alten Teil des ehemaligen Straßendorfes Sossenheim durchquerend, eine der Großwohnsiedlungen an, die in den Sechziger- und Siebzigerjahren errichtet worden waren.

Seit ihrer Kindheit war es hier deutlich freundlicher geworden. Man hatte sich um Grünanlagen gekümmert und versucht, dem Stadtteil Frankfurts nach und nach sein trostloses Sozialbauflair zu nehmen. Sossenheim war schon immer grün gewesen, denn an der südlichen Grenze wand sich Frankfurts Grüngürtel. Ihre Eltern waren dort gerne mit ihr spazieren gegangen und so manche Sonntage hatten sie in den Streuobstwiesen und Wäldchen verbracht.

Seit einigen Jahren liefen auch Renaturierungsmaßnahmen für die Gewässer und das machte das riesige Naturgebiet vor der Haustür Sossenheims zu einem willkommenen Ausflugsziel und Erholungsgebiet innerhalb der lärmenden und hektischen Großstadt.

Seufzend stellte Maike ihr Auto auf einem Parkplatz am Straßenrand neben dem Wohnblock ab, in dem ihre Eltern lebten. Als sie noch zu Hause gewohnt hatte, war ihre Wohnung deutlich größer und in einem schöneren Gebäude gewesen. Aber mit Maikes Auszug mussten ihre Eltern Abstriche machen. Zu zweit mussten sie aus der hellen Wohnung ausziehen und im höchsten Wohnblock des Ortes im 13. Stock Quartier nehmen.

Alle Fenster hier gingen in nördliche und östliche Richtung, sodass es nicht besonders hell war, und auch die Höhe machte Maikes Eltern zu schaffen. Ihre Mutter hatte ausgeprägte Höhenangst und traute sich kaum, an die Fenster zu treten.

Selbst nach Jahren konnte sich ihre Mutter nur schwer

mit den geänderten Umständen abfinden. Doch sie war eine Meisterin des Überspielens und so kam nie ein Wort der Klage über ihre Lippen. Maike bewunderte und bedauerte ihre Mutter für diese Eigenschaft.

Das Treppenhaus war kühl und roch nach einer Mischung aus Suppe, Pommes und Knoblauch mit einer leicht modrigen Note. Mit mulmigem Gefühl betrat Maike den Aufzug, der penetrant nach kaltem Zigarettenrauch stank, und drückte den abgenutzten Knopf für das 13. Stockwerk. Mit einem metallischen Schaben schlossen sich die Türen und Maike bereute kurz, dass sie nicht die Treppe genommen hatte. Auf dem Weg nach oben lenkte sie sich mit dem Betrachten der zahlreichen Graffiti von der ruckeligen Fahrt ab. ‚ACAB' war da noch das Freundlichste, das man entziffern konnte. Tja, die Polizei hatte eben nicht bei jedem einen leichten Stand.

Nach einer Ewigkeit kam der Fahrstuhl ruckelnd zum Stehen und gab sie mit dem bereits vom Einstieg bekannten metallischen Schaben der Türen in die Freiheit des Treppenhauses ab. Erleichtert schritt sie den Gang entlang auf die Tür mit der Nummer 134 zu. Sofort nach ihrem Klingeln wurde sie aufgerissen, als hätte Claudia Kellermann mit der Hand an der Klinke gestanden und auf das Erscheinen ihrer Tochter gewartet. Freudestrahlend presste sie Maike an ihren ausladenden Busen.

„Schatz! Wie schön, dass du da bist! Ich freu mich so!", dröhnte Claudia mit ihrer ohnehin schon lauten Stimme in den Hausflur hinaus.

„Alles Gute zum Geburtstag, Mama", erwiderte Maike die herzliche Begrüßung und gab ihrer Mutter einen Kuss auf die Wange.

Sie musste sich etwas herunterbeugen, denn Claudia war um einiges kleiner als sie. Sie roch seit jeher ein wenig nach Haarspray mit einer leichten Note von staubigem Teppich. Aber Maike liebte das, denn für sie bedeutete der Geruch ihrer Mutter Geborgenheit und Sicherheit.

„Komm schnell rein. Der Flur hier hat zu viele Ohren!"

Das Letzte rief sie in den Gang hinein und weiter hinten klackte eine Tür ins Schloss. Claudia Kellermann wirkte zufrieden mit sich, als sie Maike in die Wohnung schob und die Tür zumachte.

„Immer noch die alte Schüller?", fragte Maike, als sie ihre Jacke an die Garderobe hängte.

„Ach, diese alte Vettel! Kann ihre Ohren einfach nie bei sich behalten. Muss an allem rummeckern. Dabei ist ihr Enkel, der Benny, der schlimmste Rumtreiber von allen hier im Haus, sag ich dir."

„Der ist jetzt Rapper und nennt sich Ben C, der Sosse. Blödmann." Das kam von ihrem Vater, der gerade aus dem Wohnzimmer trat, um Maike zu begrüßen.

„Ben C, der Sosse? Was für ein Idiot. Seit wann rappt der denn? Und worüber? Hallo, Papa!"

Maike umarmte ihn sanft. Im Gegensatz zu seiner Frau war Harald Kellermann sehr dünn, fast ausgezehrt. Maike hatte immer Angst, ihn zu zerbrechen, wenn sie ihn stärker drückte.

„Hallo, mein Mäuschen. Von Drogen und Weibern und schnellen Autos. Hat der Boris vom Kiosk erzählt. Der kann was besser Englisch als dein alter Herr. Dabei hat bis auf die Drogenerfahrung und besoffen irgendeinen Mist zu machen der Benny doch nie was erlebt. Dafür wirst du immer eleganter und hübscher! Toll, wie du aussiehst."

Er hielt Maike eine Armlänge von sich weg, um sie mustern zu können. Es machte sie immer etwas verlegen, wenn ihre Eltern sie bestaunten. Dabei war ihr Kleidungsstil für sie selbst mittlerweile Alltag geworden.

„Apropos Kleidung! Hier, Mama, dein Geburtstagsgeschenk. Eine neue Übergangsjacke."

Claudia Kellermann strahlte über beide Ohren, als sie die Jacke aus der Verpackung zog. Maike wusste, dass sie sich solche eleganten Sachen nicht leisten konnten. Sie versuchte allerdings immer, ihre Geschenke sehr vorsichtig und sensibel anzubringen, damit ihre Eltern nicht gekränkt wurden. Das konnte bei den beiden schnell mal passieren.

„Ach, und hier sind noch Räucherstäbchen von Tamara. Alles Gute soll ich von ihr ausrichten."

„Oh, wie schön. Sandelholz mag ich am liebsten. Die liebe Tamara!"

„Bin ich zu früh?", fragte Maike besorgt, als sie das Wohnzimmer betrat und keine weiteren Gäste erblickte.

„Nein, nein, es kommt keiner weiter. Die Elana hat leider eine schwere Erkältung, Afet hat Besuch von ihrer Familie

72

aus der Türkei und die Hilde muss heute blöderweise arbeiten."

„Wie schade." Maike legte ihrer Mutter tröstend die Hand auf die Schulter.

„Macht nichts", meinte Claudia, „dann können wir drei wenigstens frei babbeln."

Der Frankfurter Kranz zum Kaffee war Maike wie immer zu üppig, aber ihre Eltern liebten den Kuchen. Zum Ausgleich gab es wenig später noch Handkäs mit Musik. Das neutralisierte den vielen Zucker auf aggressive Weise und war seit unzähligen Jahren so Tradition zu den Geburtstagen von Claudia und Harald.

Harald erzählte von den letzten bemerkenswerten Ereignissen in und um den Kiosk herum, den er regelmäßig mit seiner Anwesenheit beehrte. Aber anders als viele seiner Freunde dort trank er keinen Schluck Alkohol, denn nach seiner Aussage hätte er sonst das Gefühl, jegliche Kontrolle über sein Leben abzugeben. Maike bewunderte ihn für seine Standhaftigkeit. Wahrscheinlich hatte sie ihr Durchhaltevermögen von ihrem Vater geerbt.

Maikes Mutter wirkte wie immer etwas traurig und einsam. Ihre Halbtagsstelle im Kaufhaus füllte sie nicht wirklich aus, aber einige schlechte Entscheidungen und Beziehungen und schließlich die Schwangerschaft mit Maike waren in ungünstigen Zeitabständen über sie hereingebrochen. Damit hatte sie ihren Traum von einer Ausbildung bei einer Bank nach dem Realschulabschluss nie verwirklichen können.

Für Maike war ihre Mutter die stärkste Frau, die sie kannte. Niemals hatte sie sich Harald oder Maike gegenüber beklagt, dass sie es anders hätte haben können, dass ihr das Leben einen Strich durch die Rechnung gemacht hätte, dass sie unglücklich wäre oder unzufrieden. Daher schämte sich Maike, als sie ihren Eltern ihr Leid über den blöden Auftrag in Oberfranken klagte. Aber sie hatte immer den Drang gehabt, ihre Eltern an ihrem Leben teilhaben zu lassen, auch wenn sie die Welt, in der sich Maike nun bewegte, nicht vollständig verstanden.

„Dieser Bastian Langmaier ist also ein gut aussehender Miesepeter aus der Einöde, dem du die nächsten Wochen auf die Finger schauen sollst."

73

Komisch, dass ihr Vater ‚gut aussehend‘ als Erstes resümierte, wunderte sich Maike. Hatte sie diese Eigenschaft von Langmaier Junior so sehr herausgestellt bei ihren Schilderungen? Wie peinlich.

„So in etwa. Er ist ein schwieriger Charakter und macht mich nervös, weil er mir immer das Gefühl gibt, dass ich am besten eine sehr große räumliche Distanz zwischen ihn und mich bringen sollte. Bestenfalls die halbe Erdkugel.“

Ihre Eltern warfen sich vielsagende Blicke zu, die Maike nicht wirklich deuten konnte.

„Mach dir keine Gedanken, Schatz.“ Schmunzelnd tätschelte Claudia Maikes Hand. „Wenn du eines von uns und dieser Umgebung“, sie machte eine ausladende Handbewegung, „gelernt hast, dann ist es ja wohl, Konflikte durchzustehen. Das hast du schon immer gut gekonnt. Du wärst sonst nie so weit gekommen. Du kannst das um Welten besser als dein Vater und ich.“

„Aber warum gelingt es mir in Oberfranken nicht? In der Firma fühle ich mich immer klein und verlegen. Egal, was ich mache.“

„Sei am besten du selbst. Und lass dich nicht von deinen Gefühlen täuschen. Die sind vielleicht noch ein bisschen angeschlagen von der Trennung von Thomas. Wie ist es eigentlich dazu gekommen? Das hast du uns gar nicht erzählt?“, fragte Claudia zu Maikes Bedauern.

Nachdem ihnen Maike die genauen Umstände berichtet hatte, waren ihre Eltern, wie zu erwarten, nicht besonders erfreut. Aber sie stellten auch nichts infrage, vertrauten sie doch stets dem Urteilsvermögen ihrer Tochter. Schnell kehrte das Gespräch zu ihren momentanen Problemen zurück.

„Das mit dieser Firma in Bayern kriegst du schon hin. Da bin ich mir sicher. Oder, Harald?“

Ihr Vater nickte heftig.

♛

Das Wochenende zu Hause hatte sie so positiv gestimmt, dass sie kurzerhand beschloss, vor ihrer Fahrt nach Oberstemmenreuth am Sonntagmittag im Büro vorbeizuschauen. Vielleicht gab es zu den kürzlich abgeschlossenen oder zukünftigen Projekten irgendwelche Neuigkeiten in Form von analoger Post. Außerdem wollte sie sich ein wenig Fachliteratur aus ihrem Büro mit nach Franken nehmen. Sie mochte es, auch mal etwas in einem Buch nachzuschlagen, statt ständig alles auf dem Bildschirm lesen zu müssen. Also parkte sie ihren Geschäftswagen auf einem der firmeneigenen Parkplätze in der Tiefgarage unter dem Bürogebäude. Dort stand bereits ein weiterer Wagen. Mist, das sah ganz nach Hochstätt aus. Dieser Speichellecker war als Einziger hin und wieder auch sonntags hier anzutreffen. Warum er das für eine gute Idee hielt, wusste Maike nicht. Vermutlich hatte der Kerl einfach kein Privatleben oder so.

Als sie den Fahrstuhl im zehnten Stock verließ und auf die Milchglastür zusteuerte, hinter der die Unternehmensberatung ihre Räumlichkeiten hatte, meinte sie schon hier Hochstätts unangenehme Aura auf sich zuwabern zu fühlen. Vielleicht hatte sie Glück und er war auf der Toilette, wenn sie an seinem Büro vorbeikam. Oder er hatte seine Tür zu und bekam nichts mit. Die Hoffnung stirbt schließlich zuletzt. Lautlos schloss sie die Eingangstür und schlich so leise wie möglich den Gang entlang auf ihr Büro zu.

„Ah, die Frau Kollegin!"

Scheiße. Seine Tür stand offen und er hatte sie gesehen. Maike schluckte ihren Ärger hinunter und blieb stehen.

Mit ihrem unechtesten Lächeln auf den Lippen wandte sie sich ihrem verhassten Kollegen zu. „Na? Wieder fleißig? Und das am Sonntag?"

„Dieser Auftrag in Hamburg verlangt mir alles ab." Er lachte spöttisch auf. „Ich muss schließlich die Arbeit meiner drei Assistenten überprüfen" – er betonte ‚drei' besonders – „und das Projekt steuern. Das nimmt alles sehr viel Zeit in Anspruch."

Es schien ihm damit aber nicht schlecht zu gehen, wie Maike an seinem überheblich und übertrieben stolzen Ton feststellen konnte.

„Na dann. Da haben wir ja beide Einiges an Arbeit vor uns."

„Ich bezweifle, dass man die Projekte vergleichen kann."

Dieses Arschloch wollte sie heute unbedingt provozieren. Aber da würde sie nicht mitmachen. Ihre Laune war so gut gewesen!

„Nun ja, Ansichtssache. Wie auch die Qualität der abgelieferten Arbeit."

Er schnaubte. Sie drehte sich um und ging zügigen Schrittes auf ihre Bürotür zu. Dort war sie vorerst sicher vor ihm.

„Wenn Sie da drüben einsam werden, können Sie mir hier gerne Gesellschaft leisten. Ich könnte Ihnen meine Fortschritte im Hamburger Projekt präsentieren."

„Danke, aber nein, danke", brüllte sie zu ihm rüber, bevor sie ihre Bürotür heftig zufallen ließ.

Der Blödmann konnte es einfach nicht lassen. Missmutig erledigte sie, wofür sie hergekommen war, und verließ nach kurzer Zeit wieder das Büro. Hochstätt schien da auf der Toilette oder beim Kopierer zu sein. Sie begegnete ihm jedenfalls nicht mehr und trat leicht verstimmt ihre Fahrt nach Oberfranken an.

Sie durfte sich bei diesem Auftrag keine Fehler erlauben und musste das reibungslos über die Bühne bringen, sonst würde Hochstätt sie endgültig abhängen. Herr Kaiser würde ihm dann zukünftig die Prestigeprojekte geben, und zwar mit Rückendeckung der ganzen Firma. Mit der Hamburgsache würde er noch die Letzten für sich und gegen Maike einnehmen, dann wäre ihre harte Arbeit der vergangenen Jahre umsonst gewesen. Und auch die Trennung von Thomas.

Kapitel 7

Die Woche begann ereignislos und beinahe so, wie die Letzte geendet hatte. Die Hälfte ihrer geführten Interviews war fruchtbar, die andere Hälfte furchtbar.

Am Mittwochabend telefonierte sie mit Tommy, der ihr von seinem letzten Auftritt erzählte, als sich seine Perücke in die erste Reihe der Zuschauer verabschiedet hatte.

„Hat voll die Weinflasche der Herrschaften an diesem Tisch umgeräumt. Zum Glück ist nichts auf die Kleidung von denen gekommen. Das war so peinlich. Aber die haben gelacht und ich auch. Ich hab mir die Perücke dann extra schlecht und zerzaust wieder aufgesetzt und den ganzen Auftritt immer wieder so getan, als müsste ich aufpassen, dass ich sie verliere. Hat den Leuten gefallen. War ein Riesenbrüller. Wobei mich der Abgang der Perücke fast skalpiert hätte."

Maike lachte auf. Tommy war ein großartiger Schauspieler. Sie konnte sich bildhaft vorstellen, wie er die Blamage überspielt hatte.

„Was ziehst du am Samstag für die Party an? Nein, sag's mir nicht, wenn es nicht das Rote ist. Du *musst* das Rote anziehen."

Maike grinste. Bei Klamotten verstand Tommy keinen Spaß.

„Klar zieh ich das rote Kleid an. Du hast es mir ja am Sonntag förmlich in den Koffer reingezwungen."

„Weil es Hammer ist."

„Und wie schmink ich mich?", fragte Maike.

„Nur Mascara und roten Lippenstift", kam es wie aus der Pistole geschossen.

77

„Und die Haare?"

„Lockerer, schlichter Zopf über die Schulter nach vorne. Mehr brauchst du nicht, um die Party zu erobern."

„Und drunter dann die schwarze Strumpfhose, oder wie?", wollte Maike wissen.

„Hallo? Was sonst?" Er klang entrüstet. „Schwarz, weiß, rot. Der klassische Schneewittchenstyle. Jeder Mann will eine Prinzessin erobern."

„Nur du nicht, mein Schatz, oder?"

„Ich? Ich würde die Prinzessin wegschubsen und den Prinzen packen und entführen. Ist doch klar!"

Wieder musste Maike lachen.

„Aber", wandte sie ein, als sie wieder zu Atem gekommen war, „ich will gar nicht erobert werden. Ich will hier keinen Mann finden."

„Du sollst doch nicht deinen zukünftigen Ehemann auf der Party aufreißen! Du sollst Spaß haben und vielleicht eine kleine Affäre starten. Das würde dir die Zeit da sicher ein wenig angenehmer gestalten. Darüber hinaus ist das mit Ex-Thomas nun wirklich lang genug her. Und du hattest keinen Mann mehr seither. Zumindest keinen, von dem du mir erzählt hättest ..."

„Keine Sorge, lieber Tommy, ich hatte gar keinen. Auch nicht sehr viele Bewerber, daher bestand da auch keine Gefahr."

„Gefahr. Mach mal halblang. 'ne Beziehung sollte eigentlich was Positives sein. Und die Bewerber, die da waren, haben dir entweder nicht zugesagt oder du hast sie nicht bemerkt. Mach halt das Beste aus dem Abend. Du hast dir ein paar unbeschwerte Stunden verdient."

„Ja, du hast recht. Ich werde das einfach genießen und Spaß haben."

Vom vielen Lachen beschwingt, schlief sie schließlich befreit und friedlich im fremden Bett ein.

☶

Maike versuchte, sich darauf zu konzentrieren, den Lidstrich sauber auszuführen. Richtig gelingen wollte ihr das nicht. Sie musste zugeben, dass sie verdammt aufgeregt war, so als würde sie auf ihre erste Party überhaupt gehen.

78

Vielleicht lag es daran, dass sie seit dem Ende ihrer Beziehung nicht mehr so richtig am Nachtleben teilgenommen hatte und etwas aus der Übung war. Vor allem emotional. Kritisch betrachtete sie sich im Spiegel. Na, wenigstens hatte sie einen einigermaßen geraden Strich hingebracht. Mit dem knallroten Lippenstift vervollständigte sie ihr Make-up, wie Tommy es ihr empfohlen hatte. Er hatte mal wieder recht behalten. Die schlichte Schminke wirkte super in Verbindung mit ihren blonden Haaren und dem roten Kleid. Aber plötzlich überkamen sie Zweifel, ob sie für den heutigen Abend richtig gekleidet war. Möglicherweise war sie zu schick angezogen. Sie wusste zu wenig über den Anlass der Party oder den Gastgeber und auch nicht, was Resi tragen würde.

Scheiße! Warum hatte sie nicht nachgefragt? Sie kam bestimmt zu großstadtmäßig daher, dachte sie und schalt sich sofort dafür. Sie stellte sich an wie ein Teenager, dabei war sie eine erwachsene und erfolgreiche Frau. Das konnte sie ruhig zeigen.

Da klopfte es an die Tür. Das musste schon Resi sein. ‚Pünktlich wie die Feuerwehr', dachte Maike, als sie auf ihre Armbanduhr sah. Sie riss sich von ihrem Spiegelbild los und ging in den Flur.

„Ich bin noch nicht ganz fertig, aber du kannst ja kurz rein..."

Die Klinke in der Hand erstarrte sie. Da vor ihrer halb geöffneten Tür stand nicht Resi.

„Herr Langmaier." Nach einem Moment fand sie ihre Stimme wieder. „Was machen Sie hier?"

Bastian Langmaier trug Jeans, helle Sneakers, ein schwarzes T-Shirt und darüber einen dunklen, offenen Kapuzenpulli. Seine Hände hatte er lässig in den Taschen seiner Hose vergraben. Mit hochgezogenen Augenbrauen und amüsiertem Lächeln sah er sie an. In dem Moment, als sich ihre Blicke trafen, blitzte etwas in seinen Augen auf, das Lächeln verschwand und er wirkte mit einem Mal so erstarrt wie sie.

Er räusperte sich und antwortete leise: „Frau Kellermann. Meine Schwester hat mir aufgetragen, Sie nach unten zu begleiten. Sie wartet im Auto auf uns."

Auf uns? Großer Gott! Der kam auch mit? Nervosität breitete sich in ihrem Körper aus. Was sollte sie jetzt machen?

79

Sie war noch nicht fertig und konnte ihm ja schlecht die Tür vor der Nase zuschlagen.

„Ich bin gleich so weit. Möchten Sie derweil reinkommen? Sie können im Wohnzimmer warten."

Er schien einen Moment darüber nachzudenken, aber dann winkte er ab und antwortete: „Danke, ich warte hier. Lassen Sie sich Zeit."

Zum Glück. Es hätte die Situation sicher nicht entspannter gemacht, wenn sie um ihn hätte herumwuseln und ihre Sachen zusammensuchen müssen. Trotzdem unangenehm berührt eilte sie im Flur hin und her und sammelte alles für den Abend zusammen. Schminksachen und Geldbeutel stopfte sie schnell in ihre Handtasche, die Flasche Wein, die sie für den Gastgeber besorgt hatte, trug sie so. Gerade war sie halb aus der Tür, da fiel ihr ein, dass sie ihre Jacke mitnehmen wollte.

„Entschuldigung, ich habe noch was vergessen."

Hektisch sah sie sich im Flur um, aber die Jacke war nicht da. Mist. Wo konnte sie sein? Schlafzimmer! Ja, da lag sie auf dem Bett. Maike zog sie sich schnell über und wandte sich dann endgültig zum Gehen.

Schweigend schob sie sich an Bastian Langmaier vorbei und ging um Fassung bemüht zum Treppenhaus. Keiner der beiden sprach ein Wort, bis sie Resis Auto erreichten.

„Sie sitzen vorne", war alles, was Bastian Langmaier von sich gab.

Maike öffnete die Beifahrertür und Resi strahlte ihr vom Fahrersitz aus entgegen.

„Mann, wow! Du siehst ja hammermäßig aus! Da wird Rick aber Augen machen! Alles klar bei dir? Du guckst so bedrückt."

„Danke. Nein, alles gut", antwortete Maike rasch.

Auf der Fahrt erzählte Resi begeistert von Rick, dessen Party sie besuchen würden. Maike kam dabei gar nicht in die Verlegenheit, ihrerseits etwas sagen zu müssen und auch Bastian Langmaier schwieg sich auf der Rückbank aus.

„Rick ist der beste Kumpel vom Bastian. Und außerdem der meines Mannes, Thorsten. Der kommt dann nach, hat aber vorher noch etwas zu erledigen. Der Vierte im Bunde ist Flo. Seine Frau Marianne kommt leider nicht, weil sie niemanden für die Kinder gefunden haben. Sie haben zwei kleine, eins und drei. Die Süßen. Na, klappt halt nicht immer mit dem Babysitter. Wir haben Glück, dass unsere Eltern meistens für solche Anlässe zur Verfügung stehen. Sie sind total glücklich, wenn sie auf Laura aufpassen dürfen, gell, Basti?"

„Hm", brummte es von der Rückbank.

„Wer sonst noch so eingeladen ist, weiß ich nicht. Wahrscheinlich alle, die Rick so kennt. Und das werden 'ne Menge Leute sein. Rick ist etwas, wie soll ich sagen, crazy. Er sieht irgendwie wie ein Rocker aus und ist echt durchgeknallt. Aber auf eine gute Art. Ich habe ihn praktisch noch nie schlecht gelaunt gesehen. Seine Laune ist immer prächtig, stimmt's, Basti?"

„Yo."

Konnte man von ihrem Bruder nun nicht gerade behaupten, gestattete sich Maike den Gedanken.

„Mann, Basti! Was ist denn mit dir? Du bist doch sonst net so", reagierte nun auch Resi auf das mürrische Verhalten ihres Bruders.

„Lass mich! Bin halt net so ein Li-La-Launebär wie Rick oder du."

„Jetzt geht's aber los!" Resi bog auf einen dunklen Waldweg ab.

„Ähm, Resi?", räusperte sich nun Maike. „Bist du sicher, dass wir richtig sind?"

„Klar, ich war hier schon unzählige Male. Rick wohnt im Wald. Sozusagen."

Während sie immer tiefer in den Wald zu fahren schienen und das Auto heftig über die Forststraße schaukelte, erzählte Resi, dass Rick in seinem ehemaligen Elternhaus wohnte. Er war Schreinermeister, da er nach dem Abitur, das er zusammen mit ihrem Bruder, Flo und Thorsten gemacht hatte, in die Fußstapfen seines Vaters getreten war. Nach dessen frühem Tod hatte er die Werkstatt seines Vaters übernommen und sich auf moderne Möbel spezialisiert, die er im Internet verkaufte. Da das Geschäft mittlerweile prima lief, hatte er die alte Schreinerei am Elternhaus ausgebaut, um noch zwei Schreiner und einen Auszubildenden beschäftigen zu können. Die Feier war so was wie die Einweihungsparty der neuen Räumlichkeiten.

81

„Und du bist sicher, dass ich willkommen bin?", fragte Maike gerade vorsichtig nach, als sich der Wald plötzlich lichtete und ein riesiges, holzvertäfeltes Haus im Scheinwerferlicht auftauchte.

„Hä? Klar, ich hab ihn gefragt", antwortete Resi kopfschüttelnd, während sie den Wagen durch die letzten Schlaglöcher auf das Haus zu lenkte.

„Da wären wir. Bitte, auszusteigen", flötete Resi.

Kaum hatten sie den Wagen verlassen, flog förmlich die Haustür auf und ein hochgewachsener, schlaksiger Mann mit halblangem braunem Haar und ziemlich großer Nase kam ihnen mit weit ausgebreiteten Armen entgegen.

„Teresa! Mein Augenstern! Mit dir geht die Sonne auf!", rief er herzlich aus und umarmte Resi so fest, dass Maike beinahe Angst um sie bekam.

„Und Basti, mein Freund! Mit dir geht sie wieder unter!", wandte sich Rick Resis Bruder zu.

„Idiot!" Bastian Langmaier lachte sein tiefes Lachen und die beiden umarmten sich herzlich und klopften sich dabei fest auf den Rücken.

„Dein Geschenk bringt Thorsten nachher mit."

„Aber da steht es doch schon", erwiderte Rick und zeigte auf Maike.

„Oh! Ähm. Hi, ich bin Maike!"

„Weiß ich doch. Freut mich ganz außerordentlich, dass du da bist."

Im nächsten Moment hatte er sie auch schon gepackt und in eine feste Umarmung gezogen. Lachend erwiderte sie sie. Rick war ihr auf Anhieb sympathisch und durch Tommy war sie einen gewissen Grad an Exzentrik durchaus gewöhnt.

„Ich bin Rick. Eigentlich Richard. Aber wer mich so nennt, fliegt gleich wieder raus", erklärte er ihr grinsend, nachdem er sie losgelassen hatte. „Du siehst, wenn ich das so sagen darf, absolut großartig aus."

Bevor Maike etwas erwidern konnte, hatte Bastian Langmaier einen Schritt auf Rick zugemacht und ihm mit der flachen Hand auffordernd auf die Brust geklopft: „Jetzt bring sie nicht in Verlegenheit, Giacomo! Lass uns reingehen, damit wir dein Werk betrachten können. Baggern kannste später noch", fügte er mit einem kurzen Seitenblick auf Maike hinzu.

Sie wusste nicht recht, was sie davon halten sollte, lächelte aber und ließ sich von Resi an der Hand hinter den beiden Männern ins Haus ziehen. Sie schienen die ersten Gäste zu sein, da auch noch kein anderes Auto vor dem Anwesen geparkt war.

Im Flur hängten Resi und Maike ihre Jacken auf und folgten Rick und Bastian in einen riesigen Wohnbereich, in dem die Möbel zur Seite geschoben waren und Tische mit allerlei Getränken und Snacks an der Wand standen.

„In der Küche im Kühlschrank sind kalte Getränke. Bier, Wein, Schnaps, Cola, Saft. Im Grunde habe ich den Getränkemarkt komplett leergekauft", sagte er strahlend. „Zur Besichtigung meiner neuen Arbeitsräumlichkeiten folgen Sie mir bitte hier entlang."

Mit großen Schritten ging Rick wieder zurück in den Flur und durch eine Tür auf der linken Seite in einen weiteren Gang, der senkrecht vom ersten abzweigte.

„Ist der Durchgang zum Stall gewesen, damals, als das noch ein Bauernhof war, vor drei Generationen", erklärte Rick.

Er öffnete eine schwere Holztür am anderen Ende und schon standen sie in einem riesigen, recht niedrigen Raum. Überall lagerte Holz in den unterschiedlichsten Ausführungen. Kurze und lange Bretter, Scheiben, Stammstücke, Sägespäne. Auch Metall und Glas konnte Maike ausmachen. An den Wänden waren einige Werkbänke aufgebaut und eine Seite des Raumes war mit einem Regal komplett zugestellt, auf dem sich alle möglichen Arten von Holzlasuren und -lacken wiederfanden. Überall lagen und hingen Werkzeuge und Sägen.

Und Möbel. Halb fertig oder fertig. Betten, Schränke, Tische, Regale, Stühle. Einfach alles. Mit offenem Mund blickte Maike staunend auf das Chaos, das sich über den ganzen Raum verteilte.

„Ich habe an den alten Stall, der schon lange Werkstatt war, angebaut und die Größe der Werksfläche damit verdreifacht. Außerdem hab ich draußen noch ein kleines Lagergebäude errichtet und es gibt jetzt eine Umkleide, ein Bad und einen Pausenraum mit Küche. Da hinten", er deutete stolz auf das gegenüberliegende Ende des Raumes, wo eine Tür offen stand und den Blick auf eine kleine Küche freigab.

„Du hättest ruhig ein bisschen aufräumen können für deine Einweihungsfeier", bemerkte Bastian Langmaier kopfschüttelnd, während er den Blick über die Szenerie schweifen ließ.

„Warum? Ich arbeite momentan praktisch rund um die Uhr. Und außerdem, das weißt du, entspricht Ordnung nicht meinem Charakter", erwiderte Rick ernst.

„Das stimmt." Bastian Langmaier lachte auf einmal laut los und wandte er sich kopfschüttelnd einer Tür zu ihrer Rechten zu, als von draußen Traktorengeräusche erklangen.

„Dein Geschenk!", riefen Bastian und Resi gleichzeitig.

Gemeinsam gingen sie durch die Tür ins Freie. Dort hielt gerade ein Traktor, dessen Anhänger über und über mit gespaltenen Holzscheiten gefüllt war. Ein Mann, deutlich kleiner als Bastian Langmaier, sprang aus dem Führerhaus und kam strahlend auf sie zu. Er war schlank, hatte kurze, gepflegte braune Haare und machte auf Maike einen soliden Eindruck. Zumindest verglichen mit Rick.

„Der Flo ist auch gleich da. Ist mit dem Auto hinterhergefahren", sagte der Neuankömmling, von dem Maike annahm, dass es Thorsten, Resis Ehemann sein musste, als dieser Resi einen Kuss zur Begrüßung gab.

Und schon bog ein weiteres Auto in den Hof, das neben Resis parkte. Daraus stieg ein kleiner blonder Mann mit dichtem Bart, der grinsend auf ihre Gruppe zukam.

„Servus! Mit den besten Wünschen von uns, Rick!", rief er ihnen entgegen.

„Mann, seid ihr wahnsinnig? Wie viel Ster Holz sind das?", fragte Rick entgeistert.

„Acht bis zehn, glaub ich", antwortete Bastian Langmaier. „Hab es nicht gezählt. Wir haben den Hänger halt vollgemacht."

„Ich hab meinen Mann in den letzten Wochen kaum gesehen. Die waren ununterbrochen im Wald unterwegs", meinte Resi.

„Ist frisches Holz, ne? Kannst halt erst in zwei, drei Jahren verschüren. Aber so als Vorrat haben wir gedacht", warf Thorsten ein.

„Ihr drei Gsichter! Ihr seid echt irre! Aber die besten Freunde, die man sich wünschen kann!", rief Rick über das ganze Gesicht strahlend.

84

Jeden der drei und auch Resi bedachte er mit einer schraubstockähnlichen Umarmung. Maike hatte den Eindruck, dass er ziemlich gerührt war angesichts des Einsatzes seiner Freunde.

Immer noch lachend wandte sich Thorsten nun Maike zu: „Hi, ich bin Thorsten, Resis Mann. Und du musst Maike sein. Freut mich sehr. Resi hat schon viel von dir erzählt."

„Hi! Ich freu mich auch. Ist das dein Traktor?", fragte Maike.

„Nein, der gehört den Schwiegereltern." Er zeigte auf Resi und Bastian. „Die haben ihn uns geliehen. Ich hatte nur echt Bock, das Teil zu fahren." Sein breites Lächeln offenbarte zwei Reihen weißer Zähne. Maike grinste mit. Die gute Laune war ansteckend und beinahe vergaß sie die unangenehme Situation vom Anfang des Abends.

„Ich bin der Flo", schob sich nun der blonde, bärtige Mann zu ihr durch. „Oder Flori oder Schmiedsi, wurscht, wie du willst. Bin der vierte Musketier." Er zwinkerte ihr mit leuchtend blauen Augen zu.

„Alles klar. Ich bin Maike. Freut mich wirklich sehr, dich kennenzulernen."

„Du bist aus Frankfurt, hat Thorsten gesagt? Cool! Ich war noch nie dort, aber würd ich gern mal sehen. Die Skyline und so. Das Höchste hier sind Bäume." Er lachte laut auf. Seine Stimme war deutlich höher als die seiner Freunde. „Ach, hast du gewusst, dass der Main ganz hier in der Nähe entspringt?", fragte er sie dann.

„Äh, nein. Echt? Wow, was für ein Zufall! Wo denn genau?", fragte Maike ehrlich interessiert.

„Wenn du Bock hast, können wir ja mal alle einen Ausflug zur Quelle machen. Back to your basics, sozusagen", schlug er kichernd vor.

Bevor sie antworten konnte, rief Rick: „Wer sich als Letzter ein Bier aufmacht, muss den Hänger abladen!"

Unter großem Gejohle der vier Freunde gingen sie alle wieder über die Schreinerei ins Haus zurück. Drinnen angekommen wurde Maike klar, dass sie immer noch ihre Weinflasche in der Hand hielt. Sie ging auf Rick zu, der damit beschäftigt war, Bierflaschen aus der Küche ins Wohnzimmer zu tragen.

„Ähm, Rick. Ich wusste nicht, was ich dir mitbringen soll. Also hab ich eine Flasche von meinem Lieblingswein besorgt. Ist ein Weißwein aus der Pfalz. Ich hoffe sehr, dass er dir schmeckt. Und dass du überhaupt Wein trinkst."

„Machst du Witze? Ich hab einen Weinkeller. Ich liebe Wein! Und dein Lieblingswein wird einen Ehrenplatz erhalten und zu einem ganz besonderen Anlass geköpft", sagte er. Aber in dem Moment, als er ihr die Flasche aus der Hand nehmen wollte, ging die Tür auf und sechs Leute kamen gleichzeitig herein.

„Basti, kannst du Maike den Weinkeller zeigen? Da ist ein kleines Tischchen, da kannst du ihn erst mal abstellen, Maike. Ich sortier ihn dann später ein."

„Zu Befehl!", rief Bastian Langmaier grinsend aus und meinte an Maike gewandt: „Kommen Sie mit, ich weiß, wohin. Ich hab das Weinregal mitgebaut."

Sein Lächeln war freundlich, und als er sie vor sich her zwischen den Neuankömmlingen hindurch in den Flur schob, fing ihre Nase seinen Geruch ein, so nahe war er ihr. Ihr Herz begann energisch zu klopfen und ihre Finger schlossen sich fester um den Hals der Weinflasche, um sie nicht versehentlich loszulassen.

Die Stelle an ihrem Rücken, auf der seine Hand lag, um sie sanft an den Partygästen vorbeizuschieben, brannte lichterloh. Auch noch, nachdem er sie schon längst losgelassen hatte, um eine der vom Gang abgehenden Türen zu öffnen. Er betätigte einen Lichtschalter und sie betraten ein leicht feucht und modrig riechendes Treppenhaus. Die Wände waren gekachelt und die Stufen aus dunklem, ausgetretenem Holz.

„Ist etwas gruselig hier, aber es ist eben ein altes Haus." Bastian Langmaier musste ihr Unbehagen beim Betreten des Treppenhauses gespürt haben.

„Ja, etwas. Aber wenn es ein altes Bauernhaus ist ..."

Den Rest des Satzes ließ sie in der Luft hängen. Ihre Stimme flatterte und ihr Herz klopfte immer noch unangenehm stark in ihrer Brust. Sie war sich nicht sicher, ob es an dem Treppenhaus oder an seiner Berührung vorhin lag, hoffte aber, dass es etwas mit der Atmosphäre zu tun hatte und nicht mit ihm.

„Ich muss Sie allerdings warnen. Es wird im Keller nicht besser."

Mit diesen Worten ging Bastian Langmaier zielstrebig die

knarzenden Stufen hinunter. Maike folgte ihm.

Unten angelangt durchschritten sie eine schwere Metalltür und betraten einen Kellergang. Zügigen Schrittes ging der zukünftige Firmenchef auf eine der Türen zu, öffnete sie, und hielt sie für Maike auf.

Sie wusste nicht, was sie erwartet hatte. Ein finsteres Gewölbe mit Spinnweben, flackernder Glühbirne und einer vergammelten und verdreckten Gefriertruhe, die die eine oder andere Leiche beinhaltete, vielleicht. Aber dieser Raum war das genaue Gegenteil von finster und gruselig. Er hatte zwar kein Fenster, die moderne Lampe an der Decke verströmte jedoch ein angenehmes und freundliches Licht. Der Raum war schmal und lang und auf der kompletten Längsseite stand an der Wand ein riesiges Weinregal. Es war aus dunklem Holz gefertigt und mit aufwendigen Verzierungen versehen.

„Wow!", entfuhr es Maike. Sie spürte den Seitenblick, den ihr Bastian Langmaier zuwarf.

„Er kann schon was, der Rick. Ich hatte die Ehre, unbezahlte Hilfsarbeiten auszuführen."

„Und wie sahen die aus?", rutschte es Maike heraus.

Sie wollte das eigentlich nicht fragen. Er sollte nicht glauben, dass sie sich für sein Privatleben interessierte. Aber er schien keinen Anstoß daran zu nehmen.

Mit amüsiertem Unterton in der Stimme sagte er: „Ich durfte diese Bretter, auf denen die Flaschen aufliegen", er deutete auf eines der Bretter mit den runden Vertiefungen, in denen schon einige Flaschen lagerten, „mit der Hand abschleifen und dann, nachdem ich mir einen Ruf als zuverlässiger Hilfs- und Zuarbeiter errungen hatte, diese Elemente hier zusammenschrauben."

Er streckte die Hand aus und zeigte auf die Regalelemente der obersten Reihe, die aus rautenförmig miteinander verbundenen Holzbrettern bestanden. In den Rauten waren jeweils mehrere gleich aussehende Flaschen einsortiert.

Fasziniert von den Weinranken, die aus verschiedenen Holzarten gestaltet waren und das gesamte Regal verzierten, berührte sie eine Ähre aus dunklem und hellem Holz.

„Großartig. Das ist wunderschön."

Versonnen fuhr sie die Konturen mit ihrem Zeigefinger nach. Sie merkte erst nach einiger Zeit, dass er sie dabei beobachtete. Verlegen räusperte sie sich und wandte ihm langsam und vorsichtig das Gesicht zu.

Ein leises Lächeln spielte um seinen Mund und als Maike ihren Blick nach oben schweifen ließ, sah sie das Lächeln auch in seinen blauen Augen. Ihr wurde plötzlich sehr heiß in der Kühle des Kellers. Sein Blick war warm und klar und er wandte ihn nicht ab.

Sie löste die Spannung des Augenblicks schließlich, indem sie sich ruckartig umdrehte und um Fassung bemüht fragte: „Wo ist wohl dieser Tisch, von dem Rick sprach?"

Er rührte sich und schüttelte leicht den Kopf, als würde er etwas von sich werfen wollen.

„Ähm ... Hier." Er deutete auf einen niedrigen Tisch am Ende des Weinkellers. „Stellen Sie ihn einfach ab. Rick sortiert ihn dann ein. Seine Ordnung kennt keiner, nur er selbst scheint in der Lage zu sein, System im Chaos zu erkennen", murmelte er.

Maike stellte die Flasche ab und Bastian Langmaiers Blick ruhte einen Moment lang auf dem Etikett.

Dann verließen sie den Weinkeller, der auf Maike auf einmal eng und erdrückend wirkte, und betraten erneut den Kellergang.

Auf dem Weg zum Treppenhaus versuchte sich Maike an Small Talk, um sich nach der Situation am Weinregal wieder in den Griff zu bekommen.

„Sind Sie auch Weinliebhaber?"

Gott! Was für eine blöde Frage! Die war ihr sofort unangenehm. Nicht zuletzt wegen des Wortteils ‚Liebhaber'. Sie schalt sich auf der Stelle innerlich für ihr Unvermögen, mit diesem Mann eine normale Unterhaltung zu führen.

„O Gott, nein! Ich habe nicht den blassesten Schimmer von Wein. Ich kenne nur ‚schmeckt' und ‚schmeckt nicht', weiß oder rot. Ich bin mehr der Bierfreund." Das letzte Wort betonte er.

Er drehte sich zu ihr um und zwinkerte ihr zu. Sie war froh, dass die Schamesröte in ihrem Gesicht bei diesen schummrigen Lichtverhältnissen im Keller nicht sichtbar war.

„Lebt Rick hier allein?", versuchte es Maike mit einem weiteren Anlauf, ein unpeinliches Gespräch zu beginnen.

„Ja, er ist Single. Und er hat schon immer in diesem Haus

gelebt. Erst mit seinen Eltern und nach deren Tod dann allein. Seine nächsten Verwandten leben ein paar Kilometer südlich von hier, in der Oberpfalz."

Als Maike bedrückt schwieg, ergänzte Bastian Langmaier: „Das ist zwar ein bisschen traurig irgendwie, aber Rick ist kein trauriger Typ. Er hat ständig Leute um sich und kann trotzdem auch mal gut mit sich allein sein."

Hintereinander stiegen sie die knarzende Treppe zum Erdgeschoss hinauf. Kaum berührte Bastian Langmaier die Türklinke zu Ricks Wohnbereich, dröhnte plötzlich ein ohrenbetäubender Glockenschlag.

„Ah!", stieß der Juniorchef hervor. „Die Party wird eingeläutet! Mit ‚For Whom the Bell Tolls‘ von Metallica. Ist sozusagen Tradition."

Als sie das Wohnzimmer betraten, das schon von mindestens zwanzig Leuten bevölkert wurde, stürmte Rick auf sie zu, schlang Bastian Langmaier den Arm um die Schultern und schrie gegen den E-Gitarrenlärm an: „Mann, wo warst du so lange? Ohne dich kann die Party doch nicht starten!"

Bastian Langmaier ließ sich von ihm davonziehen, aber nicht ohne Maike noch einen entschuldigenden Blick zuzuwerfen.

Ihr Körper wechselte von warm zu kochend. Was war nur mit ihr los? Fühlte sie sich etwa zu Bastian Langmaier hingezogen? Das durfte doch nicht wahr sein! Leichter Schwindel überkam sie und sie sah sich hektisch nach Resi um. Sie fand sie schließlich in der Küche mit Thorsten und Flo, wo sie über etwas zu diskutieren schienen.

„Nein, das werd ich nicht! Ich bin doch kein Asi", schimpfte Flo gerade energisch.

Auf Maikes fragenden, scheuen Blick wandte sich Thorsten ihr zu: „Wir finden die Tonkrüge nicht. Daher hab ich vorgeschlagen, dass wir das Zwickl aus der Flasche trinken. Aber unser Biersommelier hier", er deutete mit einem Daumen auf Flo, „sieht sich nicht in der Lage, diesen Vorschlag anzunehmen. Geschweige denn zu diskutieren."

„Na hör mal, Zwickl trinkt man aus einem hohen Tonkrug. Aus der Flasche! Also echt. Wir sind doch keine 16 mehr. Ich hab schließlich einen Ruf zu verlieren."

„Zwickl?", fragte Maike. Sie wusste nicht, wovon die Freunde sprachen. „Ist das ein bestimmtes Bier?"

89

Entgeistert starrten die drei sie an. Sie kam sich auf einmal ziemlich blöd vor. Flo stand sogar der Mund etwas offen.

„Zwickl ist eine Art ungefiltertes Kellerbier", rettete sie Resi. „Gibt es das in Frankfurt nicht?"

„Nicht, dass ich wüsste. Mir ist es zumindest noch nicht untergekommen."

„Und man trinkt es am besten", Flo betonte ‚am besten' und stieß dabei noch mit dem Zeigefinger in die Luft, „aus Tonkrügen!"

Maike sah nervös von einem zum anderen. Sie wusste nicht, wie sie sich richtig verhalten sollte, da prustete Resi laut los: „Mann, mit euch macht man was mit!"

Die beiden Männer schauten einander an und lachten schließlich ebenfalls los. So ganz ernst schienen sie es nicht gemeint zu haben. Das Lachen war ansteckend und so stimmte auch Maike mit ein.

Plötzlich legte sich ein Arm um ihre Schultern. Sie verstummte und blickte überrascht auf den Besitzer des Arms, der neben ihnen aufgetaucht war. Rick.

„Der Flo sucht Tonkrüge fürs Zwickl. Die Verzweiflung bringt ihn fast um. Und unsere hessische Zuwanderin hier", Thorsten deutete lachend auf Maike, „wusste bis vor ein paar Minuten noch nichts von der Existenz von ‚Zwickl'."

„Kannst auch Zoigl dazu sagen", meinte Rick.

„Zoigl? Nee, das ist was ganz anderes", warf Flo empört ein.

„Freilich. Ist doch das Gleiche", rief Rick.

„Schmarrn! Wir sind doch net in der Oberpfalz!"

Unschlüssig überlegte Maike, wie ernst den beiden die Diskussion wohl war. Rick zumindest nicht so wie Flo. Dessen Hals bekam allerdings einen leichten Rotschimmer.

„Gibt es denn in Bayern so große, regionale Unterschiede?"

Sie hätte offenbar keine blödere Frage stellen können. Entgeistert brachen die beiden ihr Streitgespräch ab, um sie anzustarren. Resi rettete sie.

„Wir *definieren* uns über Unterschiede. Einige hier", Resi deutete grinsend auf Flo, „sehen sich auch nicht als Bayern, sondern als Franken. Das Verhältnis mit der Oberpfalz ist noch mal ein anderes. Und von Schwaben fangen wir gar nicht erst an."

90

Alle lachten und Maike meinte aufgeräumt zu Flo: „Was kann ich tun, um meine sündhafte Unwissenheit wieder gutzumachen?"

Er blickte sie ernst an, dann sagte er entschieden: „Trink ein Zwickl mit mir! Falls der Gastgeber die Krüge rausrückt, versteht sich."

Flos Blick schwang hinüber zu Rick, der immer noch mit dem Arm um Maikes Schultern neben ihr stand.

„Die müssten eigentlich im Wohnzimmer irgendwo aufgebaut sein. Ich hab alle Gläser und Krüge, die ich besitze, aus den Schränken geholt."

„Ah!", war Flos Antwort und schon war er aus der Küche verschwunden.

„Nimm es uns nicht übel, wenn wir über dich lachen, ja?", meinte Thorsten zu Maike. Er schien besorgt zu sein. „Wir sind es nicht gewohnt, dass wir wegen ‚Fremden'", er machte Anführungszeichen mit den Fingern, „unseren Horizont erweitern oder Rücksicht nehmen müssen."

„Quatsch, ich kann was aushalten."

Kurz dachte sie, dass Flo sich wieder in die Küche geschoben hätte, als sie jemanden hinter sich durchgehen spürte. Sie erschrak, als sich dieser Jemand als Bastian Langmaier herausstellte. Er quetschte sich an Resi vorbei und hob den Blick in ihre Richtung. Mit hochgezogenen Augenbrauen musterte er die Situation mit Ricks Arm über ihren Schultern. Mit einem Mal war Maike unwohl dabei.

„Wie gefällt es dir hier eigentlich so?", stellte nun auch noch Rick diese ungünstigste aller Fragen.

Großer Gott! Was sollte sie darauf antworten? Ehrlich konnte sie nicht sein, das wäre unangebracht. Zumal der Sohn ihres Auftraggebers sehr aufmerksam auf ihre Antwort zu warten schien. Sie bekam einen Schweißausbruch. Das Make-up klebte ihr mit einem Mal wie eine Maske auf dem Gesicht. Irgendetwas musste sie sagen.

Sei selbstbewusst, Maike!

Ausweichend begann sie: „Nun … Es ist anders als Frankfurt. Äh … Die Häuser sind deutlich niedriger."

Resi rettete sie: „Ja, da können wir nicht mithalten. Wollen wir tanzen gehen?"

Und schon zog sie sie aus der Küche und zurück ins Wohnzimmer, wo einige Gäste sich in der freigeräumten

91

Zimmermitte zu irgendeiner House-Musik bewegten. Erleichtert atmete Maike auf.

Was hätte sie sagen sollen? Dass es hier trostlos war und manche der Leute unsympathisch auf sie wirkten? Wobei sie zugeben musste, dass sich ihr Bild von den Bewohnern dieser Gegend mit der Zahl der Begegnungen langsam wandelte. Sie traf immer mehr offene, freundliche und herzliche Menschen. Aber es gab eben auch irrsinnig viele Griesgrame in Oberstemmenreuth und Umgebung.

Hätte sie sagen sollen, dass ihr der düstere Wald Angst machte, wenn der Wind ihn zum Rauschen brachte und die Dämmerung einsetzte? Er schien ihr in der Dunkelheit zu drohen. Sie konnte ihn nicht sehen, aber er war da und lauerte auf sie, als sein nächstes Opfer, das er verschlingen konnte. Märchen, die in dunklen Wäldern spielten, hatten ihr schon immer Unbehagen bereitet.

Bis auf heute oder wenn sie mit Resi zusammen war, hatte sie sich hier bisher auch fast nur einsam gefühlt. Das Gefühl der Einsamkeit war an den Abenden in der Betriebswohnung am größten. Mutterseelenallein in einer nächtlichen Firma zu sitzen, war eine riesige Herausforderung für sie. Sie hatte sich angewöhnt, den Fernseher oder Musik laufen zu lassen, sonst konnte sie die Stille kaum ertragen. In ihrem WG-Zimmer in Frankfurt waren immer Geräusche zu hören: in der Wohnung, die von ihren Mitbewohnern, und in ihrem Zwanzig-Parteienhaus war auch immer irgendwas los. Eine Tür, ein Fernseher, Stimmen. Nie herrschte Ruhe. Und wenn es doch einmal ruhig im Haus oder in der Wohnung wurde, drangen die vielfältigen Geräusche der Großstadt zu ihr in den dritten Stock. Wirkliche Stille gab es nicht.

Ihre Unfähigkeit, Ruhe aushalten zu können, war auch einer der Gründe, warum sie sich keine eigene Wohnung nahm. Leisten konnte sie es sich, aber die Vorstellung, von einer Dienstreise in eine leere Wohnung zurückzukommen, behagte ihr einfach nicht. Stattdessen blieb sie lieber in dem winzigen Zimmer in der WG und hatte die meiste Zeit Leute um sich herum.

Anstatt sich hier zu entspannen, bekam sie Gänsehaut, wenn sie an den morgigen Sonntag dachte. Dann würde sie sich allein im Firmengebäude, nur umgeben von Ruhe und Wald, nicht einmal auf ein monotones Summen durch fernen Stadtverkehr verlassen können.

Und neben all diesen Tatsachen gab es noch die Sorge, dass der Auftrag scheitern könnte. Die Möglichkeit des Versagens drohte ihr wie der Wald in der Nacht. Oder hätte sie sagen sollen, dass ihr Bastian Langmaier Angst bereitete? Unbehagen? Wut? Kam auf die Situation an.

„Sorry für die Jungs", meinte Resi, die sich tanzend zu ihr rüber beugte. „Die sind manchmal echt kindisch und so was von taktlos." Sie schüttelte darüber den Kopf.

„Ist okay, Resi. Mach dir keine Gedanken."

„Mach ich aber! Du bist immer total reserviert, wenn der Basti auftaucht. Mann, der kann so ein Arsch sein!" Resi bekam rote Flecken am Hals, so sehr schien sie sich über ihren Bruder aufzuregen. „Weißt du, er ist eigentlich so ein Guter. Aber er zeigt es leider viel zu selten."

Maike war sich nicht sicher, was sie darauf antworten sollte. Aber das blieb ihr erspart, denn Flo tauchte mit zwei vollen Tonkrügen vor ihr auf und reichte ihr einen. Sie prosteten sich zu und Maike trank einen Schluck. Es schmeckte sehr voll, dabei mild und irgendwie ein bisschen süß.

„Süffig, hä? Ist schon gut, was die Bareider da zambraun", rief ihr Flo gegen die Musik ins Ohr.

„Ja, ist echt gut! Ist das von hier?"

„Freilich, aus Bareid halt. Also Bayreuth."

Jetzt hatte es Maike auch verstanden. Der Dialekt machte ihr manchmal ganz schön zu schaffen. Aber Flo schien keinen Anstoß daran zu nehmen und prostete ihr grinsend zu.

„Zum Wohl!", meinte er und verschwand wieder zwischen den Tanzenden.

„Ich kann schlecht tanzen damit. Ich mach mal 'ne Pause", sagte Maike zu Resi.

„Ich komme mit."

„Nein, brauchst du nicht. Ich weiß ja, wo ich dich finden kann", versuchte Maike, sie zu überzeugen.

„Sicher?"

„Klar!"

„Also gut. Mach nichts, was ich nicht auch tun würde." Sie zwinkerte Maike fröhlich zu und tanzte weiter.

Maike stellte sich an den Rand der provisorischen

Tanzfläche und ließ ihren Blick über die Anwesenden schweifen. Manche tanzten, andere standen in Gruppen zusammen und unterhielten sich. Rick und Thorsten waren inzwischen zu Resi auf der Tanzfläche gestoßen. Auf einen alten Rocksong hüpften sie wild herum und lachten ausgelassen. Flo stand ein paar Meter links von ihr bei einer Gruppe Männer und fuchtelte beim Sprechen wild mit seinem Bierkrug, dass man Angst haben musste, neben ihm zu stehen.

Die Gästeliste war bunt gemischt. Da waren einige ältere Leute und ein junger Kerl sprang neben Rick auf der improvisierten Tanzfläche mitten im Wohnzimmer umher. Vielleicht der Azubi, von dem Rick in der Schreinerei gesprochen hatte.

Ihr gegenüber auf der anderen Seite des Zimmers hatten sich drei Frauen unterschiedlichen Alters um Bastian Langmaier versammelt. Eine sehr attraktive Brünette beugte sich gerade zu ihm, um ihm etwas ins Ohr zu sagen, und er lächelte strahlend. Sie beugte sich erneut zu ihm und diesmal musste es etwas Lustiges gewesen sein, was sie sagte, denn er lachte schallend und warf dabei den Kopf in den Nacken. Die Brünette musterte ihn zufrieden. Die anderen Frauen lachten ebenfalls, obwohl Maike sich nicht wirklich sicher war, ob die beiden die Worte überhaupt verstanden haben konnten.

Sie verfolgte das affektierte Getue der Brünetten mit Abscheu. So eine Anbiederung hatte Maike schon immer furchtbar gefunden. Irgendwie billig. Mittlerweile hatte die Brünette ihre Hand auf Bastians Arm gelegt und redete weiter auf ihn ein. Er nickte und erwiderte etwas. Dann lachten sie erneut und sein Blick glitt über die Tanzenden und blieb plötzlich an Maike hängen. Sie schaute schnell weg. Nicht, dass er noch dachte, dass sie ihn beobachtete.

Sie nahm den letzten Schluck aus ihrem Bierkrug und sah zu Rick, Thorsten und Resi hinüber, die wie verrückt auf ‚Teenage Dirtbag' abgingen. Aber wie magnetisch angezogen, schwangen ihre Augen wieder zu Bastian Langmaier, der sie immer noch zu fixieren schien. Das fiel auch der Brünetten auf, die nun zu ihr herübersah und sie mit einem abschätzenden Ausdruck musterte. Um irgendetwas zu tun, stellte Maike ihren Krug auf einem Tisch hinter sich ab. Da wurde sie plötzlich gepackt und auf die Tanzfläche gezogen.

„Lass mich dein ‚Teenage Dirtbag' sein!", rief Rick, der sie sanft, aber bestimmt mit sich zog.

„Nur wenn du mich zu einem *Iron-Maiden*-Konzert mitnimmst."

„Touché!" Rick grinste.

Die nächste Stunde verbrachte sie mit Tanzen. Rock, Pop, Hip-Hop, Techno, alles war dabei. Nur Schlagerhits wurden nicht gespielt, und als sie Rick darauf ansprach, meinte der, er würde sich eher aufhängen, als auf seiner Party so was zu spielen. Sie versicherte ihm, dass sie das großartig fände, da ihr dieses pseudofröhliche Ballermann-Hits-Gedudel schon immer auf den Keks gegangen war.

„Yeah, my girl!", rief Rick und klatschte mit ihr ab.

Irgendwann brauchte sie eine Pause, also entschuldigte sie sich bei Resi und den anderen beiden und schob sich durch die tanzenden, quatschenden Leute Richtung Flur und zur Haustür.

Kühle, aber nicht unangenehm kalte Luft schlug ihr entgegen, als sie diese öffnete. Und vor allem Sauerstoff. Mittlerweile war es im Haus ganz schön stickig geworden. Man hatte zwar ein paar Fenster gekippt, aber gegen vierzig atmende Leute kam der Zuluftstrom nicht an.

Hier draußen war kein Mensch. Sie blickte sich um und sah eine Holzbank an der Hauswand, auf die sie sich setzte.

Die Bäume am Rand der Lichtung rauschten ihr bedrohliches Lied in der Dunkelheit. Es fröstelte sie. Sie wurde einfach nicht warm mit dem Wald. Das Knacken und Rauschen der Bäume übertönte sogar die Musik, die aus dem Haus drang. Auf einmal kam ihr der beunruhigende Gedanke, dass ein Wolf sie aus der Finsternis des Waldes heraus beobachten könnte. Sie wusste nicht, ob es auch hier wieder Wölfe gab. Etwas knackte, nicht weit entfernt, und sie bekam plötzlich Angst allein hier draußen.

„Hier kann man es aushalten."

Sie schrie vor Schreck laut auf und fuhr herum. Noch nie in ihrem Leben war sie so erschrocken. Bastian Langmaier war vor die Tür getreten. In ihrer Konzentration auf den Wald hatte sie ihn überhaupt nicht wahrgenommen.

„Gott! Entschuldigung! Ihr wollte Sie nicht erschrecken."

95

Er schien ehrlich betroffen. Maikes Herz, das für einen Moment ausgesetzt hatte, hämmerte wie verrückt gegen ihre Brust.

Sie musste erst ein paar Mal tief durchatmen, bevor sie antworten konnte: „Geht schon wieder. Ich lebe ja noch."

Sie versuchte es mit einem Lächeln, das etwas schräg ausfiel.

„Na, aber gerade so", murmelte er mit einem Anflug von Lachen in der Stimme.

„Allerdings."

Jetzt konnte sich auch Maike nicht mehr zurückhalten und der Juniorchef, wie es schien, ebenfalls nicht. Beide prusteten los. Er ließ sich neben ihr auf der Bank nieder.

Nach einer Weile verstummte ihr Gelächter und sie saßen schweigend nebeneinander. Maike hob den Kopf und blickte in die Sterne, die, nachdem sie sich an die Dunkelheit gewöhnt hatte, hell und leuchtend für sie strahlten.

„Man kann die Sterne hier viel deutlicher sehen als in der Großstadt", hörte sie sich sagen. „Das ist etwas, das mir sehr gefällt."

Und das war die Wahrheit. Es wurde ihr erst jetzt bewusst, als sie es aussprach. Sie hatte nie zuvor so viele Sterne gesehen wie hier.

„Ja", sagte Bastian Langmaier nach einer Weile, in der er ebenfalls seinen Blick über den Himmel schweifen ließ. „Man vergisst manchmal, wenn man etwas gewöhnt ist, dass es eigentlich besonders ist. Ich glaube, es gibt nicht viele Orte in der westlichen Welt, wo man überhaupt noch mehr als ein paar wenige Sterne sehen kann. Und selbst hier sind es im Laufe der letzten Jahrzehnte viel weniger geworden. Es ist einfach zu hell."

„Je mehr man sieht, desto einsamer fühlt man sich." Maike wusste nicht, warum sie das gesagt hatte, und bereute es schon im selben Moment.

Sie spürte seinen Blick auf sich, als er leise sagte: „Ich möchte mich entschuldigen."

Sie schluckte und versuchte, sich nicht anmerken zu lassen, wie aufwühlend diese Worte für sie waren. Langsam drehte sie ihm das Gesicht zu. Er war ihr beinahe so nah wie vor einigen Tagen an seiner Bürotür.

Sein Blick drang in ihre Augen, als er fortfuhr: „Ich war

sehr unhöflich zu Ihnen. Sie haben nichts falsch gemacht. Bis auf den Kratzer natürlich", fügte er mit einem schiefen Lächeln hinzu. „Aber Sie können nichts dafür, dass ich mich über meinen Vater ärgere. Das tut mir wirklich sehr leid. Sie müssen mich für einen riesigen Idioten halten und der bin ich auch. Ab jetzt bemühe ich mich, meine persönlichen Gefühle aus unserer Geschäftsbeziehung herauszuhalten. Ich bewundere die Ruhe und Gelassenheit, mit der Sie meinem kindischen Gehabe begegnet sind. Ich verspreche Ihnen, dass das nicht mehr vorkommt.

Nehmen Sie meine Entschuldigung an?"

Er hielt ihr seine Hand hin und Maike nahm sie, gerührt und erleichtert zugleich. Sie war warm und sein Händedruck fest, aber nicht zu sehr.

„Natürlich! Wie könnte ich eine solche Entschuldigung nicht annehmen?"

Sie schenkte ihm ein Lächeln, das er nur sehr schwach erwiderte. Aber seine Augen blitzten auf und Maike ließ schnell seine Hand los und wandte den Blick wieder in den Nachthimmel.

„Danke, Frau Kellermann." Er hatte sehr leise gesprochen. Fast flüsternd kamen seine Worte.

„Ich will mich auch noch mal für diesen Lackschaden entschuldigen. Bitte sagen Sie mir Bescheid, wenn Sie wissen, was es kostet, das reparieren zu lassen. Damit ich Sie gleich entschädigen kann."

„Ist längst repariert worden, letzte Woche."

„Wie viel ..."

Er unterbrach sie: „Nichts. Schon gut. War nicht teuer. Hat ein Bekannter gemacht. Es war ein Unfall. Ist schon vergessen."

„Ich ... danke", flüsterte Maike beinahe.

„Kein Ding", antwortete er mit einer wegwerfenden Handbewegung.

Dann räusperte er sich und fragte etwas lauter: „Wollen Sie mich vielleicht wieder mit nach drinnen begleiten? Ist schon recht frisch hier draußen auf Dauer. Wir müssen außerdem darauf trinken, dass Sie meine Entschuldigung angenommen haben."

Sie hätte zwar gerne noch ein bisschen über seine Worte nachgedacht, aber ihr wurde langsam tatsächlich kalt und

97

so alleine war es ihr draußen mitten im Wald auch nicht geheuer.

Also antwortete sie: „Klar", und folgte ihm zurück ins Haus.

Die verbrauchte Luft schlug ihr wie eine Wand entgegen. Ein Pärchen drängte sich Hand in Hand an ihnen vorbei zur Haustür hinaus, wobei die Frau bereits ihre Zigarettenschachtel aus ihrer Handtasche kramte.

Zurück im Wohnzimmer beugte sich Bastian Langmaier zu ihr herüber und schrie ihr ins Ohr: „Was wollen Sie trinken? Wein? Irgendein Mixgetränk? Bier?"

Sein Duft stieg ihr in die Nase. Er roch ganz leicht nach einem fruchtigen Duschgel und Rasierwasser mit einer unterschwelligen Moschusnote. Kurz lenkte seine Nähe sie ab, sodass sie nicht gleich antwortete.

Dann riss sie sich zusammen und schrie gegen die Musik: „Bier!" Da sie im Moment zu keiner Entscheidung fähig war, schien ihr diese Wahl am einfachsten zu sein. Aber da hatte sie die Rechnung ohne die Bierregion Oberfranken gemacht.

„Was für eins? Weizen? Hell oder dunkel? Pils? Bockbier? Festbier? Ein Helles vom Fass? Oder ein Dunkles? Ich glaube, hier ist sogar irgendwo ein Rauchbier."

So wie er grinste, wusste er sehr wohl, dass er sie damit durcheinanderbrachte.

Also antwortete sie herausfordernd und selbst grinsend: „Überraschen Sie mich. Als Bierfreund!"

Er zwinkerte ihr zu und verschwand zwischen den Tanzenden hindurch auf die andere Seite des Raumes. Sie sah ihm nach, bis sie sich dessen bewusst wurde und schnell den Blick über die Szenerie des Wohnzimmers schweifen ließ.

Ihre Stirn begann, unangenehm zu kribbeln. Als Ursache dafür machte sie den stechenden Blick der Brünetten aus, die am anderen Ende des Raumes aus ihren Augen Blitze auf Maike abzuschießen schien. Mit einem Mal spürte sie jede Faser der Klamotten auf ihrer Haut und verschränkte schützend die Arme vor der Brust.

Nach unendlich langen Minuten, in denen sie nicht wusste, wie sie sich hinstellen oder verhalten sollte, zwängte sich Bastian Langmaier mit zwei Flaschen Bier zwischen den Tanzenden hindurch auf sie zu. Sein Gesicht hellte sich beinahe unmerklich auf, als er neben sie trat.

„Hier!"

Er streckte ihr eine Flasche mit einem dunklen Bier entgegen.

„Dunkles Festbier. Meiner Ansicht nach das Beste, was der gute Rick heute zu bieten hat. Auch wenn der Flo vielleicht etwas anderes behauptet. Sicher sogar."

Er grinste schief und hielt ihr seine Flasche zum Anstoßen hin. Sie schlug ihre leicht dagegen. Zufrieden nickte Bastian Langmaier.

„Auf den Frieden!", rief er aus, während er seine Flasche hochhob und ihr zuprostete.

„Auf den Frieden!", antwortete Maike mit gleicher Geste.

Sie hatte das Gefühl, von den Blicken der Brünetten erdolcht zu werden, als sie von ihrem Bier trank und der Juniorchef es ihr gleichtat. Es schmeckte wirklich gut, er hatte nicht zu viel versprochen.

„Und?", fragte Bastian Langmaier mit erwartungsvollem Blick.

Einer plötzlichen Eingebung folgend, antwortete Maike: „Basst scho."

Der Ausdruck in Bastian Langmaiers Gesicht war zuerst ungläubig. Er starrte sie an und begann schließlich so laut und herzlich zu lachen, dass Maike nicht anders konnte und mit einstimmte. Sie spürte mehr, als dass sie sah, dass die Brünette den Raum verließ.

Eine Weile standen sie schweigend nebeneinander am Rand der Tanzenden und tranken ihr Bier. Krampfhaft überlegte Maike, über was sie mit ihm reden sollte, aber ihr fiel nichts ein. Sie war normalerweise nicht sehr kontaktscheu und durchaus einfallsreich, was Gesprächsthemen betraf, jetzt gerade allerdings schien es ihr eine unlösbare Aufgabe, ein Thema zu finden.

Aber glücklicherweise kam er ihr zuvor: „Wie gefällt Ihnen die Wohnung?"

„Oh, sehr gut! Resi meinte, Sie hätten eine Zeit lang darin gewohnt und Ihnen wären die Couch, der Fernseher und das Bett zu verdanken."

Er schmunzelte leicht, während er von seinem Bier trank, bevor er antwortete: „Das stimmt. Meine damalige Frau

99

und ich hatten uns entschlossen, getrennte Wege zu gehen und da hab ich eine Zeit lang die Betriebswohnung in Beschlag genommen.

Einen Monat zuvor war sie glücklicherweise frei geworden. Einer unserer Lageristen hatte sie für ein halbes Jahr unter der Woche genutzt, weil er von weiter her kam, bis er eine eigene Wohnung für die Werktage gefunden hatte. Da es so aussah, dass es bei mir ebenfalls mindestens ein halbes Jahr werden würde, habe ich einige Veränderungen vorgenommen."

Er beugte sich zu ihr und zog verschwörerisch eine Augenbraue hoch, als er weitersprach: „Die Wohnung war so was von altmodisch eingerichtet. Ich hätte es dort keine Woche ausgehalten. Es war so eine Mischung aus Achtziger und Neunziger. Grauenvoll.

Wie kommen Sie eigentlich damit zurecht, dass Sie nachts allein in einer Firma außerhalb eines kleinen Dorfes im Nirgendwo sind? Ich fand das anfangs richtig gruselig."

„Ich muss sagen, dass das schon gewöhnungsbedürftig ist", versuchte Maike ihre tatsächliche Furcht vor den einsamen Nächten in der Firma herunterzuspielen.

„Wie leben Sie in Frankfurt?", wollte Langmaier wissen.

„Ich wohne ziemlich zentral in der Stadt, mit zwei Freunden. Ich kann mich ehrlich gesagt nicht erinnern, wann ich mal so viel Stille erlebt habe, wie hier in der Betriebswohnung nachts. Ich habe schon etwas gebraucht, um damit zurechtzukommen."

Er nickte nachdenklich und wandte sich wieder den Tanzenden zu.

„Ich entführe dir jetzt die Dame!", rief jemand und schon fühlte sich Maike von starken Armen mitgezogen. Rick war hinter ihnen aufgetaucht und bugsierte sie weg von Bastian Langmaier. „Du kannst nicht immer alle schönen Frauen auf den Partys für dich haben."

Bastian sah Maike kurz an und sie war sich nicht sicher, ob der Blick Bedauern, Ärger oder etwas anderes ausdrückte.

Den Rest des Abends sah sie ihn kaum mehr. Sie tanzte, unterhielt sich mit den unterschiedlichsten Leuten und hatte, zugegebenermaßen, eine Menge Spaß. Hin und wieder versuchte sie, den Blick des Juniorchefs einzufangen, der allerdings erneut in seine gewohnte missmutige Haltung ihr gegenüber verfallen zu sein schien und ihr kaum Beachtung schenkte.

Als Resi sie schließlich weit nach Mitternacht fragte, ob sie mit ihr und Thorsten nach Hause fahren wollte, war Maike erleichtert, bald in ihr Bett zu kommen. Sie war todmüde und auch reichlich angetrunken. Also verabschiedeten sie sich von Rick und Flo und machten sich auf den Heimweg.

„Wie kommt dein Bruder denn nach Hause?", konnte sich Maike die Frage nicht verkneifen.

„Diese Sylvie nimmt ihn später mit. Die Hübsche mit den brauen Haaren, die sich so an ihn rangeschmissen hat den ganzen Abend. Hast du sicher auch mitgekriegt."

„Hm, hab ich. Ja", murmelte Maike leise.

Sylvie also. Mit einem Schlag war sie nüchtern.

Kapitel 8

Den Sonntag verbrachte Maike mit Ausschlafen und Arbeit. Sie hatte allerdings große Konzentrationsprobleme, denn ihre Gedanken kreisten ständig um den vergangenen Abend und darum, wie er für Bastian Langmaier höchstwahrscheinlich geendet hatte.

Sie ärgerte sich, dass sie das so beschäftigte. Weder ging es sie irgendetwas an, noch wollte sie allzu genau wissen, wie es um Bastian Langmaiers Liebesleben bestellt war. Das redete sie sich zumindest ein.

Ohne darüber nachzudenken, was sie tat, spähte sie einige Male aus ihrer Wohnungstür über den Gang auf die Labortür. Aber das Labor schien den ganzen Tag wie ausgestorben. Niemand außer Maike war an diesem Sonntag in der Firma.

Montag und Dienstag verliefen ruhig und ihre Interviewpartner waren für oberfränkische Verhältnisse gesprächig und kooperativ. Am Dienstagabend stand ihre Verabredung mit Peter Schuster an. Auf die freute sie sich, denn sie würde sie endlich auf andere Gedanken bringen, weg von Bastian Langmaier. Aber da hatte sie die Rechnung ohne den Bürodrachen Frau Bauer gemacht.

Die kam am Dienstagnachmittag plötzlich zu ihr ins Büro geschneit und verkündete mit strahlendem Lächeln, von dem Maike mittlerweile überzeugt war, dass es so unecht war wie ihre angeklebten Fingernägel: „Der Chef möchte Sie sprechen. Im Sitzungszimmer."

Sie ließ Parfümduft und Verunsicherung zurück. Was wollte der denn jetzt von ihr?

Nervös klopfte sie an die Tür des Konferenzraumes und

102

betrat es, bevor sie Antwort bekam. Bastian Langmaier saß am Kopfende des Tisches und war in die Betrachtung von Unterlagen vertieft, die vor ihm ausgebreitet lagen.

Er blickte auf, als Maike nähertrat, und sagte freundlich, zumindest für seine Verhältnisse: „Frau Kellermann! Darf ich Sie um einen Gefallen bitten?"

„Kommt auf den Gefallen an, würde ich sagen", scherzte sie mit einem leichten Lächeln.

Er erwiderte es einen Wimpernschlag lang und antwortete: „Das hier", er deutete auf den Stapel Unterlagen vor sich, „ist der Vertrag mit einem neuen Kunden. Zumindest die Vorausfertigung. Mein Vater hat mir aufgetragen, die letzten Verhandlungen heute ohne ihn zu führen, da er erst morgen von seiner Kur zurückkommt. Kommt ihm sicher ganz gelegen, er hält das wahrscheinlich für eine Art Feuerprobe für mich. Mir ist relativ klar, was ich geändert haben will, aber mein Problem ist, dass die Herrschaften in einer halben Stunde circa", er schaute auf seine Armbanduhr, „für die letzten Gespräche eintreffen und höchstwahrscheinlich mit einer ganzen Delegation auftauchen werden, während ich hier alleine sitze. Das ist keine gute Verhandlungsposition, finden Sie nicht auch?"

Er blickte Maike fragend an. Sie verstand.

„Nein. Eher nicht, würde ich sagen", antwortete sie und zog sich einen Stuhl heran.

„Ich will auch nicht einfach die Plätze hier mit Leuten füllen, die von diesen ganzen Geschichten", er machte eine ausgreifende Geste Richtung Vertragsunterlagen, „keine Ahnung haben. Ich könnte Herrn Schuster, jemanden von der Buchhaltung oder Frau Bauer zu mir setzen, aber ich glaube, das könnte durchschaut und als trauriger Versuch verstanden werden, meine Verhandlungsposition künstlich zu erhöhen. Was es zweifellos wäre", fügte er mit schiefem Grinsen hinzu.

„Haben Sie denn gravierende Änderungen der Vertragskonditionen im Sinn?", fragte Maike.

„Ja, hab ich. Ich bin nicht damit einverstanden, dass unsere Lieferfrist so kurz ist. Allerdings fehlen mir so ein bisschen die Argumente für die Nachverhandlung in dieser Sache."

Maike nickte und deutete auf die Unterlagen: „Darf ich?"

103

„Natürlich!", erwiderte der Juniorchef anscheinend erleichtert. „Tut mir leid, dass das so kurzfristig ist. Ich hätte Ihnen etwas mehr Einarbeitungszeit einräumen sollen, aber ich habe mich eben erst dazu durchringen können, Ihnen gegenüber sozusagen die Hosen herunterzulassen."

Maike spürte, wie sie rot wurde und versuchte, die aufkommende Hitze in ihrem Gesicht mit verstärkter Konzentration auf die Vertragsunterlagen niederzuringen.

„Ich helfe Ihnen gerne", sagte sie, ohne aufzublicken. „Ich bin mir sicher, dass wir das gut hinkriegen werden."

„Super! Ich hole uns Kaffee."

Und schon war er aufgesprungen und verschwunden. Als die Tür hinter ihm ins Schloss fiel, erlaubte sich Maike, wieder zu atmen.

Nach einigen Minuten kam er mit Frau Bauer im Schlepptau zurück, die ein Tablett mit Kaffeegeschirr balancierte. Bastian Langmaier hielt eine Kaffeekanne in der Hand. Jetzt erst fiel Maike auf, wie schick angezogen er heute war. Er trug einen engen dunkelgrauen Anzug, ein hellgraues Hemd und eine blaue, schmale Krawatte. Er war rasiert und seine Haare schienen frisch geschnitten worden zu sein. Ihr Mund wurde trocken. Sie war froh, dass sie sich für diesen Arbeitstag ein schickes und nicht zu legeres Businessoutfit angezogen hatte. Als hätte sie geahnt, dass sie es brauchen würde.

Noch während sie in die Betrachtung seiner Person vertieft war, vibrierte ihr Handy. Sie zuckte erschrocken zusammen. Der Schock steigerte sich, als sie auf dem Display eine Nummer sah, von der sie nicht angenommen hatte, dass sie sie je wieder zu Gesicht bekommen würde. Thomas' Nummer.

Ex-Thomas. Mist! Was wollte der denn?

„Alles in Ordnung? Ein unangenehmer Anruf? Sie können gerne telefonieren."

Verwirrt blickte sie in Bastian Langmaiers blaue Augen, die sie besorgt musterten. Sie musste einen ziemlich angeschlagenen Eindruck machen. Schnell straffte sie die Schultern und räusperte sich.

„Nein, alles in Ordnung. Nur unerwartet", antwortete sie mit fester Stimme. Dann drückte sie auf die Stummtaste und legte ihr Smartphone mit dem Display nach unten auf den Tisch. „Legen wir los, Herr Langmaier. Die Herrschaften werden ja gleich da sein."

Tatsächlich kamen die Vertragspartner zu viert. Maike setzte ihr professionellstes Verhalten ein, und Bastian Langmaier schien sich davon mitziehen zu lassen. Sie ergänzten sich so gut, dass der Verhandlungsführer der Gegenseite, der Geschäftsführer der Firma Heidenreich, Herr Heidenreich selbst, bei der Verabschiedung bewundernd zu Bastian Langmaier sagte: „Sie haben großes Glück mit Ihren Mitarbeitern! Passen Sie auf, dass ich sie nicht abwerbe. Wo kommen Sie übrigens her, meine Liebe?"

„Ich bin ursprünglich aus Frankfurt."

„Das Tor zur Welt! Was hat Sie dann hierher verschlagen?"

Maike schluckte nervös. Sie merkte, wie Bastian Langmaier neben ihr unruhig wurde. Gemeinsam hatten sie sich im Vorfeld des Termins darauf geeinigt, Maike als Assistentin der Geschäftsführung vorzustellen und nichts von ihrer eigentlichen Rolle zu verraten. Jetzt musste ihr wirklich eine gute Antwort einfallen. Schnell vor allem.

„Ich, ähm, wollte mich beruflich weiterentwickeln. Weniger auf den großen Märkten meinen Platz finden, in einer sehr unpersönlichen Welt. Mir hat dort die individuelle Note in der Wirtschaft gefehlt. Ich wollte die Menschen kennen, mit denen ich arbeite, und nicht über anonymen E-Mail-Verkehr innerhalb eines Hochhauses kommunizieren."

Herr Heidenreich nahm ihr die Last ab, sich weitere Argumente aus den Fingern saugen zu müssen: „Verstehe! Sie wollten es ein bisschen persönlicher, direkter, privater haben. Und ruhiger sicherlich."

„O ja, ganz genau."

Sie spürte, wie Bastian Langmaier neben ihr wieder zu atmen begann. Gefahr gebannt. Zumindest bis zum nächsten Satz von Herrn Heidenreich: „Mir fällt da gerade ein, dass ich noch zwei Karten für das Basketballspiel der Ersten Bundesliga, Bayreuth gegen Frankfurt, habe. Wir sind Sponsoren und meine Frau und ich nehmen immer Bekannte oder Kollegen mit zu den Spielen. Für das Spiel gegen Frankfurt fände ich es großartig, eine echte Frankfurterin dabeizuhaben. Wie sieht es aus? Frau Kellermann? Herr Langmaier? Darf ich Sie als meine Gäste begrüßen?"

Maike war rot angelaufen. Sie konnte ihren Herzschlag in ihren Augen sehen und wusste nicht, was sie tun sollte. Abzulehnen wäre unangemessen, anzunehmen würde unzählige Probleme bereiten, die konstruierte Geschichte beizubehalten. Und außerdem musste sie dann auch noch einen Abend in Gesellschaft Bastian Langmaiers verbringen.

Alle Geräusche ihrer Umgebung dröhnten Maike unerträglich in den Ohren. Sie bildete sich sogar ein, die Vögel draußen zwitschern zu hören. Irgendwo im Gebäude fiel eine Tür ins Schloss und neben ihnen raschelte Frau Bauer laut mit irgendwelchen Unterlagen.

Sie fuhr zu Bastian Langmaier herum, als sie ihn sagen hörte: „Natürlich, wir nehmen die Einladung gerne an."

„Hervorragend! Samstag dann um 15 Uhr am VIP-Eingang an der Oberfrankenhalle. Meine Frau wird begeistert sein."

Sie schüttelten sich nochmals die Hände, dann wurde die Delegation von Frau Bauer mit steinernem Lächeln nach draußen begleitet.

„Ich musste annehmen", durchbrach der Juniorchef das Schweigen, als sie außer Hörweite waren.

„Ich weiß", antwortete Maike, ohne ihn anzusehen.

Er blickte sich nicht um, als er Maike stehen ließ und auf sein Büro zusteuerte.

⌶

Pünktlich um 19 Uhr klopfte es an die Tür ihrer Betriebswohnung. Maike hatte sich einige Mühe damit gegeben, ihre Kleidung leger und schick zugleich wirken zu lassen. Etwas nervös öffnete sie die Tür.

„Hallo, Peter."

„Servus, Maike. Bereit?"

„Klar, kann losgehen."

Maike warf einen flüchtigen Blick auf die Labortür, hinter der noch Licht brannte.

Peter bemerkte es und sagte: „Er hat einige langwierige Versuchsreihen gestartet. Ich hab ihm bis eben geholfen, daher konnte ich mich nicht mehr umziehen."

„Du siehst doch prima aus", erwiderte sie mit einem flüchtigen Blick auf ihn. Lächelnd fügte sie hinzu: „Für einen

106

Computermann bist du immer hervorragend gekleidet."
Peter lachte laut und antwortete: „Danke auch! Ich geb mein Bestes!"
Fröhlich und vertraulich zwinkerte er ihr zu. Das würde ein lustiger Abend werden.
Das wurde er schließlich auch. Sie hatten großen Spaß, denn Peter war ein hervorragender Gesprächspartner, intelligent und sehr gebildet. Egal, welches Thema angesprochen wurde, Peter wusste zu allem etwas Interessantes beizutragen. Maike war gelöst und fröhlich und erzählte auch viel von sich. Irgendwann kam die Unterhaltung auf ihre Wohnsituation zu sprechen.
„Tamara ist die Ruhige von uns. Sie hat ein Esoterikgeschäft und räuchert uns regelmäßig die Bude voll mit ihren neuesten brennbaren Produkten. Wir sind zusammen zur Schule gegangen. Sie ist meine längste und beste Freundin. Tommy ist Schauspieler und arbeitet als Dragqueen in einem Varietétheater." Peter machte große Augen. „Er ist verrückt im positiven Sinn und der beste Freund, den ich mir wünschen kann.
Er hatte es nicht immer leicht. Kommt aus wohlhabenden Verhältnissen und seine Eltern wollten lange Zeit nicht wahrhaben, dass er mal keine hübsche, junge Frau heiraten würde. Vollständig brachte er ihr Weltbild zum Einsturz, als er beschloss, sein Medizinstudium an den Nagel zu hängen, um auf die Schauspielschule zu gehen. Sie haben ihm alle finanziellen Mittel gestrichen, aber er schlug sich durch und baute sich etwas auf. Eine Marke sozusagen.
Mittlerweile geht es ihm finanziell recht gut und seine Eltern können den Umstand nicht mehr leugnen, dass er entgegen ihren Erwartungen ein fleißiger und erfolgreicher Mann geworden ist. Sie haben sich damit abgefunden und das Verhältnis ist ganz gut."
„Wow! Er muss eine starke Persönlichkeit haben, wenn er das so durchgehalten hat. Ich weiß nicht, ob ich das geschafft hätte, wenn meine Familie nicht hinter mir stehen würde. Krasser Typ!"
„Ja! Und vor allem ist er extrem großzügig und loyal. Er hat mich bei sich aufgenommen, als ich sozusagen auf der Straße stand, weil ich Hals über Kopf bei meinem Freund ausgezogen war. Manchmal fühlt es sich an, als wären wir

Geschwister. So streiten wir uns auch manchmal", schloss Maike.

Der Gedanke an den Anruf von Thomas am Nachmittag trübte ihre Stimmung ein wenig. Sie hatte nicht zurückgerufen und er hatte es auch nicht noch mal probiert. Peter schien ihre Stimmungsschwankung falsch zu interpretieren.

Er musterte sie lange, bevor er sagte: „Fühlst du dich mittlerweile wohler hier? Ist Bastian netter zu dir?"

Maike war von dem Themenwechsel kurz überfordert, aber als sie sich wieder gefangen hatte, antwortete sie: „Doch, schon. Ich kann mich zurzeit nicht beklagen. Diese offenbar typisch oberfränkische Wortkargheit schlägt bei den Interviews zwar immer noch hin und wieder zu, aber im Großen und Ganzen läuft es gut. Herr Langmaier hat sich bei mir für sein anfängliches Verhalten entschuldigt und wir haben uns dahin gehend ausgesprochen."

Das Thema war ihr unangenehm. Vor allem die Direktheit, mit der Peter es ansprach.

„Nimm es ihm nicht allzu übel. Er war, glaub ich, einfach nur enorm angepisst von seinem Vater. Der hat ihn mit dem Engagement deiner Firma ziemlich überrumpelt. Bastian ist sehr ehrgeizig und sich seiner Verantwortung für die Firma und die Leute nur allzu bewusst. Da hat es ihn, denk ich, enttäuscht, dass sein Vater ihm das nicht zuzutrauen scheint."

„Ja, das könnte sein", murmelte Maike nachdenklich. „Ich glaube, wir haben das Kriegsbeil begraben. Jetzt muss ich nur noch zügig diesen Auftrag abarbeiten."

„Schade", antwortete Peter. „Du könntest dir gerne Zeit lassen. Ich mag deine Gesellschaft."

Seine Direktheit und sein tiefer Blick machten Maike nervös. Sie räusperte sich und nahm einen großen Schluck von ihrem Wein. Die Verhältnisse mussten schnell geklärt werden, sonst würde das hier einen Weg nehmen, dem sie nicht folgen wollte.

„Danke, Peter. Für die Komplimente und deine Offenheit …"

„Aber", warf Peter ein.

Maike wischte ihre schwitzig gewordenen Hände an ihrer Hose ab. Sie hasste solche Gespräche. Allerdings musste es sein.

108

„Aber ...", begann sie mit entschuldigendem Lächeln, „ich bin momentan an keiner tieferen Beziehung als einer Freundschaft interessiert. Du bist ein großartiger Kerl und eine tolle Gesellschaft. Ich mag dich sehr. Für die kurze Zeit, die wir uns kennen, hab ich dich schon richtig in mein Herz geschlossen, aber mehr wird daraus nicht werden." Schnell und peinlich berührt fügte sie noch hinzu: „Sei mir nicht böse, ja?"

„Maike", er beugte sich leicht über den Tisch zu ihr hinüber, „ich weiß das. Ich akzeptiere das. Ist gar kein Thema. Ich wollte mir nur nicht später vorwerfen, dass ich es nicht wenigstens versucht hätte. Mit Freundschaft bin ich völlig zufrieden, aber ich will hin und wieder flirten", fügte er grinsend hinzu. „Ich will nicht einrosten, sondern in Übung bleiben. Man weiß nie, wann man es brauchen kann. Vielleicht stolpere ich über die Liebe meines Lebens, wenn ich nachher hier auf die Toilette gehe. Oder Frau Markov aus der Buchhaltung erkennt endlich das Potenzial, das in mir steckt, außerhalb meiner Fähigkeit, PC-Probleme schnell und effizient lösen zu können."

Er zwinkerte ihr fröhlich zu und sie wusste, dass er es ihr nicht übel nahm. Sie hatte ihm offenbar nicht das Herz gebrochen. Erleichterung flutete wie ein lauwarmer Regenguss ihren Körper.

Peter winkte dem Kellner und bestellte ihnen noch eine Runde Getränke. Um auf die geklärten Verhältnisse anzustoßen, wie er es nannte.

Maike verschluckte sich fast am Wein, als Peter unvermittelt mit beiden Händen auf die Tischkante schlug und energisch zu sprechen ansetzte: „So! Nun zu den wichtigen Dingen des Lebens!"

O Gott! Was kam jetzt? Maike setzte bedachtsam ihr Glas ab und musterte Peter fragend mit hochgezogenen Augenbrauen.

„Na, Klatsch und Tratsch! Ist dir nicht aufgefallen, dass die Bauer den Bastian wie ein Geier umkreist?"

Maike starrte ihn mit offenem Mund an. Dann lachte sie schallend los. Sie hatte nach seiner Einleitung mit allem gerechnet, aber auf solch eine Thematik wäre sie beim besten Willen nicht gekommen.

„Ist das dein Ernst?", brachte sie hervor, als sie wieder einigermaßen zu Atem gekommen war.

109

„Klar, Mann! Ich sitze fast den ganzen Tag in dem Kabuff umgeben von Rechnern. Mein Tagesgeschäft ist sehr einsam. Da hab ich viel Zeit zum Nachdenken. Andererseits komm ich viel rum in der Firma, weil es ständig irgendwelche Probleme gibt. An meinen Lieblingstagen, den Tagen nach den Software-Updates", er verdrehte theatralisch die Augen, „ist so viel zu tun, dass ich nicht wirklich zum Quatschen komme. Aber ich kriege dann Gequatsche mit. Während die Leute darauf warten, wieder an ihren Arbeitsplatz zu können, briefen sie mich alle mit den neusten Klatschthemen. Du bist momentan Hauptthema übrigens", fügte er strahlend an.

„Prima. Da kommt Freude auf", murmelte Maike wenig begeistert.

„Nee, mach dir keine Sorgen, du bist nicht unbeliebt. Die Nummer mit dem Kuchen hat dir viele Herzen erobern können.

Das zweitbeliebteste Thema ist das interessante, eben die Bauer und wie sie den Bastian umgarnt wie 'ne Spinne ihre Beute. Einigen Kollegen drängt sich der Verdacht auf, dass sie es voll auf ihn abgesehen hat. Seit der Bastian geschieden ist, legt sie sich richtig ins Zeug. Früher war die nicht so aufgedonnert und übertrieben freundlich."

„Aber mir kam es jetzt nicht so vor, dass Herr Langmaier daran in irgendeiner Weise interessiert wäre. Er scheint es nicht einmal wahrzunehmen."

„Ja, da ist er etwas stumpf. Ich glaube aber auch, dass er seit seiner Scheidung vor zwei Jahren mit den Frauen abgeschlossen hat. Die hat ihn echt richtig verarscht."

„Wie meinst du das?", fragte Maike interessiert.

„Erzählt hat er mir das nie, aber ich habe so ein paar Brocken bei der Arbeit aufgeschnappt. Ist halt ein kleines Dorf." Er beugte sich etwas über den Tisch und senkte die Stimme um eine Nuance, als er weitersprach: „Er war lange Jahre, seit dem Studium, mit seiner damaligen Frau zusammen gewesen. Es schien alles super zu laufen. Sie haben ein Haus hier in Oberstemmenreuth gebaut und niemand ahnte etwas. Wahrscheinlich nicht mal Bastian.

Da ist sie ihm eines Tages abgehauen. Hatte wohl schon länger ein Verhältnis mit einem Typen aus der Gegend. Blöderweise ist das auch derselbe Kerl, der Bastian in ihrer

110

Jugend die Nase gebrochen und ihm die Narbe hier", er zeigte auf seine Unterlippe, „verpasst hat."

„Großer Gott!", rief Maike schockiert aus. „Ist das dein Ernst? Kein Wunder, dass er so griesgrämig ist. Und warum hat er ihn geschlagen damals?"

„Keine Ahnung. Da musst du mal seine Schwester fragen. Wie gesagt, ich weiß das nur vom Hörensagen, über zwanzig Ecken. Er selbst spricht nicht drüber. Ich weiß nur, dass er seine Frau ausgezahlt und das Haus behalten hat. Er ist sehr verschlossen, was sein Privatleben betrifft. Hin und wieder hat er mal was am Laufen mit 'ner Frau, das krieg ich so nebenher mit. Aber das scheint nie was wirklich Ernstes zu sein."

Sie empfand mit einem Mal großes Mitgefühl für Bastian Langmaier. Solch eine Beziehungsgeschichte hatte sie bei ihm nicht erwartet. Sie hatte seine Unnahbarkeit immer ein bisschen als Arroganz interpretiert, schließlich war er sehr gut aussehend und erfolgreich. Peters Worte ließen den Juniorchef und sein Verhalten in anderem Licht erscheinen.

Gegen die plötzliche Trockenheit in ihrem Hals nahm sie einen großen Schluck Wein. Der allerdings steigerte die Hitze, die langsam, aber unaufhaltsam in ihr aufstieg, nur noch mehr. Zum Glück wechselte Peter endlich das Thema und begann, ihr von den kulturellen Vorzügen der Gegend zu erzählen. Von den national bekannten Luisenburgfestspielen in Wunsiedel, dem ältesten Naturbühnentheater Deutschlands, dem früheren Bergbau im Fichtelgebirge und der Kristallglasherstellung und Porzellanproduktion.

„Es gibt auch eine tolle Therme in der Gegend."

Das ließ sie aufhorchen. Ihr Körper und vor allem ihre Seele lechzten nach ein paar Stunden im Wasser. Das hatte sie schon lange nicht mehr geschafft.

„Wow! Echt? Da muss ich unbedingt hin. Ich bin ewig nicht mehr Schwimmen gewesen. Ich liebe Schwimmen."

„Da ist es richtig klasse. Man kann dort auch in der Sauna oder in speziellen Becken chillen. Da ist eines mit extremem Salzgehalt und man kann sich auf das Wasser legen und treiben lassen. Ich würde dir allerdings nicht empfehlen, am Wochenende hinzugehen. Da ist es gestopft voll."

„Dann werd ich das mal nach der Arbeit ausprobieren. Ich habe früher Leistungsschwimmen gemacht und meine

Haare waren praktisch nie trocken. So ein paar Stunden im Wasser könnte ich auf jeden Fall mal wieder gebrauchen."

Der restliche Abend mit Peter verlief überaus nett und lustig. Als sie in der Firma vor ihrer Wohnungstür angekommen war, drehte sie sich zur Labortür um, hinter der noch Licht brannte. Mit zum Klopfen erhobener Hand stand sie eine Ewigkeit da, bis sie sich einen Ruck gab, die Hand sinken ließ und die Wohnungstür aufsperrte.

Kapitel 9

Etwas abgehetzt parkte Maike am nächsten Morgen ihren Wagen vor der Bäckerei Haberlein. Sie war zu spät losgekommen. Das Oberteil, das sie hatte anziehen wollen, hatte einen undefinierbaren Fleck aufgewiesen, also hatte sie eine Bluse mit ihrem Reisebügeleisen bearbeiten müssen. Ganz optimal war es nicht gelaufen, daher hatte sie sich lieber noch eine Strickjacke übergeworfen.

Noch bevor sie ausstieg, merkte sie, dass etwas nicht stimmte. Ein älterer Mann war neben ihrem Auto stehen geblieben und starrte sie an. Meine Güte, der wollte sie doch nicht fressen? Mit großem Unbehagen stieg sie aus, und ehe sie zuschließen und sich ihm zuwenden konnte, pampte er schon los.

„Sie wolln hier doch nicht stehn bleim, oder? Das is eine öffentliche Straße und nicht der private Parkplatz vo dera Bäckerei!"

Wütend stieß er bei jedem zweiten Wort seinen Gehstock auf den Asphalt, als wollte er seine Wut auf Maike bis in alle Zeiten in der Straße verewigen. Als Mahnmal für sämtliche Falschparker. Wobei Maike das so nicht stehen lassen konnte.

„Woher wollen Sie denn wissen, dass ich in die Bäckerei will?"

„Sie senn fast jeden Dooch do! Und Sie gehn immer in den Bäcker. Nie woanderschd no!"

Reizend. Maike musste tief durchatmen, um ihm nicht alles entgegenzubrüllen, was sie gerade dachte. Mühsam beherrscht versuchte sie, die Situation wieder in den Griff zu bekommen.

113

„Es geht Sie erstens nichts an, was ich tue und wo ich wann einkaufe. Und zweitens habe ich mein Kraftfahrzeug völlig konform mit den Verkehrsregeln abgestellt. Sie haben ja selber gesagt, dass das hier eine öffentliche Straße ist."

Sie ließ ihre Stimme nur so triefen vor Hochmut. Mit einschlägiger Wirkung, wie es schien. Er hob zornig seinen Gehstock und fuchtelte in der Luft herum.

„Ach, macht doch alle, waser wollt! Aber net mit mir! Schmorn Se in der Hölle, zusammen mitm ganzn Pack!"

Maike nahm sich kurz die Zeit, um ihm seufzend und etwas verstört nachzublicken. Geisteskranke Spinner gab es hier also auch. War wohl ein überregionales Problem.

Kopfschüttelnd betrat sie das Ladengeschäft der Bäckerei. Das fröhliche Gebimmel der Türglocke und der überwältigende Geruch nach Brot und Gebäck besänftigten sie augenblicklich. Die Verkäuferin und eine Kundin musterten sie schweigend.

„Ham Se den Sepp getroffen, hä?", brach die Verkäuferin das Schweigen.

„Wenn das der zuvorkommende Herr mit dem Gehstock ist, dann hatte ich das Vergnügen", erwiderte Maike schief grinsend.

„Der hat se nimmer alle", bestätigte die Verkäuferin ihre Vermutungen, die sie mit entsprechenden Wischbewegungen noch unterstrich. „Is mit uns, beziehungsweise mit meim Schwiechervadder, im Streit seit gut vierzig Joarn. Damals gings um irgendan Grundstückskauf. Ham sich beide vom andern übern Disch gezogn gfühlt. Alte Hammel!", schimpfte sie.

„Das sin sie wirklich! Nix für ungut, wenn ich das über deinen Schwiegervater auch sagen muss, Vikki. Aber der war auch scho immer so a elendiger Stoffl", mischte sich die Kundin ein.

Maike hatte noch niemanden gesehen, der würdevoller einen geflochtenen Weidenkorb im angewinkelten Arm trug. Sie war in etwa so groß wie Maike und elegant gekleidet. Ihre perfekt frisierten, kurzen Haare wippten im Rhythmus, als sie, anscheinend konsterniert, ihren Kopf schüttelte.

„A gee, Edith, des waas i selber. Der Korl und der Sepp nema sich nix. Beides Bleedl."

114

Vikki, die Verkäuferin, lachte laut auf. Na, wenn deren Schwiegervater so war wie der alte Esel von eben, war ihre andauernde Unbeschwertheit überaus bewundernswert. Maike reichte schon diese eine Begegnung mit einem der beiden Streithammel.

„Dann werde ich wohl beide in der Hölle wiedertreffen", rutschte es Maike heraus, bevor sie wusste, wie ihr geschah.

Edith und Vikki wandten sich ihr gleichzeitig zu und brachen in Gelächter aus. Maike grinste schief.

„Immer mit Humor nehmen, ganz recht!", rief die Kundin, bevor sie sich wieder Frau Haberlein zuwandte. „Gee, Vikki, gib mer noch eine Zimtschnecke. Meine kleine Laura is heute zu Besuch. Und die mag se doch so gern."

„Freilich." Vikki griff noch mal in die Theke. „Und wie schauts mit am zweitn Enkala aus? Tut sich da nix beim Bastian?"

Maike spürte vor Schreck ihre Beine nicht mehr und schwankte leicht. Die Kundin war Edith Langmaier, die Mutter von Langmaier Junior. Himmel! Das hätte sie eigentlich gleich bemerken müssen. Bastian sah seiner Mutter wahnsinnig ähnlich. Vor allem die Haltung und die blauen, stechenden Augen wirkten wie kopiert. Vor lauter Ärger über diesen unverschämten Typen war es ihr nicht aufgefallen. So sehr Resi nach ihrem Vater kam, so sehr glichen sich Edith und Bastian Langmaier.

„Ach der! Der tut doch nix dergleichen! Nach seiner Scheidung hat er keine ernsthafte Beziehung mehr gführt. Wobei mir seine momentane Freundin ganz gut gfällt. Sie is Hautärztin mit einer eigenen Praxis. Hat sie wohl von ihrem Onkel übernommen. Schau mer mal, was draus wird."

Sylvie. Der Kloß in Maikes Hals wurde größer. Hautärztin mit eigener Praxis also. Super, eine tolle Partie für Bastian Langmaier. Da konnten sie ihre Kinder ja gleich aus goldenen Fläschchen füttern. Der Geldbeutel, den sie in der Hand hielt, knarzte etwas, als sie ihre Faust fester um ihn schloss.

„Ach übrigens, die Dame hier arbeitet a bei Polytech. Kennen Se sich scho?", merkte Vikki wenig hilfreich an.

„Ach wirklich?" Edith Langmaier wandte sich Maike zu.

Mit dem stechenden Blick, den Maike nur zu gut von Bastian Langmaier kannte, musterte Edith sie intensiv. Zweifellos Bastians Mutter.

„Ähm, ja. Ich bin erst seit Kurzem hier. Ich bin aus Frankfurt von ...“

„Ah, ich weiß Bescheid. Ich weiß, wer Sie sind. Ich hatte mir Sie anders vorgestellt“, unterbrach Edith Langmaier Maike brüsk.

Sie ließ offen, wie sie sich Maike vorgestellt hatte und auch aufgrund welcher Erzählungen. Maike schluckte schwer. Aber sie wurde erlöst, als sich Edith Langmaier mit einem Ruck zur Verkäuferin umwandte und ihr das Geld für den Einkauf entgegenstreckte.

„Vielleicht sehen wir uns ja noch mal, solange Sie hier sind, Frau Kellermann“, raunte sie Maike beim Hinausgehen mit einem leichten, undeutbaren Lächeln zu.

☒

Maike ließ beinahe die Papiertüten fallen, als sie versuchte, ihre Autotür zuzumachen. Kalter, schneidender Wind blies ihr ins Gesicht. Es roch nach Regen. Hoffentlich schaffte sie es noch trocken ins Gebäude.

Genervt und fahrig klemmte sie sich eine Tüte unter den Arm, während sie mit der anderen Hand die Tür zum Bürogebäude von Polytech aufzog. Ohne sich weiter umzusehen, schritt sie zielstrebig auf ihre Bürotür zu.

„Frau Kellermann, wie schön, dass Sie da sind!“

Ihr rutschte zum wiederholten Mal an diesem Tag das Herz in die Hose. Alois Langmaier lehnte jovial an Frau Bauers Theke. Die Sekretärin musterte Maike mit spöttischem Blick.

„Oh, Herr Langmaier. Wie schön, Sie zu sehen!“

Maike machte eine scharfe Kurve und steuerte ungünstig mit Gebäck beladen auf die Empfangstheke zu, um den Seniorchef zu begrüßen. Umständlich legte sie die Tüten auf der Theke ab, sehr zum Missfallen Frau Bauers, wie deren Blicke sie spüren ließen.

„Sie haben wohl großen Hunger?“, spielte der Senior mit einem Fingerzeig auf die Tüten an.

„Ach, gehört zu meiner Taktik. Eine Art Bestechung für die Interviewpartner. Es erhöht merklich die Bereitschaft, sich mit mir zu unterhalten.“

Frau Bauers Blick schnitt ihr über das Gesicht und hinterließ ein leichtes Brennen. Was war mit der los? Sie nahm sich vor, von der Sekretärin vorerst nichts mehr zum Verzehr anzunehmen. Nicht, dass die noch Rattengift oder so was rein mischte.

„Großartig! Also haben Sie einen Weg in die versteinerten fränkischen Herzen gefunden. Das nenn ich Hingabe!"

Sie verzichtete auf die Klarstellung, dass die Idee ursprünglich von Resi stammte. Der Morgen hatte sie zu sehr erschöpft, als dass sie zu Erklärungen aufgelegt war.

„Was steht denn bei Ihnen heute an? Wer wird ausgehorcht?"

„Nun, Frau Bauer hier", Maike deutete auf die grimmige Sekretärin, die augenblicklich ihr strahlendstes Lächeln auflegte, als Herr Langmaiers Blick zu ihr schwang, „hat sich bereit erklärt, mir einige Fragen zu beantworten. Darüber hinaus wird mir einer Ihrer Werkzeugmacher und eine Dame aus dem Marketing Rede und Antwort stehen. Zu guter Letzt habe ich am Nachmittag eine Verabredung mit Ihrem Sohn im Labor." Welch dumme Formulierung, Maike! „Er will mir seine Sicht der Dinge im Interview nahelegen", fügte sie an, um noch mal die Kurve zu bekommen.

„Na dann. Ich bin schon wahnsinnig gespannt auf Ihre Arbeit. Kann es kaum erwarten, die Ergebnisse zu sehen."

„Ich komme gut voran mit den Interviews und deren Auswertung. Ich hoffe, Ihnen in einigen wenigen Wochen die Ergebnisse präsentieren zu können."

„Hervorragend. Dann will ich Sie nicht weiter aufhalten. Frohes Schaffen!"

Und damit verschwand er schwungvoll ausgreifend in Richtung seines Büros.

„Ich bin dann um neun Uhr bei Ihnen", schreckte sie Frau Bauer auf.

„Ja, sehr gerne. Bis dahin." Maike grapschte sich die Tüten von der Theke und ging in ihr Büro.

Sie wünschte sich leidenschaftlich das Ende dieses Tages herbei. Das bevorstehende Interview mit Bastian Langmaier lag ihr schon eine ganze Weile im Magen.

⌶

Das Gespräch mit Frau Bauer war geprägt von der Selbstinszenierung der Sekretärin und einem nahezu unerträglichen Loblieb auf Bastian Langmaier. Er wäre der großartigste Chef und Geschäftsführer, den man sich nur wünschen könnte. Seine Art zu arbeiten würde ihresgleichen suchen. Seit dieses übermenschliche Genie die Firma mit seiner Anwesenheit erfreute, hielten Glück und Wohlstand Einzug bei Polytech. Niemand sei geeigneter, den Posten des Geschäftsführers vom beinahe ebenso außergewöhnlichen Senior zu übernehmen. Das hatte sie zwar nicht wörtlich gesagt, aber Maike konnte sich bei ihren Notizen nicht beherrschen. So hörte sie es zwischen den Zeilen heraus und so ließ sie sich dann auf ihrem Notizblock über die Bauer aus.

Meine Güte! Die küsste doch den Boden, den Bastian Langmaier betrat. Dass diese Schwärmerei in der Firma schon aufgefallen war, überraschte Maike nicht. Frau Bauer machte offenbar auch keinen Hehl daraus. Dass das allerdings dem Junior nicht aufzufallen schien, verstand Maike beim besten Willen nicht. Das musste die Sekretärin doch fürchterlich frustrieren.

Von dem Gebäck wollte sie nichts, beinahe angewidert hatte sie das Dargebotene abgelehnt.

Angespannt bestritt Maike den Rest des Vormittags. Ihre anderen Gesprächspartner dieses Morgens waren allerdings überaus nette und gesprächige Gegenüber. Der Werkzeugmacher war ein lustiger Mittvierziger, der seine Berufung in der Herstellung von Spritzgussformen gefunden zu haben schien und der sich über das Fortbestehen der Firma keinerlei Sorgen machte.

Die Dame vom Marketing stellte sich als junge, quirlige Sächsin heraus, die den Job bei Polytech nach der Uni bekommen hatte und sehr zufrieden war.

Etwas nervös packte Maike am Nachmittag ihre Unterlagen und das Diktiergerät ein, um den Weg in den zweiten Stock anzutreten. Es ärgerte sie, dass Bastian Langmaier offenbar sein Reich für das Gespräch nicht verlassen wollte, um sich in ihres in der Kaffeeküche zu begeben. Das war sicher wieder so ein Versuch von Machtspielchen.

Lieber wäre sie gegenüber in ihre Wohnung gegangen, trotzdem gab sie sich einen Ruck und drückte energisch

118

die Türklinke der Labortür herunter.

Das Labor war ein riesiger, lichtdurchfluteter Raum, der die gesamte Länge des Gebäudes einnahm und über und über mit Geräten, Computern und Bildschirmen bestückt war. Überall blinkte es und es roch leicht nach Desinfektionsmittel und geschmortem Plastik.

Ehrfürchtig blieb Maike an der Tür stehen und ließ ihren Blick über die Szenerie schweifen. Am hinteren Ende des Labors entdeckte sie einen Schreibtisch mit Computer und einer Zimmerpflanze mit grünen, fleischigen Blättern, deren Name sie nicht kannte.

Bastian Langmaier erhob sich und kam mit langen Schritten auf Maike zu. Sein weißer Kittel wehte energisch hinter ihm her. Ein zweiter Kittel hing neben der Tür. Maike war sich nicht sicher, ob sie den im Labor tragen sollte. Nicht, dass es hier steril bleiben musste, und sie schleppte irgendwelche Störungen ein.

„Muss ich, ähm, einen Kittel anziehen oder etwas Bestimmtes beachten?", fragte sie vorsichtig.

Immer diese Unsicherheit, wenn sie mit Bastian Langmaier sprach. Das nervte sie tierisch. ,Du bist eine erwachsene und erfolgreiche Frau! Du bist eine erwachsene und erfolgreiche Frau!' Immer wieder ging sie in Gedanken ihr Mantra durch. Und bevor der Junior bei ihr angekommen war, hatten sich ihre Schultern ein wenig gestrafft und sie fühlte sich ein winziges bisschen selbstbewusster.

„Nein, solange Sie nicht anfangen, die Geräte zu bedienen und Versuchsreihen zu starten, brauchen Sie keinen."

Er grinste leicht, dabei wirkte er gestresst. Abgehetzt. Kein gutes Omen für das bevorstehende Interview.

„Folgen Sie mir bitte. Wir gehen nach hinten zu meinem Arbeitsplatz. Dort sind bequeme Stühle."

Schweigend und mit klopfendem Herzen folgte ihm Maike. Er schob ihr einen Schreibtischstuhl hin und zog sich den eigenen heran.

Immer noch fasziniert ließ Maike den Blick durch das Labor schweifen. Wenn er das alles allein bewältigte, musste sie ihm dafür wirklich Respekt zollen. Hier konnten auch drei Leute arbeiten und hätten wahrscheinlich genug zu tun, wenn regelmäßig alle diese Geräte bedient und bestückt werden wollten.

„Ich krieg wohl keinen Kuchen?"

Erschrocken wandte sie sich ihm zu. Er musterte sie aufmerksam und amüsiert. Sofort wurde ihr heiß. Sehr heiß.

„Ich habe nichts mitgebracht, weil ich nicht wusste, ob man hier essen darf", begann sie lahm und fügte hinzu: „Wären Sie bereit gewesen, zu mir in die Kaffeeküche zu kommen, hätte ich Ihnen auch etwas anbieten können."

Der Blick aus seinen blauen Augen wurde tiefer. Dann lächelte er plötzlich breit und lehnte sich in seinem Stuhl zurück. Ein Bienenschwarm in Maikes Magen wurde lebendig.

„Ist schon gut, ich wollte Sie nicht in Verlegenheit bringen. Sie waren ja noch nie hier, da konnten Sie nicht wissen, wie das hier sein wird. Ich hatte nicht die Absicht, Sie aus Ihrem Reich in meines zu locken, aber es läuft gerade eine Versuchsreihe, die ich beaufsichtigen will. Das ist alles."

Es war beunruhigend, wie genau er ihre Gedanken zu kennen schien.

„Ich kann schnell was holen, wenn Sie wollen", bot Maike an.

„Wegen mir nicht, machen Sie sich keine Mühe. Ich habe eben was gegessen. Aber ich kann Frau Bauer bitten, Ihnen etwas zu bringen."

Seine Hand war schon über dem Telefon.

„O nein, das müssen Sie nicht. Ich habe keinen Hunger", schoss es laut aus ihr heraus.

Der musste sie für bekloppt halten. Aber das war ihr lieber, als womöglich von Frau Bauer vergiftet zu werden.

Stirnrunzelnd ließ Bastian Langmaier die Hand sinken und wandte sich wieder Maike zu. „Soll ich Sie kurz herumführen? Damit Sie meinen Arbeitsplatz kennenlernen können, bevor ich Ihre Fragen beantworte?"

„Das wäre großartig."

Schwungvoll stand Maike von ihrem Platz auf, froh, das bevorstehende Gespräch noch etwas nach hinten schieben zu können.

„Hier haben wir erst mal das Mikroskop. Damit kann ich die Struktur des Kunststoffes oder des Harzes, das angeliefert wird, überprüfen. Dort wird Kunststoff geschmolzen, um Volumen und Masse im Verhältnis zu ermitteln. Unterschiedliches Verhältnis, unterschiedliche Eigenschaften." Er deutete auf einen Arbeitsplatz mit Bunsenbrenner und Feinwaagen. Daneben stand ein rechteckiger Kasten von der Größe einer Spülmaschine, der Maikes Aufmerksamkeit erregte.

„Wofür ist das?", fragte sie.

„Das ist eine Klimakammer. Darin können unterschiedliche klimatische Bedingungen simuliert werden, und wie sich der Kunststoff bei Veränderung oder unter extremen Bedingungen verhält."

„Ist das hier so ein Zuggerät? Wo der Werkstoff zerrissen wird?", fragte Maike, auf einen größeren Apparat mit Einspannvorrichtung deutend.

„Ja, das ist für Zugfestigkeitsversuche. Für die Überprüfung der Bruchfestigkeit haben wir hier noch den Kerbschlagbiegeversuch. Und eines der wichtigsten Testgeräte für die Qualitätssicherung ist der Dickentaster."

Er hielt ihr ein stiftgroßes Messwerkzeug hin, das im Groben einer Minirohrzange mit Messskala ähnelte.

„Auf dem Dach habe ich darüber hinaus noch einen Freistand, auf dem ich über lange Zeit verschiedene Werkstoffe rausstelle oder -hänge, um eventuelle Veränderungen in Farbe, Glanz und so weiter festzustellen. Ich habe auch einige Chemikalien hier, um deren Einflüsse auf den Kunststoff zu prüfen oder neue Zusammensetzungen auszuprobieren. Ich kann hier auch weitere dynamische und statische Prüfverfahren ... Entschuldigung."

Sein Handy klingelte. Irgendein Metalsong. Verärgert blickte er auf das Display und nahm seufzend das Gespräch an.

„Ja? Hallo. Nein, ich bin noch nicht fertig. Hast du nicht heute die Praxis länger offen?"

Sylvie also. Konnte es wohl kaum erwarten, wieder ihre Krallen in Bastian Langmaier zu schlagen. Um sich von ihrem unangebrachten weiß glühenden Zorn runterzubringen, begann Maike mit dem Dickentaster zu spielen. Ruhig bleiben. Atmen, Maike.

„Dann sei halt so gegen vier hier, da müsste ich fertig sein. Wenn ich mich dafür nicht umziehen muss, kannst du mich hier abholen. Okay. Bis dann."

Maike entging nicht, dass er leicht genervt mit unmerklichem Kopfschütteln auflegte und das Handy in seinen Kittel zurückgleiten ließ.

„Bevor Sie es auseinanderschrauben, nehm ich das lieber."

Seine Hand streifte leicht die ihre, als er ihr sanft den Dickentaster aus den Fingern nahm. Seine Berührung hinterließ eine Brandspur auf ihrer Haut, sodass sie unwillkürlich die Luft anhielt.

„Als Materialwissenschaftler bin ich natürlich nicht nur Werkstoffprüfer. Meine eigentliche Aufgabe ist es, unsere Produkte leichter, recycelbarer, ressourcenschonender und energieeffizienter in der Herstellung zu machen. Normalerweise sollten die Werkstoffprüfverfahren durch einen Werkstoffprüfer durchgeführt werden. Aber der Beruf ist leider nicht sehr verbreitet und die Konkurrenz hat mir die potenziellen Mitarbeiter weggegraben."

„Ist das ein Ausbildungsberuf?"

„Ja. Vier Jahre dauert die Ausbildung, aber dazu müsste ich erst einen ausgebildeten Werkstoffprüfer hier haben, der die Ausbildung übernimmt."

„Können Sie den Azubi nicht selbst ausbilden?"

„O nein." Er lachte. „Dafür bin ich nicht geeignet. Von dem Beruf als solchem habe ich auch mit dem Studium keine Ahnung. Das sind Spezialisten für die Werkstoffprüfung."

„Ein Teufelskreis also", sagte Maike grübelnd.

„Sozusagen."

Er wandte sich wieder seinem Schreibtisch zu und durchschritt zügig den Mittelgang des Labors.

„Aber Sie führen ja nicht nur die Versuche für die Werkstoffprüfung und für die Weiterentwicklung durch. Sie müssen das ja auch alles auswerten." Maike wurde beinahe übel bei dem Gedanken an das Arbeitspensum, das Bastian Langmaier neben seiner Tätigkeit als stellvertretender Geschäftsführer hatte.

Schlief der auch mal? Wann hatte der Zeit für eine wahrscheinlich so anspruchsvolle Freundin wie Sylvie?

„Sehen Sie! Und dann muss ich mich noch mit den, verzeihen Sie die Ausdrucksweise, Hirnfürzen meines Vaters herumschlagen. Da darf man auch mal grantig werden."

Ein Hirnfurz war sie also für ihn. Toll. Sein Blick schwang zu ihr und darin lag so viel Wärme und Verschmitztheit, dass er Maike sofort besänftigte. Er wusste, dass er sie provoziert hatte. Na schön, den Gefallen würde sie ihm nicht tun. Das musste an ihr abtropfen. Sie antwortete mit einem Lächeln, das er erwiderte.

Alle Sorgen im Vorfeld stellten sich jetzt als völlig unbegründet heraus. Er beantwortete alle ihre Fragen freundlich, überlegt und legte eine beinahe zuvorkommende Performance hin. Maike wurde während des Gesprächs immer heißer, und als Bastian Langmaier kurz unterbrach, um sich seiner Versuchsreihe in der Klimakammer zuzuwenden, zog sie ihre Strickjacke aus. Als er sich wieder zu ihr setzte, musterte er mit einem schnellen Blick die Seidenbluse, die Maike nun trug. Sie schämte sich etwas, dass sie überlegte, ob ihm womöglich gefiel, was er sah. Seinen Blick konnte sie nicht deuten.

Wie sie sich schon gedacht hatte, war seine Einschätzung zur Firmenübergabe positiv, wobei sie ihm die unerschütterliche Zuversicht, die er zur Schau trug, nicht komplett abnahm. Sie hatte schon mit so vielen Menschen gesprochen und deren Worte unzählige Male über das Diktiergerät wiederholen lassen, dass sie glaubte, die kleinen Nuancen, die die Sprecher zu verbergen versuchten, heraushören zu können. Und Bastian Langmaier war definitiv besorgt.

◘

„Sind wir durch?", fragte der Juniorchef um kurz nach 16 Uhr.

Großer Gott! Zwei Stunden waren sie schon hier. Es war ihr gar nicht aufgefallen, wie die Zeit vergangen war. Die bittere Erkenntnis, dass er sie für seine Verabredung mit Sylvie loswerden wollte, flutete ihren Körper.

„Ja, wir sind fertig."

„Machen Sie Schluss für heute oder gehen Sie noch mal in Ihr Büro?"

Seine Frage schreckte Maike aus ihren düsteren Gedanken. „Ich, ähm, werde den Interviewtag noch etwas nachbereiten. Unten im Büro."

„Gut, dann begleite ich Sie."

Gemeinsam verließen sie das Labor und schlenderten schweigend in Richtung Treppenhaus. Maike hatte das Gefühl, dass er etwas sagen wollte. Tat er aber nicht, daher beließ es auch Maike beim Schweigen. Doch als er ihr die Tür zum Erdgeschoss aufhielt, holte er Luft. Sie sollte nie

123

erfahren, was er ihr mitteilen wollte, denn in dem Moment schwebte Frau Bauer hinter ihrer Theke hervor auf sie zu, als hätte sie die ganze Zeit die Tür zum Treppenhaus beobachtet.

„Herr Langmaier, wie gut, dass ich Sie noch sehe. Es hat einige Anrufe für Sie gegeben. Ich habe Ihnen die entsprechenden Notizen hingelegt."

„Danke, Frau Bauer."

„Herr Heidenreich wünscht noch heute einen Rückruf. Er will wissen, ob Sie an die Verabredung am Samstag denken. Zum Basketballspiel. Mit Ihrer Begleitung aus Frankfurt." Ein vernichtender Blick traf Maike. „Das Spiel hat sich vom Nachmittag auf den Abend verschoben. Es beginnt um zwanzig Uhr."

„Oh. Äh. Ja, okay. Sagen Sie ihm, dass es klar geht. Oder, Frau Kellermann?"

Etwas schüchtern blickte er Maike an. Sie nickte. Mehr ging nicht, denn sie bekam keinen Ton heraus.

„Wunderbar." Eine glatte Lüge von Frau Bauer. Maike nahm sich vor, den Schlüssel von innen in ihrer Wohnungstür stecken zu lassen, wenn sie schlafen ging.

Frau Bauer rauschte, ihre Duftwolke hinter sich herziehend, zurück zu ihrem Platz und griff nach dem Telefon.

„Ich geh dann mal, bevor ich Ärger kriege. Wir sehen uns."

Und schon war er durch die Tür verschwunden. Durch das Glas konnte Maike Sylvie erkennen, die an ihrem Auto lehnte. Sobald Bastian Langmaier durch die Tür war, stieß sie sich davon ab und kam in großen Schritten auf ihn zu, um ihm einen Kuss zu geben. Den er erwiderte.

Maike wurde schlecht. Sie konnte ihre Eifersucht nicht mehr ignorieren. Sich in einen Kunden zu verlieben, war ihr noch nie passiert. Noch dazu in einen, den sie zuerst zutiefst verabscheut hatte.

Wenigstens war er nicht mehr zu haben. Das machte die Sache zwar schmerzhaft, aber eben auch einfach.

Kapitel 10

Endlich Freitag. Diese Woche hatte Maike ganz schön geschlaucht. Sie war gut vorangekommen, aber sie merkte, dass sie eine Auszeit brauchte. Kurz überlegte sie, ins Schwimmbad oder die Therme zu fahren, aber das konnte sie in Frankfurt auch. Außerdem hatte sie keine Badesachen mitgenommen und das vertraute Gefühl ihres Lieblingsbadeanzuges auf der Haut konnte ihr kein spontan gekaufter bieten.

Wenn sie schon mal in einem Urlaubsgebiet war, wollte sie auch dessen Vorzüge erleben, und so beschloss sie, am Nachmittag die Arbeit zu unterbrechen, und ging nach oben in die Wohnung, um sich für eine kleine Waldwanderung umzuziehen. Irgendwann musste sie ja ihre Ängste vor dem Wald verlieren. Sie war schließlich nicht in einem grimmschen Märchen, sondern im Fichtelgebirge. So gruselig, wie sie es sich ausmalte, konnte das nicht sein.

Sie hatte leider keine Wanderschuhe, also zog sie sich ihre bequemsten Sneakers an, außerdem eine Jeans, einen Pullover und ihre Windjacke. Es war heute relativ warm, also würde sie die wahrscheinlich eh nach einiger Zeit ausziehen müssen. Sie beschloss, auch einen kleinen Rucksack mitzunehmen, und ließ eine Flasche Wasser und ihr Handy hinein plumpsen. So zog sie los, voller Motivation und Abenteuerlust.

Vor der Firma nahm sie einen tiefen Atemzug. Die Luft war frisch, aber nicht kalt. Es war trocken und roch intensiv nach Frühling. Seit sie hier in Oberfranken angekommen war, hatte die Natur den Winter vollständig abgeschüttelt. Die Laubbäume hatten ihre Blätter bekommen

125

und einige von ihnen blühten schon. Die Birken am Straßenrand rauschten im Wind und verteilten bereits fleißig ihre Pollen.

Zügigen Schrittes marschierte sie auf dem Feldweg, der den Hügel hinaufführte, dem Waldrand entgegen. Auch der Anblick des Waldes hatte sich verändert. Er war nicht mehr so düster, hatte keine so unheilvolle Aura mehr. Stattdessen schien er heller und einladender. Die Äste der jungen Fichten bekamen hellgrüne Spitzen und die Laubbäume füllten mit ihren frischen Blättern die braunschwarze Dunkelheit aus. Die Vögel zwitscherten fröhlich und aufgeregt und in der Ferne sah sie ein Eichhörnchen über den Weg flitzen.

Es roch würzig nach Blüten und Kräutern und ein wenig nach modrigem Holz. Die Getreidefelder, an denen sie vorbeischritt, hatten bereits zu wachsen begonnen und nur ganz leise in der Ferne hörte sie die Autos auf der Straße nach Kirchenstemmenreuth fahren.

Bevor sie den Wald betrat, studierte sie die Tafel mit den Wanderwegen, die dort neben einer Bank stand. Der ausgewiesene Rundweg Nummer drei schien ihr am geeignetsten für den heutigen Ausflug. Laut Karte war er nicht allzu lang und sie müsste am Ende wieder zu diesem Ausgangspunkt kommen.

Seufzend ließ sie sich auf der Bank nieder. Vor ihr erstreckte sich das Tal, in dem das Gewerbegebiet von Oberstemmenreuth lag. Rechts davon stieg das Gelände an und sie glaubte, dort oben die Straße mit der Bäckerei Haberlein ausmachen zu können. Noch weiter rechts, am Waldrand, lag das Neubaugebiet, das sich den Hügel von Oberstemmenreuth hinauf erstreckte. Von hier aus war die Welt ihrer Sorgen wegen der Arbeit und Bastian Langmaier weit entfernt. Der Ausflug würde ihr guttun. Fröhlich stand sie auf und betrat den Wald.

Ihre anfängliche Begeisterung legte sich relativ schnell. Der Weg führte teilweise steil den Berg hinauf und schlängelte sich immer tiefer in den Wald. Zum Rauschen der Bäume gesellten sich laute Knarzgeräusche, wenn der Wind die Baumstämme bog und wieder freigab. Die Fichten schwankten stark und das vorher freundliche Licht wich einem gedämpfteren, mit bräunlich goldenem Schimmern.

126

Maike versuchte, sich von den Umständen nicht verunsichern zu lassen, und schritt weiter zügig voran. Langsam kam sie ins Schwitzen, also verstaute sie ihre Windjacke im Rucksack. An einer unmarkierten Weggabelung ging sie nach kurzem Überlegen den Weg weiter, dessen Richtung am ehesten mit geradeaus beschrieben werden konnte. Sie würde sich schon daran erinnern, falls sie sich verlaufen sollte. Zur Not hatte sie ja noch das Handy zur Navigation.

Bald führte der Weg nicht mehr so steil bergan und nach ein paar Kurven kam sie wieder an eine Kreuzung. Hier waren zwei Richtungen mit der Drei ihres Wanderwegs markiert. Wie seltsam. Sie hatte auf der Karte gar nicht gesehen, dass es mehrere Möglichkeiten gab, den Rundwanderweg zu gehen. Sie entschied sich nach kurzer Trinkpause für die linke Abzweigung.

Der Wald wurde dichter. Die Fichten standen hier so nahe beieinander, dass durch ihre Wipfel kaum Licht den Boden erreichte. Maike fröstelte und konzentrierte sich stärker auf den Weg. War vielleicht doch keine so gute Idee gewesen, alleine loszuziehen.

Sie war schon ein ordentliches Stück vorangekommen, da entdeckte sie unweit des Weges im Wald Felsen. Die abgerundeten, riesigen Felsbrocken sahen aus, als wären sie von einem Riesen aufgestapelt worden. Aus einigen Lücken zwischen ihnen wuchsen kleinere Fichten und Tannen, aber auch Birken und Haselnusssträucher. Staunend blieb Maike stehen, schoss ein paar Bilder mit ihrem Handy und beschloss, eine kurze Pause einzulegen. An den Felsen gelehnt trank sie einige große Schlucke aus ihrer Wasserflasche.

Sie hatte vergessen, wie laut Natur sein konnte. Das Rauschen ihres eigenen Blutes in den Ohren vermischte sich mit dem Rascheln der Blätter und Äste in den Bäumen rings um sie. Irgendwo in der Nähe plätscherte leise ein Bächlein und einzelne Sonnenstrahlen stahlen sich warm durch das Blätterdach.

Ihr Handy klingelte. „Hallo, Tamara? Was gibt's?"

„Hey, Maike! Stör ich?"

„Nein, gar nicht. Du glaubst nicht, wo ich gerade bin: Ich mach eine Wanderung und sitze auf einem Felsen mitten im Wald."

„Oh wie schön! Was ist es für ein Wald?"

„Hauptsächlich Fichten und Tannen. Aber hier bei dem Felsen sind auch einige Laubbäume. Es ist sehr friedlich."

„Das glaub ich. Genieß es! Waldspaziergänge sollen ja hervorragend gegen Stress und zur Stimmungsaufhellung wirken. Merkst du schon was?"

„Doch, ein bisschen schon. Wenn es nicht so unheimlich wäre ..."

„Ich glaube nicht, dass du dich fürchten musst. Solange du immer auf dem Weg bleibst."

„Hm, ja. Hast wahrscheinlich recht", erwiderte Maike zögernd.

„Wenn du schon mal da bist, kannst du ja mal einen Baum umarmen. Das ist sehr erdend und spirituell."

Typisch Tamara. Maike grinste.

„Du, warum ich anrufe", meinte Tamara. Ihre Stimme hatte einen zögerlichen Klang. „Dein Ex Thomas ist heute zu mir in den Laden gekommen und hat gefragt, ob du noch lebst. Du würdest seine Anrufe ignorieren."

Was für ein Blödmann. Stalkte der sie etwa?

„Ich hab ihm gesagt, dass er verschwinden und dich in Ruhe lassen soll. Ob du verstorben, verheiratet oder verzogen bist, geht ihn nichts mehr an."

„Was hat er darauf gesagt?", fragte Maike gespannt nach.

„Wütend geschnaubt hat er und dann hat er sich getrollt. Hätte mir fast die Ladentür ruiniert, so heftig hat er sie zugeschlagen."

„Tut mir echt leid, Tamara", meinte Maike zerknirscht. „Ich hoffe sehr, er kommt nicht mehr zu dir."

„Und wenn. Mit dem werd ich schon fertig. Ich hab ein breiteres Kreuz als der."

Da musste Maike nun doch lachen. Die Vorstellung, dass ihre Freundin Thomas im Schwitzkasten aus ihrem Esoterikladen beförderte, war einfach zu schön.

„Ich wollte dich damit nicht belasten. Aber ich dachte, du solltest es wissen."

„Klar, danke, Tamara."

„Jetzt geh und umarm einen Baum. Und denk nicht an den Typen."

„Mach ich. Ich geh mal weiter, wird langsam kalt."

„Alles klar. Ganz viel Spaß dir noch. Meine Ladenglocke

hat auch gerade geläutet. Bis dann!"

„Ciao!"

Maike steckte ihr Handy wieder in den Rucksack und sah sich nach einem geeigneten Umarmungsbaum um. Beruhigung hatte sie jetzt noch mal mehr nötig. Nicht weit vom Felsen stand eine Buche mit glattem, dicken Stamm. Die Blätter vom Vorjahr bedeckten den ganzen Boden und es raschelte leise unter ihren Füßen. Der Waldboden federte leicht.

An der Buche angekommen, schmiegte sie sich seufzend an sie. Sie spürte ein sanftes Vibrieren, das durch den Stamm zu gehen schien. Das Holz war warm und fühlte sich lebendig an. So blieb sie einige Minuten stehen und atmete mit geschlossenen Augen ganz tief die frische Waldluft ein, bevor sie ihren Rucksack schnappte und ihre Wanderung fortsetzte. Die Wut auf ihren Ex-Freund, die während des Telefonats langsam in ihr hochgekrochen war, war mittlerweile tatsächlich verebbt.

Der Weg wurde schmaler, bis er nur noch als Trampelpfad durch den Wald schnitt. Maike bekam kalte Füße, da das Gras, auf dem sie nun ging, nass war. Hier kam wohl wirklich nicht viel Sonne an.

Die nächste Kreuzung erwies sich als großes Problem. Ihr Pfad stieß auf einen breiteren Weg, führte aber geradeaus weiter. Angeschrieben war nichts, also überquerte Maike den Weg und folgte dem Pfad, der nach etwa hundert Metern endete. Oder sie sah ihn einfach nicht mehr.

Sie entschloss sich, umzukehren.

Bei der Wegkreuzung angekommen, wandte sie sich nach rechts, weil sie hoffte, so wieder auf den Wanderweg zu gelangen. Aber bei der nächsten Kreuzung war nur eine gelbe Zwei an einem Baum angeschlagen. Scheiße. Sie hatte sich verlaufen. Also umkehren.

Langsam hatte sie die Nase voll und ihr wurde kalt. So ging sie zurück, um den Pfad zu suchen, der sie hergeführt hatte. Sie schritt den Bereich, an dem sie ihn vermutete, mehrmals ab, sah ihn aber nicht. Nervös und frustriert folgte sie dem Weg weiter.

Etwas raschelte laut neben ihr im Unterholz. Erstarrt blieb sie stehen. Ihr kam erneut in den Sinn, dass es ja vielleicht auch hier wieder Wölfe geben könnte. Als sich der Verursacher des Raschelns jedoch zeigte, atmete Maike erleichtert auf. Eine Amsel wühlte auf der Suche nach Nahrung im Unterholz herum.

Maike ging weiter, aber die Beunruhigung blieb. Was war mit Wildschweinen? Wildschweine gab es überall. Hatte sie nicht erst letztens von einer Attacke einer Rotte auf eine Wanderin gelesen? Maike beschleunigte ihre Schritte.

Gehetzt blickte sie sich gerade wieder um, als sie mit dem Fuß an etwas hängen blieb und der Länge nach auf den Waldweg knallte. Der Aufprall presste ihr sämtliche Luft aus der Lunge. Stöhnend und japsend drehte sie sich auf den Rücken und bewegte vorsichtig alle Glieder, um frustriert festzustellen, dass sie sich wohl den linken Knöchel verstaucht hatte. Das Stechen, das durch ihren Fuß schoss, ließ zumindest darauf schließen.

So ein Mist! Sie musste aus dem Wald raus.

Sie rappelte sich auf und strich sich die Tränen der Wut aus den Augen, die sich tief aus ihrem Inneren den Weg nach draußen bahnen wollten. Dabei merkte sie, dass sie sich die Handballen aufgeschrammt hatte. Außerdem war das Hosenbein am rechten Knie aufgerissen und offenbarte eine Schürfwunde. Zornig humpelte sie den Weg weiter.

An der nächsten Kreuzung war wieder nichts angeschrieben, dafür lagen hier einige Dutzend Baumstämme gestapelt. Sie beschloss, zu rasten und ihr Handy über einen Ausweg aus dem Wald zu befragen.

Keine mobilen Daten, kein Empfang für das Internet. Sie besaß keine Kompassapp und konnte sich jetzt auch keine herunterladen. Ein Blick in den Himmel verriet ihr, dass die Sonne nicht zu sehen war. Es gab keinen Orientierungspunkt. Scheiße!

Allein würde sie hier nicht herausfinden. Sie konnte nur hoffen, dass sie Handyempfang hatte. Eben war es ja noch gegangen.

Na bitte! Wenigstens da hatte sie zwei Striche. Aber wen sollte sie anrufen? Resi war wohl die beste Lösung, also wählte sie deren Nummer. Nach dem dreißigsten Tuten und dem dritten Versuch gab Maike auf. Ihr Herz klopfte schmerzhaft stark und sie wusste nicht, ob das Rauschen in den Ohren von ihrem eigenen Blut stammte oder vom Wald, der sein unheilvolles Lied flüsterte. Der Knöchel und das Knie wummerten heftig.

Es würde bald dunkel werden und es war langsam richtig kalt. Sie musste sich etwas überlegen. Wen konnte sie noch anrufen? Ihre Kontakte in Frankfurt brachten ihr gar nichts. Bis die hier auftauchten, wäre sie erfroren, verhungert oder gefressen.

Die Polizei wollte Maike auch nicht alarmieren. Sie stellte sich beschämt vor, wie Suchmannschaften der Bereitschaftspolizei in Reihe und mit Hunden den Wald nach ihr durchsuchten und ein Polizeihubschrauber mit Wärmebildkamera seine Kreise über den Bäumen drehte. Nein, Polizei war die letzte Lösung.

Sie konnte Peter anrufen. Sie hatte zwar seine Handynummer nicht, aber sie wusste die Nummer der Firma. Frau Bauer konnte sie durchstellen. Also wählte sie.

„Polytech, Sie sprechen mit Frau Bauer."

„Hallo? Hier ist Maike Kellermann."

„Ah, Frau Kellermann."

„Ich müsste bitte mit Herrn Schuster sprechen."

„Da muss ich Sie leider enttäuschen. Der ist vor einer halben Stunde gegangen. Wiederhören."

„Nein!", schrie Maike in ihr Handy. In ihrer Nähe stoben Vögel auf. „Irgendwer muss doch noch da sein."

„Die allermeisten sind bereits weg."

„Und Herr Langmaier? Ist der da?"

„Herr Langmaier ist mit seiner Frau verabredet und schon seit einer Stunde weg."

Maike war kurz verwirrt. Hä, Frau? Ach so!

„Nein, ich meine, Herrn Bastian Langmaier. Ist der noch da? Der ist doch immer lange da."

„Durchaus, er ist sonst immer lange hier. Aber er verlässt gerade das Haus."

„Halten Sie ihn auf!", brüllte Maike.

„Also, was erlauben Sie sich! Ich muss doch sehr bitten!"

Maike konnte gedämpfte Stimmen hören, dann raschelte es und ...

„Hallo? Frau Kellermann? Was gibt es so Dringendes?"

„Entschuldigen Sie die Störung, Herr Langmaier", brachte Maike kleinlaut und atemlos hervor. „Ich hab ein riesiges Problem. Ich wusste nicht, wen ich anrufen sollte. Ihre Schwester antwortet nicht und ..."

131

„Jetzt beruhigen Sie sich. Atmen Sie ein paar Mal tief durch. Ich will hören, wie Sie atmen!"

Etwas irritiert tat Maike, wie ihr geheißen. Laut atmete sie dreimal tief in ihr Handy. Das aufgeregte Beben ihrer Hand ließ nach.

„So. Besser? Gut. Dann schießen Sie mal los. Ich denke, solange Sie niemanden umgebracht haben, müssten wir doch alles hinkriegen."

Er klang eindeutig, als würde er breit grinsen. Aber es nützte ja nichts: Wenn Maike nicht die Polizei holen wollte, musste sie wohl oder übel mit der Sprache rausrücken.

„Ich habe mich im Wald verlaufen."

Stille am anderen Ende. Unendliche Sekunden.

„Ist das Ihr Ernst?"

„Ich würde mir wohl kaum diese Blöße geben, wenn es nicht so wäre."

„Stimmt, kann ich mir auch nicht vorstellen." Sein Grinsen schien breiter zu werden. Er gluckste leise. „Tschuldigung", brachte er mühsam hervor. „Ich will mich nicht über Sie lustig machen."

Tat er aber.

„Ist wahrscheinlich für Außenstehende lustiger als für den Betroffenen", fügte er dann an.

„Vermutlich", antwortete Maike kalt.

„Gut, also holen wir Sie da mal raus. Frau Bauer? Stellen Sie das Gespräch bitte in mein Büro? Danke."

Mit leiser Gitarrenmusik untermalt, wurde sie von einer automatischen Ansage zum ‚Bitte warten!' aufgefordert. Was wollte er in seinem Büro? Sollte er nicht mit einem Auto oder so losfahren? Einen Suchtrupp organisieren? Die Reservisten benachrichtigen? Die Bergw…?

„So. Bin wieder dran."

Gut.

„Und nun?", fragte Maike, die ihre Ungeduld nur mühsam unterdrücken konnte.

„Ich fahre jetzt meinen Rechner hoch und starte Maps oder so was. Und Sie sagen mir derweil, wo Sie in den Wald rein sind und wie lange und wie schnell Sie circa unterwegs waren. Daraus berechne ich den möglichen Suchradius und fahre den ab."

Wow, gute Idee! Das konnte doch was werden.

„Okay. Ich bin von der Firma weg gegen 16 Uhr und den nächsten Feldweg Richtung Wald hinauf. Wo ich in den Wald rein bin, standen eine Bank und eine Wandertafel. Ich denke, ich habe etwa zwanzig Minuten dorthin gebraucht. Ich war so mittelschnell unterwegs. Dann wollte ich eigentlich dem Rundweg Drei folgen, aber der war nicht wirklich gut ausgeschildert."

„Ist momentan ein Problem bei uns. Die neue Ausweisung der Wege wird gerade von einer Bürgerinitiative in Angriff genommen. Wir werden denen von Ihrem Schicksal berichten. Dann kommen die vielleicht auch mal in die Gänge."

Etwas zu spät für sie.

„Wie lange waren Sie ab diesem Zeitpunkt unterwegs?"

Sie blickte auf die Uhr.

„Zweieinhalb Stunden. Ich bin aber einen Weg auch ein paar Mal hin und her gelaufen, weil ich den alten Pfad gesucht habe."

„Egal, ich gehe mal davon aus, dass Sie mit mittlerer Gehgeschwindigkeit von vier Kilometern die Stunde für zweieinhalb Stunden unterwegs waren. Macht vom Einstieg aus einen Suchradius von zehn Kilometern."

„So weit bin ich sicher nicht gekommen."

„Wurscht. Lieber ist der Suchbereich größer und Sie müssen ein paar Minuten länger warten, als dass ich kurz vor Ihnen umkehre, oder?"

„Ja, ist mir tatsächlich lieber."

„Sehen Sie. Ich drucke mir die Karte aus und dann geht es schon los. Ist ansonsten alles in Ordnung bei Ihnen?"

„Ja, geht schon. Mir ist aber etwas kalt und das Licht wird langsam schummrig. Das ist irgendwie ganz schön unheimlich."

„Kann ich gut verstehen. Wie viel Akku haben Sie noch?"

„Halb voll. Zum Glück."

„Na, immerhin." Er lachte wieder. „Ich werde mir Ihre Nummer aufschreiben und Sie gleich aus dem Auto zurückrufen. Dann müssen Sie sich nicht allzu sehr fürchten."

„Danke, Herr Langmaier", sagte Maike leise.

Er antwortete nicht sofort. Als er es dann doch tat, war seine Stimme warm und jagte ihr einen Schauer über den Rücken.

„Gerne."

Maike glaubte ihm.

Sie legten auf und Maike starrte unverwandt auf ihr Handy. Er wollte gleich anrufen, wenn er im Auto war. Das konnte ja nicht lange dauern. Die Uhranzeige sprang eine Minute weiter. Sie ließ sie nicht aus den Augen, als könnte sie das ersehnte Klingeln damit beschleunigen. Oder auch nur, um den Blick nicht in den immer dunkler werdenden Wald schweifen zu lassen. Nach zwei weiteren abgelaufenen Minuten entschied sie sich, das Handy kurz wegzulegen, um ihre Windjacke aus dem Rucksack zu holen. Kaum hatte sie die Jacke übergezogen, klingelte es.

„Hallo, Frau Kellermann. Entschuldigung, dass es so lange gedauert hat. Ich musste noch mal wohin. Wer weiß, wie lange die Suche dauert."

„Hoffentlich nicht allzu lange. Es wird immer unheimlicher hier."

„Ich frage mich, wie die Leute früher auf Reisen alleine die Übernachtungen in der Natur überstanden haben, ohne verrückt zu werden. Die waren aus etwas härterem Holz geschnitzt als wir."

„Vermutlich bin dann ich aus dem weichsten Holz, das es gibt."

„Welches ist das wohl?"

„Keine Ahnung."

„Fichte ist ziemlich weich. Weiß ich aus Erfahrung vom Holzmachen. Aber ist mit Sicherheit nicht das Weichste."

„Bestimmt was Exotisches."

„Bestimmt."

Schweigen. Maike hatte normalerweise kein Problem damit, aber gerade waren ihr alle Ideen für ein lockeres, unverfängliches Gespräch abhandengekommen.

„Wie lange haben Sie gebraucht, um diesen Anhänger für Rick zu füllen?", kam Maike dann doch ein Thema in den Sinn.

„Ein paar Wochen, immer mal wieder stundenweise. Zusammen mit Thorsten und Florian. Wobei der Flo nicht wirklich oft konnte, wegen seines recht frischen Familienzuwachses."

„Wo ist das Holz her? Haben Sie einen Wald?"

„Ich selber nicht. Teilweise war es vom Waldgrundstück meiner Eltern, Bruch vom letzten großen Sturm. War aber nicht allzu viel. Den Rest haben wir über die Staatsforsten zugewiesen bekommen. Kostet dann halt etwas, allerdings nicht sehr viel."

„Aha. So was weiß ich alles gar nicht. Ich bin da ein typisches Kind aus der Großstadt."

„Wenn Sie es nicht wären, hätten Sie vielleicht daran gedacht, die Wanderkarte abzufotografieren oder so was."

„Daran hab ich wirklich nicht gedacht. Ich dachte, ich hätte Internetempfang im Wald. Es wäre mir nie in den Sinn gekommen, dass man keinen haben könnte, um eine Karte runterzuladen, oder so."

„Sehen Sie", sagte er und lachte leise.

Es war Maike irre peinlich. Sie kam sich vor wie der naivste und dümmste Mensch überhaupt. So blöd musste man erst mal sein, völlig unvorbereitet in unbekanntes Gebiet zu latschen. Das war ja so menschenleer, dass man niemanden traf, der einem den Weg zeigen konnte. Sie teilte den Gedanken mit Bastian.

„Sie hatten halt auch Pech mit der Wahl des Weges. Sie sind gerade in einem der dringend zu überarbeitenden Wanderwegenetze unterwegs. Das konnten Sie nicht wissen. Ein Viertel des Suchradius habe ich übrigens schon abgefahren."

„Oh, das klingt gut."

„Ja. Ich hoffe nur, dass mich der Horst nicht erwischt, wie ich hier mit dem BMW durch den Wald fahre."

„Wer ist das?"

„Der Horst? Unser Förster. Ein Onkel vom Flo übrigens."

Hier waren wohl alle irgendwie miteinander verwandt oder bekannt. Kein Wunder bei den wenigen Menschen hier.

„Und der ist nicht sonderlich verständnisvoll bei solchen Notfallmaßnahmen?"

„Na ja, er hat mich vor vielen Jahren mal erwischt, wie ich mit dem Auto meines Vaters, damals einem nicht sehr geländegängigen, uralten Porsche, durch den Wald gefahren bin. Ich war betrunken und wollte ungesehen von Rick aus heimkommen. Da hätte ich ihn fast totgefahren. Tauchte plötzlich im Scheinwerferlicht auf, das Gewehr geschultert. War auf der Suche nach einem verletzten Tier oder so. Das Donnerwetter konnte sich jedenfalls sehen lassen."

135

„Hätte ich Ihnen ja nicht zugetraut, solche Rebellion."
Flirtete sie etwa mit ihm? Das konnte sie nicht bringen. Sie musste sich beherrschen. Aber Bastian Langmaier schien keinen Anstoß daran zu nehmen und lachte leise.

„Da gibt es einiges, was Sie mir sicherlich niemals zutrauen würden", flüsterte er beinahe mit geheimnisvoller Tonlage in die Freisprecheinrichtung.

Flirtete *er* etwa mit *ihr?* Ihr wurde schon wieder heiß in ihrer Windjacke. Sie nahm das Handy vom Ohr und atmete zweimal tief durch.

Dann antwortete sie, so ruhig, wie es ihr trotz des Aufruhrs in ihrem Inneren möglich war: „Mag sein. Ich hab bei so was recht wenig Vorstellungskraft. Weil ich selbst immer extrem brav und anständig war."

„Ach nein, das glaube ich nicht. Sie haben mit Sicherheit in Ihrer Sturm- und Drangzeit auch einiges angestellt. Jeder stellt da was an."

„Ach, völlig unspektakuläre Sachen. Ich hab mal das Stockwerk verwechselt, als ich betrunken nach Hause gekommen bin, und hab dann an der falschen Tür sturmgeklingelt, weil der Schlüssel nicht sperren wollte. Und dann hat ein verschlafener Typ in Unterhose aufgemacht. Ich hab das ewig nicht gecheckt und hab noch ‚Mama?' in die Wohnung gerufen. Ich hab echt gedacht, der Typ ist jetzt bei uns drin. Dann hat er mit der Polizei gedroht und mich weggejagt. Auf meiner Flucht ins Treppenhaus ist mir dann endlich die Stockwerknummer aufgefallen, die in einem halben Meter hohen Zahlen an die Wand gemalt war. Ich war eins zu weit nach oben gegangen."

„Wie viele Stockwerke hatte denn das Haus, dass Sie sich so vertun konnten?", fragte er lachend.

„Viele", sagte Maike, plötzlich peinlich berührt. Wenn sie ihm sagte, dass es 23 gewesen waren, würde er sich sicher einen Reim auf die Umgebung machen können. Das wollte sie in jedem Fall vermeiden. Zum Glück ließ er es dabei bewenden.

„So, die Hälfte hab ich schon. Ich denke, wir kommen der Sache langsam näher."

„Hoffentlich."

Es war jetzt beinahe vollständig dunkel. Maike konzentrierte sich auf den Weg vor ihr und auf den Holzstoß. Ihr war mittlerweile so kalt, dass ihre Hände und Beine leicht zitterten. Zum Glück ließ der Schmerz ihrer Verletzungen langsam nach.

Sie schwiegen eine Weile. Aufseiten von Bastian Langmaier raschelte es.

„Ich habe kurz angehalten, um die gefahrenen Wege auf meiner Karte zu markieren. Ich starte sofort wieder, ja?"

„Okay."

„So, unterwegs. Ist alles bei Ihnen in Ordnung? Sie sind so still."

„Ja, geht schon. Mir ist nur mittlerweile sehr kalt."

Ihre Zähne schlugen leicht aneinander. Die Kälte kroch ihr von Armen und Beinen dem Oberkörper entgegen. Ihr Körper schaltete in die nächste Überlebensstufe und zitterte stark.

„Es dauert nicht mehr lange. Sie werden sehen. Ich ..."

„Da!", unterbrach sie ihn laut. „Ich sehe Lichter! Das könnten Sie sein."

Das Licht kam näher und Maike konnte deutlich erkennen, dass es Scheinwerfer waren. Sie blinkten dreimal auf.

„Haben Sie dreimal aufgeleuchtet?"

„Bingo!"

Eine halbe Minute später holperte der BMW von Bastian Langmaier über den Waldweg auf sie zu und kam neben ihr zum Stehen. Sie war endlos erleichtert. Erst jetzt hatte sie das Gefühl, wieder richtig Luft holen zu können. Zuvor war ihr der Brustkorb regelrecht zugeschnürt vorgekommen, je dunkler es geworden war.

Die Beifahrertür schwang auf, das Innenlicht ging an und Bastian Langmaier grinste ihr über den Beifahrersitz gebeugt entgegen.

„Bitte einzusteigen. Sie haben ein Taxi gerufen?"

Maike lächelte und beim Einsteigen fiel der Stress von eben vollständig von ihr ab. Es war angenehm warm im Auto. Bastian Langmaier räumte einen Ausdruck von einer topografischen Karte von ihrem Sitz, bevor sie sich niederließ. Es war tatsächlich mehr als die Hälfte der Wege darauf mit einem schwarzen Filzstift markiert.

„Ich mag es, wenn ein Plan funktioniert", sagte er zufrieden.

Durch das diffuse Licht der Innenraumbeleuchtung lag sein Gesicht halb im Schatten. Er blickte sie fröhlich, aber auch etwas besorgt an. Sie bemühte sich, sein Lächeln zu erwidern.

„Und ich erst. Ich bin so froh, dass Sie mich gefunden haben."

„Ist es warm genug oder soll ich die Heizung weiter aufdrehen?"

„Das wäre großartig. Ich bin komplett durchgefroren."

Er drehte den Heizungsknopf weiter auf rot und reichte ihr dann die Karte hinüber. Als sie sie entgegennahm, fiel sein Blick auf ihre zerschrammten Handballen.

„Oh, Sie sind verletzt! Was ist passiert?"

„Ich ... ähm ... bin gestolpert und hab mir ein bisschen was aufgeschlagen."

„Na, Sie machen ja Sachen! Wollen Sie in ein Krankenhaus?", fragte er besorgt.

„Nein, nicht so schlimm. Ich will nur schnell nach Hause", versicherte sie ihm energisch.

Zweifelnd zog er die Augenbrauen zusammen. „Na gut, wie Sie wollen." Er räusperte sich, bevor er weitersprach: „Sie müssen uns navigieren. Wir sind gerade hier."

Er deutete auf einen noch unmarkierten Abschnitt der Wege.

„Okay."

Maike studierte die Karte und traute sich kaum, ihre Erkenntnisse zu teilen. „Ich befürchte, Sie müssen nur ein bisschen geradeaus fahren. Der Weg führt geradewegs aus dem Wald."

„Nee, ist nicht Ihr Ernst!"

„Ich fürchte doch."

Konsterniert ließ sie die Karte sinken. Sie hätte einfach nur noch ein Stückchen weitergehen müssen, dann wäre sie aus dem Wald rausgekommen. Gar nicht so weit von ihrem Ausgangpunkt entfernt. Bastian Langmaier gluckste.

„Sorry. Ich", er musste abbrechen, weil er vor unterdrücktem Lachen kaum weitersprechen zu können schien. „Ich will mich nicht lustig machen. Aber ... das ist ... zu komisch."

Er prustete los. Und Maike, die zuerst gern vor Scham im Boden versunken wäre, ließ sich schließlich von ihm anstecken und lachte befreit auf. Sie lachte so lange, dass ihr der Bauch wehtat und ihr die Tränen die Wangen herabliefen.

138

„Sie glauben nicht, wie peinlich mir das ist", brachte Maike nach einer Weile hervor.

„Doch, kann ich mir eigentlich schon gut vorstellen", erwiderte er.

„Das war mit Abstand der dümmste Ausflug, den ich je gemacht habe. Das passiert mir so schnell nicht wieder."

„Woher hätten Sie wissen sollen, dass Sie dem Ausgang so nahe waren? Das hätte auch ganz anders sein können. Und Sie hätten immer tiefer in den Wald geraten können. Oder Ihr Akku hätte nicht gereicht. Sie sind doch noch sehr glimpflich davon gekommen."

„Ja, da haben Sie recht."

Er startete den Wagen und langsam holperten sie den Weg entlang dem Waldrand entgegen. Als sie ihn nach ziemlich kurzer Zeit erreichten, fing Maike Bastian Langmaiers Blick auf und zusammen brachen sie noch mal in lautes Gelächter aus.

„Wissen Sie, was ich machen würde, wenn ich mich im Wald verlaufen würde? Ich würde immer einem Weg bergab folgen, wo das möglich ist. In den Tälern sind die Ortschaften. Felder, Straßen, Bäche, an denen wiederum die Ortschaften liegen. Ich würde meinen, dass man, wenn man bergab läuft, doch meistens aus dem Wald herauskommen müsste."

„Ja", sagte Maike nachdenklich. „Ich schätze, Sie haben recht. Klingt logisch. Werde ich bei meinem nächsten Abenteuer in der Natur beachten."

„Ich hoffe sehr, dass es eines geben wird. Die Gegend hier ist wirklich wunderschön zum Wandern. Sie haben sich leider auch einen Wanderbereich mit wenig Highlights ausgesucht. Keine Burgruine, kaum Felsen."

„Mag sein. Mir ist der Abenteuerdrang allerdings gerade abhandengekommen. Ich glaube, ich muss eine Weile pausieren."

Sie fuhren auf eine breite Landstraße und nach wenigen Minuten war das Gewerbegebiet von Oberstemmenreuth in der Dunkelheit zu erahnen. Sie bogen auf den Parkplatz von Polytech ein und das Scheinwerferlicht streifte zwei geparkte Autos. Eines davon war Maikes Audi, das andere ein weißer Mercedes, an dem eine offenbar höchst genervte Sylvie lehnte.

„Scheiße", entfuhr es Bastian Langmaier.

Maike schluckte schwer. Alle Leichtigkeit und Erleichterung verschwanden umgehend und nur ein großer Batzen Schwermut blieb zurück.

Sie parkten neben Maikes Audi und stiegen aus. Ein Sturm brach über sie, als sie die schützende Hülle des Autos verließen.

„Ich glaube nicht, was ich da sehe!", brüllte Sylvie los.

Die hatte wirklich ein massives Problem mit Eifersucht. Sollte sich vielleicht mal behandeln lassen. Ihr Geschrei beschämte Maike, machte sie aber gleichzeitig auch wütend.

„Ich danke Ihnen für Ihre Hilfe, Herr Langmaier. Ohne Sie wäre es sicherlich nicht so glimpflich ausgegangen. Gute Nacht."

Maike machte, dass sie Land gewann, und steuerte, so schnell ihr Knöchel sie ließ, auf die Tür zum Bürogebäude zu.

„Hilfe? Was soll das heißen? Was habt ihr gemacht? Ich versuche seit einer Stunde, dich anzurufen. Immer war besetzt. Wir waren verabredet und du versetzt mich für eine andere Frau?"

Bevor die Tür hinter ihr zufiel, konnte Maike gerade noch hören, wie Bastian Langmaier wütend zu einer Antwort ansetzte: „Mach dich nicht lächerlich! Das war nichts, was dich was angeht. Erstens bin ich ein treuer Esel und zweitens gehöre ich dir nicht. Was glaubst du …"

Mehr konnte Maike nicht verstehen. Sie eilte dem Treppenhaus entgegen und ging, so schnell sie konnte, zu ihrer Wohnung hinauf. Lauter verrückte Weiber hier. Bastian Langmaier musste aufpassen, dass sie ihn nicht in viele kleine Stücke rissen, so wie sie alle an ihm zerrten. Gruselig.

Kaum hatte sie die Wohnungstür aufgeschlossen, klingelte das Handy in ihrer Jackentasche. Resi.

„Hi, Resi."

„Hi. Du hast angerufen? Ich hatte mein Handy daheim liegen lassen. Bin gerade erst nach Hause gekommen. Was war denn?"

Maike erzählte ihr kurz die Geschichte ihrer dramatischen Rettung.

Immer noch lachend meinte Resi: „Zieh dir was Bequemes und Warmes an und komm zu uns. Ich mach Grog oder

Punsch oder Glühwein oder was du willst, und schüre den Holzofen an. Dann kannst du dich komplett aufwärmen und uns die Geschichte noch mal in Ruhe erzählen."

Maike willigte ein und einige Sekunden, nachdem sie aufgelegt hatten, schickte ihr Resi eine Nachricht mit ihrer Adresse. Sie versorgte ihre Wunden und zog sich eine bequeme Stoffhose und einen weiten Pullover an. Da klopfte es an der Tür.

Erschrocken hielt sie inne. Es klopfte noch mal. O Gott, das war bestimmt Sylvie, um sie abzumurksen. Sie würde sich unterstehen, die Tür zu öffnen. Es klopfte ein drittes Mal.

„Frau Kellermann?"

Bastian Langmaier. Auch mit dieser Erkenntnis löste sich Maikes Erstarrung nicht auf. Er klopfte wieder.

„Ja, einen Moment bitte", hörte sich Maike rufen.

Hektisch band sie ihren Zopf neu, atmete tief ein, straffte die Schultern und öffnete die Tür.

Der Juniorchef stand im Flur und wirkte nach wie vor leicht verärgert. Schweigend musterte er sie in ihrer Jacke.

„Sie gehen noch aus?"

„Ich fahre zu Resi. Sie hat mich gerade zurückgerufen."

„Ich werde mitkommen. Ich fahre. Und bringe Sie dann später auch wieder hierher zurück."

„O nein, das müssen Sie nicht. Ich habe im Auto ein Navi und werde schon zurechtkommen", erwiderte sie.

„Ich will es aber. Dann können Sie was trinken. Ist das Mindeste, das ich für Sie nach diesem Auftritt tun kann."

Er verzog den Mund zu einem Lächeln, das ihm vor unterdrücktem Zorn etwas schief geriet.

Hätte sie bloß Resi nicht zugesagt. Der Tag hörte wohl nie auf! Sie konnte ihren schweren Herzschlag in den Augen sehen, als sie sich nach ihrer Tasche bückte und dann wortlos die Tür zur Betriebswohnung ins Schloss zog.

Sie schwiegen, bis sie im BMW saßen. Sylvies Mercedes war verschwunden, doch ihre Anwesenheit hatte Spuren bei Maike und Bastian hinterlassen. Das Schweigen dauerte an, bis sie das Ortsschild von Kirchenstemmenreuth passiert hatten.

„Ich will mich aufrichtig entschuldigen. Nichts, was Ihnen heute widerfahren ist, kann so peinlich sein, wie mir dieser Auftritt gerade eben. Das war beschämend."

141

„Schon vergessen", log Maike.

Ihre Atemfrequenz war immer noch erhöht. Sie bekam nicht aus dem Kopf, dass Bastian Langmaier seine Freundin für sie versetzt hatte, ohne der auch nur Bescheid zu sagen.

„Haben Sie ihr erklärt, was passiert ist? Es wäre in Ordnung für mich, wenn Sie dadurch keine Probleme mehr bekommen."

„Nein, das geht sie nichts an. Ich habe Schluss gemacht."

Wumm. Als würde sie fallen, stürzten alle Körperempfindungen in ihren Magen. Ihre Hände wurden eiskalt. Zum Glück hielt er gerade vor einem gemütlich wirkenden Einfamilienhaus aus den Siebzigerjahren. Wie ein Roboter stieg Maike aus und steuerte auf die Eingangstür zu, klingelte und wartete. Sie spürte deutlich, dass er hinter sie trat. Er berührte sie nicht, aber seine Wärme umfing ihre Rückseite. Die Nackenhaare stellten sich ihr auf.

Die Tür flog so plötzlich auf, dass sie beide zusammenzuckten. Ein kleines Mädchen von vielleicht zwei oder drei Jahren stand im Türrahmen und schrie laut: „Assi!"

Nun vollends irritiert und überfordert, starrte Maike das Mädchen nur an. Doch dann kam Bewegung hinter sie.

„Laura, mein Engel!" Der Juniorchef schob sich sanft an ihr vorbei und schloss seine Nichte, so nahm Maike an, in die Arme.

„Bastian! Wir hatten dich nicht erwartet. Aber schön, dass du auch da bist."

Resi war im Flur erschienen und ging strahlend auf sie zu. Sie schlang einen Arm um die Schultern der noch immer verdatterten Maike und bugsierte sie ins Haus.

„Sie nennt ihn immer Assi. Weil sie Basti lange nicht aussprechen konnte. Drollig, oder?"

Ja, sehr drollig. Maike konnte nur mechanisch lächelnd nicken.

„Ey, Alter! Was machst du hier? Hast du nicht eine Verabredung?"

Thorsten war zwischen ihnen erschienen und klopfte Bastian auf die Schultern, der seine Nichte langsam wieder zu Boden ließ.

„Es ist kompliziert."

„Aha. Erzähl mir alles in meinem Büro."

Mit diesen Worten zog Thorsten den ernst dreinblickenden Freund in ein angrenzendes Zimmer.

„Er meint das Schlafzimmer", meinte Resi mit verdrehten Augen.

Maike musste lachen. Die räumliche Trennung zu Resis Bruder ließ sie wieder etwas freier atmen.

„So, komm mit zum Ofen. Deine Hände sind ja ganz eisig. Hier setzt du dich am besten hin, ist der wärmste Platz. Ich hab einen Grog für dich vorbereitet. Und für mich auch."

Resi ließ sich Maike gegenüber auf der gemütlichen Couch nieder. Es war wohlig warm, im Schwedenofen brannten lichterloh zwei Holzscheite, und der Grog verströmte sein aggressives Alkoholaroma. Maike nahm einen großen Schluck. Heiß und brennend lief die Flüssigkeit ihre Kehle hinab und verdrängte augenblicklich den Kloß in ihrem Hals und ihrem Magen. Sie schloss kurz die Augen und spürte dem nach.

Die kleine Laura kletterte zu ihrer Mutter auf die Couch und maß Maike mit großen braunen Kulleraugen.

„Wer bist du?", wollte sie neugierig wissen.

„Ich heiße Maike."

„Sie ist eine Freundin von mir", half ihr Resi.

„Du bist hübsch", kam es überraschend von der kleinen Laura.

„Oh, danke! Du bist auch wunderhübsch", gab Maike geschmeichelt zurück.

Jemand räusperte sich hinter ihnen und Maike fuhr erschrocken herum. Bastian und Thorsten standen in der Tür.

Der Juniorchef wirkte schüchtern, als er an seine Schwester gewandt sagte: „Gibt es für uns auch was zu trinken? Ich könnte was vertragen. Aber nur ein Bier oder so, ich muss ja noch fahren."

„Klar, hab vorhin welche in den Kühlschrank gelegt. Bei euch vieren kann man ja nie wissen, ob man die am Wochenende noch braucht."

„Bring mir eins mit", rief Thorsten seinem Freund hinterher.

Als alle mit Getränken versorgt waren – Laura schlürfte an einem heißen Kakao – erzählten Maike und Bastian von Maikes Missgeschick. Die Stimmung war gut und Maike entspannte sich zusehends.

143

Nach zwei Stunden voller lustiger Anekdoten, ernsteren Gesprächsthemen und einigen Tassen Grog beschloss Maike, dass es Zeit wurde, nach Hause zu gehen. Die kleine Laura war schon eine Weile im Bett. Sie hatte unbedingt von ‚Assi' gebracht werden wollen, was die Stimmung nochmals gehoben hatte. Auch der Juniorchef schien müde und so verabschiedeten sie sich von Resi und Thorsten und machten sich auf den Heimweg. Erst vor der Firma sprachen sie miteinander.

„Wie geht's dem Fuß?"

„Besser, danke. War wohl nichts Ernstes."

„Da bin ich aber beruhigt", murmelte er, während er seinen Wagen parkte.

„Danke fürs Fahren, Herr Langmaier."

„Kein Problem. Ich werde Sie morgen gegen halb sieben abholen. Nach Bayreuth ist es ja doch ein gutes Stück."

„Äh", brachte Maike irritiert hervor. Die Einladung zum Basketballspiel hatte sie komplett vergessen. „Okay. So machen wir es. Gute Nacht."

Sie würde morgen den ganzen Tag brauchen, um sich seelisch auf die Verabredung vorzubereiten. Ihre Wangen glühten nicht nur vom Alkohol.

„Gute Nacht."

Kapitel 11

Am nächsten Abend stand Maike pünktlich auf dem Firmenparkplatz. Sie war unschlüssig gewesen, was sie anziehen sollte, und hatte mal wieder ihren persönlichen Stilberater befragen müssen. Tommy hatte ihr vorgeschlagen, eine enge Jeans mit leichten Sneakers zu wählen, allerdings beim Oberteil nicht zu leger zu bleiben.

„Das sollte einen schönen Kontrast zum sportlichen Rest geben. Du bist schließlich im VIP-Bereich eingeladen und mehr oder weniger geschäftlich da. Make-up dezent. Du weißt ja ..."

„Die Augen betonen", hatte Maike seinen Satz grinsend beendet.

„Ganz genau! Und mach mir mal ein Foto von dem Schnuckel."

„Wie soll ich das bitte anstellen, Tommy? Soll ich sagen: ‚Kann ich vielleicht ein Foto von Ihnen machen und meinem schwulen Mitbewohner schicken? Der mag schöne Männer'?"

„Das mit dem schönen Mann hast jetzt aber du gesagt", hatte Tommy frech erwidert.

Maike war rot geworden. Zum Glück hatten sie keinen Videoanruf gemacht, er hätte sie sonst sicher damit aufgezogen.

„Hast du heute einen Auftritt?"

„Klar, samstags hatte ich schon seit Jahren nicht mehr frei. Was natürlich super ist. Unsere aktuelle Show kommt hervorragend an, aber es wird bald mal Zeit für eine neue. Also werden die Jungs und ich uns demnächst mal zusammensetzen und was Neues ausarbeiten müssen."

145

Jetzt stand sie hier alleine vor der Firma. Sie hatte Tommys Vorschläge umgesetzt und fühlte sich, zumindest was das Aussehen betraf, für den Abend gewappnet. Und doch war sie unendlich nervös.

Ihr Verhältnis zu Bastian Langmaier wurde immer seltsamer. Fast schien es ihr, als fühlte er sich auch von ihr angezogen. Aber das kam natürlich nicht infrage. Mit Sicherheit würde sie nicht ihren Job für einen Mann aufs Spiel setzen. Thomas hatte sie ja sogar zugunsten des Jobs abserviert. Ihr war klar, dass sie allergrößte Schwierigkeiten bekommen würde, wenn sie etwas mit einem Kunden anfing.

Zum einen wäre sie auf ewig die Frau, die sich ihre Erfolge erschlief, und zum anderen setzte Herr Kaiser voll auf sie. Er verließ sich darauf, dass sie professionell und in seinem Sinne den Auftrag bei seinem alten Freund Langmaier abschloss.

Aber Gefühle abzustellen, war so unmöglich wie aufrichtige Freundlichkeit von Hochstätt. Sie hoffte einfach, sich Bastian Langmaier gegenüber angemessen professionell zu verhalten und die Sache schnellstmöglich hinter sich zu bringen. Der unsinnigen Verliebtheit konnte sie dann zu Hause in ihrem kleinen Zimmerchen nachtrauern.

Wenige Minuten später fuhr der schwarze BMW vor und Maike stieg ein. Es war noch kühl innen, der Juniorchef konnte also nicht sehr weit von hier entfernt wohnen.

„Guten Abend." Bastian Langmaier musterte sie lächelnd.

Maikes Atmung wurde flacher. Über einem Hemd, das er am Hals offen und ohne Krawatte trug, hatte er ein Jackett an, dazu Jeans. Maike grinste in sich hinein. Wenn er jetzt auch noch Sneakers trug, hatten sie wohl den gleichen Stilberater.

„Guten Abend, Herr Langmaier."

„Dann starten wir mal. Die Fahrt dauert eine Weile. Gibt es musikalische Wünsche, die ich Ihnen erfüllen kann?"

Er war so nett und aufmerksam, dass Maike sich fragte, wie sie jemals vor ihm und seiner Art hatte Angst haben können.

„Oh, danke, aber da bin ich jetzt überfragt. Machen Sie an, was Sie wollen."

„Damit setzen Sie mich aber ganz schön unter Druck. Mal überlegen, was Ihnen gefallen könnte."

146

Er tippte kurz auf seinem Handy herum, grunzte zufrieden und startete die Musik. Es waren die *Cranberries*. Hm, da hatte er nicht schlecht gewählt. Die mochte Maike auf jeden Fall.

Sie fuhren durch Oberstemmenreuth zurück zu der Bundesstraße, über die Maike immer herkam. Es waren nur wenig Lkw unterwegs, daher kamen sie gut voran. Maike überlegte fieberhaft, was sie sagen konnte. Ihre Gedanken überschlugen sich, aber ihr Repertoire an Small Talk mit diesem Mann war nahezu erschöpft. Ihr fiel ein Stein vom Herzen, als er von sich aus eine Frage stellte.

„Kennen Sie sich aus mit Basketball?"

„Ich war schon bei einigen Spielen in der Halle. Und meine Freundin Tamara, meine Mitbewohnerin, schaut sich hin und wieder ein Spiel im Fernsehen an. Da guck ich dann mit."

„Und? Kennen Sie die Regeln?"

„Nicht allzu genau, fürchte ich. Aber ich verstehe meistens, was auf dem Spielfeld vor sich geht."

„Super. Das ist ja schon mal was. Gibt es etwas, das Sie nicht so verstehen?"

Maike überlegte. Sie wusste nicht genau, wann ein Foul unsportlich war und warum ein geblockter Wurfversuch mal zählte, und mal nicht. Und die Sache mit den Offensivfouls war ihr sowieso ein ewiges Rätsel. Sie teilte ihre Fragen mit Bastian, und der, offenbar auch froh über ein unverfängliches Gesprächsthema, erklärte ihr die grundsätzlichen Regeln zu Fouls und Blöcken. Sie stellte immer wieder Zwischenfragen und so entspann sich ein reges Gespräch über Basketball.

Als sie über eine mehrspurige Hochbrücke nach Bayreuth hineinfuhren, sagte Bastian: „Wir müssten vielleicht noch mal kurz drüber reden, wie wir Herrn Heidenreich Ihre Rolle in der Firma verkaufen, wenn er nachfragen sollte."

„Ist Ihnen ‚Assistentin der Geschäftsführung' zu vage?"

„Das nicht", antwortete Bastian Langmaier. „Aber die Gründe, warum es Sie herverschlagen haben soll, waren schon etwas dünn."

„Warum sagen wir nicht, dass es der Liebe wegen war?", warf Maike nach einem Geistesblitz mutig ein.

„Hm?"

„Wenn ich sage, dass ich hauptsächlich wegen eines Mannes hierher gekommen bin, wird Herr Heidenreich sicherlich nicht weiter nachfragen. Das ist viel zu privat. Und für die Liebe wäre ein Wechsel von Frankfurt in die Provinz doch bestimmt nicht so abwegig."

Die These war riskant, aber es konnte klappen. Schließlich war das heute hauptsächlich ein geschäftliches Treffen.

„Okay." Bastian Langmaier klang sehr zögerlich. „Vermutlich haben Sie recht. Im Notfall benutzen wir das."

Stadtauswärts herrschte noch reger Verkehr, aber stadteinwärts waren sie fast allein auf den Straßen, zumindest für Maikes Vorstellung von Städten.

„Bayreuth muss Ihnen gegenüber Frankfurt wie ein Dorf vorkommen", unterbrach Bastian Langmaier ihre Gedanken, als hätte er sie gelesen.

„Ja, das hab ich auch gerade gedacht."

Sie blickte zu ihm rüber. Er hielt die Augen weiter auf die Straße gerichtet, lächelte aber. Sie mochte es, wenn er lächelte. Dann glätteten sich die Lippen um seine Narbe herum und sie verblasste beinahe. Obwohl sie zur abgewandten Seite saß, konnte sie diesen Moment vor ihrem geistigen Auge deutlich sehen.

Er bog in ein Parkhaus ein, und nachdem sie einen Platz gefunden hatten, machten sie sich auf den Weg. Sie waren nicht die Einzigen, die die Oberfrankenhalle ansteuerten. Um sie herum herrschte reges Treiben. Familien, Fans mit Trikot und Trommel und viele Menschen unterschiedlichsten Alters mit oder ohne Fankleidung waren unterwegs. Alles strömte auf einen Punkt zu.

„Zum Glück ist heute kein Eishockey, sonst hätten wir wohl keinen Parkplatz mehr bekommen", merkte Bastian Langmaier an, als sie eine Eissporthalle passierten.

Vor der Oberfrankenhalle warteten schon einige Dutzend Menschen. Viele rauchten und ein paar standen an der Abendkasse an. Am Eingang herrschte bereits dichtes Gedränge, doch der Juniorchef schob Maike mit sanftem Ziehen am Arm mit sich in die Gasse zwischen Eisstadion und Oberfrankenhalle.

„Wir müssen hinten rein. Herr Heidenreich ist VIP, der Eingang dafür ist hinten."

„Okay."

Ihr Arm brannte noch immer von seiner Berührung, als sie den Hintereingang erreichten. Auch dort war einiges los und nach kurzer Suche konnte sie Herrn Heidenreich in Begleitung einer eleganten Dame seines Alters ausmachen.

„Wie schön, dass Sie da sind. Und so pünktlich!", begrüßte sie Herr Heidenreich. „Darf ich Ihnen meine Frau Margit vorstellen? Sie war ganz begeistert, dass wir eine weibliche Begleitung bekommen und noch dazu eine Frankfurterin."

„Das stimmt." Frau Heidenreich reichte Maike die Hand. Sie trug mehrere schwere Ringe und Maike kam sich mit ihrer ungeschmückten Hand fast nackt vor. Aber ansonsten machte die Dame einen durchaus netten und aufrichtigen Eindruck. Maike war zuversichtlich, dass sie das heute gut würde meistern können.

Freundlich schüttelten sich alle die Hände und Herr Heidenreich forderte sie sogleich zum Reingehen auf.

„Er ist aufgeregt", meinte seine Frau zu Maike gebeugt, als sie sich dem Eingang näherten. „Es ist das vorletzte Heimspiel der Saison und es geht um den Einzug in die Play-offs. Ist denkbar knapp bisher, noch ist da nichts entschieden. Daher ist das Spiel heute sehr wichtig."

„Verstehe. Ich bin schon ganz gespannt. Ich war lange nicht mehr bei einem Spiel."

Am Eingang zeigte Herr Heidenreich ihre Karten und jeder bekam ein pinkfarbenes Bändchen um das Handgelenk. Überall im großen Foyer, das sie betraten, waren Stehtische aufgestellt, an denen schon Gäste standen und Sekt tranken. Ihre Schritte wurden von einem grauen Teppich gedämpft. Die Stimmung war fröhlich und voll Erwartung, allerdings fand Maike, dass auch Einiges an Nervosität mitschwang. Augenblicklich steckte die allgegenwärtige Aufregung sie an.

„Will jemand was zu trinken? Sekt? Bier? Wasser? Cola?", bot Herr Heidenreich an.

„Für mich erst mal nur ein Wasser", antwortete Bastian Langmaier.

„Ich nehme einen Sekt", meinte Maike und fügte hinzu: „Wenn ich nicht die Einzige bin, die einen trinkt."

„Auf keinen Fall", rief Frau Heidenreich aus. „Ich werde Ihnen Gesellschaft leisten. Komm, Friedrich, wir holen die Getränke."

Gemeinsam mit ihrem Mann verschwand sie im Gedränge am Getränkeausschank. Maike und Bastian blieben allein zurück.

„Und, was denken Sie? Wird es ein guter Abend?", fragte Bastian Langmaier.

„Ich bin zuversichtlich. Unsere Gesellschaft ist doch sehr sympathisch und unterhaltsam, denke ich."

„Glaub ich auch. Ich …" Er stockte plötzlich und fixierte starr einen Punkt weiter hinten im Raum. „Scheiße!", stieß er mit entsetztem Gesichtsausdruck hervor.

„Was ist?", fragte Maike alarmiert. „Gibt es ein Problem? Geht es Ihnen nicht gut?"

„Ich … meine Ex-Frau und … ihr neuer Mann sind hier", wisperte er mit zusammengekniffenen Zähnen.

„Oh", kam es von Maike. Das war allerdings unschön.

„Haben sie uns gesehen? Sind sie weit weg?"

„Noch haben sie uns nicht entdeckt."

Er stand wie angewurzelt. Jedoch schwankte er etwas. Wie eine Fichte, schoss es Maike durch den Kopf.

„Gibt es etwas, das wir tun können? Außer uns zu verstecken?", versuchte Maike es mit einem Scherz.

Er schnaubte und sein Mund bekam einem verächtlichen Zug. Es beunruhigte Maike, dass so viel Abneigung von ihm abstrahlte. Das Verhältnis zu seiner Ex-Frau schien aufs Äußerste angespannt. Maike bereute es, bei Resi nicht weiter wegen Bastians Vergangenheit nachgefragt zu haben. Alles, was sie darüber wusste, war das, was Peter ihr erzählt hatte: Dass der neue Mann der Ex-Frau derjenige war, der ihm in der Jugend die Narbe an der Lippe verpasst hatte. Maikes Blick ruhte auf Bastians Unterlippe, die er, wahrscheinlich unbewusst, an der Stelle leicht einzog, wo sich die Narbe befand. Als wollte er sie sich zurück ins Gedächtnis rufen. Oder die Stelle schützen.

„Welche sind es?", wollte Maike wissen.

„Die schwarzhaarige Frau mit dem grünen Oberteil und der blonde Typ daneben mit dem grauen Anzug."

Maike ließ den Blick schweifen und blieb an einem Pärchen hängen, das einen sehr eleganten Eindruck machte und sich wie selbstverständlich in der VIP-Lounge bewegte. Der Anzugtyp grüßte gerade einen anderen Anzugträger mit Handschlag.

Die Frau sah atemberaubend aus. Sie war schlank, groß und trug eine hochmütige Miene zur Schau. Ihre schwarzen langen Haare waren offen und mit Wellen so perfekt frisiert, dass sich Maike wie ein Wischmopp vorkam. Bastian Langmaier griff offenbar die hübschesten Frauen ab. Ihr Magen krampfte sich unangenehm zusammen. Unvermittelt traf ihr Blick den der Ex-Frau.

„Mist, sie hat uns gesehen", kam es von Bastian Langmaier, der offenbar seine Ex genauso im Auge hatte wie Maike. „Helfen Sie mir!", zischte er.

„Ja, aber wie?"

Etwas berührte ihre Hand. Seine Fingerspitzen tasteten nach den ihren. Großer Gott. Maike stockte der Atem. Was hatte er vor? Er wollte doch nicht seiner Ex-Frau eine neue Freundin vorspielen? Er verschränkte seine Finger in ihren. Seine Hand war kalt, die Haut aber angenehm weich, der Griff fest, aber trotzdem mit einer Sanftheit, die ihr den Atem raubte.

„Verzeihen Sie", flüsterte er ihr ins Ohr.

Die Nackenhaare stellten sich ihr auf. Sie würde sicher gleich in Ohnmacht fallen.

„Nach der Rettungsaktion von gestern sind wir damit nun quitt", fügte er an.

Ungläubig schwenkte Maike den Blick und starrte ihn an. War das sein Ernst? Nun ja, wegen der Aktion war seine Beziehung in die Brüche gegangen, da konnte er schon eine mächtige Gegenleistung von Maike verlangen. Und da war auch noch dieser vermaledeite Kratzer, der nach wie vor in Maikes Hirn herumspukte.

Sie gab sich einen Ruck und wisperte zurück: „Okay, ich mache mit."

„Gut. Nach dem heutigen Tag werden wir nie wieder ein Wort darüber verlieren."

Schade eigentlich, schoss es Maike durch den Kopf.

Die schwarzhaarige Ex-Frau hob zuerst die Augenbrauen, als sie die verschränkten Finger von Bastian und Maike bemerkte und schließlich eine Hand zum Gruß. Bastian erwiderte die Geste mit einem Kopfnicken.

„Hoffentlich kommt sie nicht her."

Es schien nicht so. Der Anzugmann war in das Gespräch mit dem anderen Anzugmann vertieft und hatte sie wohl noch nicht bemerkt.

„Das hab ich mir gleich gedacht. Nur wegen der Ruhe zieht doch so eine offenbar erfolgreiche und hübsche Frau wie Sie nicht in die Provinz", erscholl eine laute Stimme neben ihnen.

Herr Heidenreich nebst Frau war mit den Getränken aufgetaucht. Maike ließ schnell Bastians Hand los, um den Sekt in Empfang zu nehmen.

„Ich wusste doch gleich, dass Sie ein Paar sein müssen. Sie haben so harmonisch gewirkt bei unserem Gespräch."

Tatsächlich? Bastian Langmaiers Gesicht nach zu urteilen, schien ihm diese Aussage ebenso rätselhaft wie ihr. Herr Heidenreich zwinkerte ihm vertraulich zu.

„Da haben Sie sich aber eine knallharte Verhandlungspartnerin geangelt, Herr Langmaier, wenn ich das so sagen darf. Sie war großartig. Hat uns ganz schön die Zügel angezogen, Margit."

Das schien ihm zu gefallen. Auch Frau Heidenreich blickte Maike anerkennend an.

„Ich liebe es, wenn sich Frauen im Geschäftsleben durchsetzen. Ich selbst habe eine kleine Boutique in der Innenstadt. Man hat es nicht ganz leicht als Frau in der Betriebswirtschaft. Das weiß ich nur zu gut", sagte sie.

„Sie haben eine Boutique? Wie spannend! Eine Freundin von mir hat einen kleinen Esoterikladen in Frankfurt. Sie klagt mir oft ihr Leid mit der Geschäftsführung. Hin und wieder helfe ich ihr dort, weil sie eher aus der, hm, philosophischen Ecke kommt."

Maike war froh, ein Gesprächsthema gefunden zu haben, das von dieser hochpeinlichen Situation mit der vorgegaukelten Beziehung ablenken konnte.

Angeregt plaudernd tranken Frau Heidenreich und sie ihren Sekt. Was Herr Heidenreich und Bastian besprachen, bekam Maike nicht mit. Ihr war heiß, was nicht nur am Alkohol lag.

Schließlich brachte Herr Heidenreich die Gläser zurück und sie betraten gemeinsam durch eine doppelflügige Glastür die Halle. Herr Heidenreich dirigierte sie ein kurzes Stück eine Treppe hinauf und dann an das hinterste Ende einer Reihe beinahe in der Mitte der Tribüne. Die metallenen Klappsitze waren rosa, die vorherrschende Farbe aller anderen Oberflächen in der Halle Mintgrün. Es waren nur noch wenige Plätze frei und die restlichen füllten sich schnell.

Maike beobachtete eine dreiköpfige Familie mit einem Jungen etwa im Grundschulalter und ein Pärchen vor sich, wie die ihre Klatschpappen falteten, und machte es ihnen nach. Kaum war sie fertig, ging das Licht aus und eine Lightshow mit Einspielern über die digitalen Banden und den großen Anzeigewürfel über dem Spielfeld begann.

Die Leute vor ihnen standen feierlich auf, um ihr Team zu begrüßen. Maike, Bastian und die Heidenreichs taten es ihnen gleich, wie auch die gesamte Halle. Bei jedem einlaufenden Spieler wurde dessen Name aus 3.000 Kehlen gebrüllt und bei Maike stellte sich Gänsehaut auf.

Nach dem Spielereinlauf ging das Licht wieder an, es wurden drei Minuten angezeigt und die beiden Teams machten sich warm. Schräg gegenüber auf der anderen Seite der Halle konnte Maike einige Fans der Frankfurter in Trikots mit Trommeln und Fahnen rufen und schreien sehen. Hören konnte sie sie kaum, denn die Bayreuther machten einen irren Lärm.

Der gewonnene Tipoff und die ersten Punkte für Bayreuth ließen die Halle regelrecht explodieren. Die Leute vor ihnen setzten sich und so ließen sich auch Maike, Bastian und ihre Gastgeber nieder. Es war ein wahnsinnig unterhaltsames Spektakel und Maike fiel es nicht schwer, sich auf das Spiel zu konzentrieren. Sie ließ sich von der Stimmung anstecken und nahm nur am Rande wahr, dass durch die Enge der Plätze ihr Bein an das von Bastian Langmaier gepresst war. Selbst wenn sie gewollt hätte, sie hätte nicht von ihm abrücken können.

Zu Maikes linker Seite saß Herr Heidenreich, der sie während des Spieles mehrfach nach ihrem Eindruck zu fragen versuchte. Er musste allerdings irgendwann aufgeben, da die Menge so laut war, dass Maike kaum ein Wort verstehen, geschweige denn antworten konnte.

Zur Halbzeitpause führte Bayreuth knapp und Maike war froh um die Verschnaufpause, als der Halbzeitpfiff ertönte.

Die Heidenreichs erhoben sich und schoben Maike und Bastian wieder Richtung VIP-Lounge. In der Reihe vor ihnen blieben die Leute auf den Plätzen sitzen. Nach einiger Wartezeit betraten sie das Foyer und stellten sich beim Essen an.

Es gab Tapas aller Art, auch etwas mit Tomatensoße, worauf Maike lieber verzichtete. So wie sie sich gerade fühlte, würde sie sich sicherlich das ganze Tomatensoßenzeugs auf das Oberteil schmieren.

Nach dem Essen, das wider Erwarten ohne Unfall vonstattenging, begab sich Maike in Richtung Toiletten. Zum Glück musste sie nicht anstehen und konnte gleich eine freie Kabine betreten. Sie brauchte ein paar Minuten für sich. Erleichtert verriegelte sie die Tür und blieb einen Moment mit geschlossenen Augen stehen.

Wie hatte es so weit kommen können, dass Bastian Langmaier und sie in ihrer Geschäftsbeziehung in eine so unprofessionelle und merkwürdig vertrauliche Richtung abdrifteten? Das hatte sie nicht kommen sehen. Und sie konnte überhaupt nicht abschätzen, welche Beweggründe er hatte. Am Anfang war er ihr so unsympathisch gewesen und sie hatte jedes Mal eine Heidenangst gehabt, ihm zu begegnen. Aber jetzt konnte sie kaum genug von seiner Nähe bekommen.

Das Interview mit ihm war erst wenige Tage her und da hatte sie sich vorher die schlimmsten Szenarien ausgemalt, wie es ablaufen würde. Sie war sich sicher gewesen, dass er sie hasste, sie und den Grund ihrer Anwesenheit. Aber es hatte sich etwas verändert, die Distanz war geschrumpft. Ganz unbemerkt war sie nach und nach verschwunden.

Dass er sie benutzte, um eine Beziehung vorzuspielen, schockierte sie nicht so sehr, wie es das eigentlich sollte. Die Grenze hatte er schon in dem Moment überschritten, als er nach dem Streit mit Sylvie vor ihrer Tür aufgetaucht war.

Dieser Augenblick kam ihr wie ein Wendepunkt vor, zumindest im Nachhinein betrachtet. Da hatte er anscheinend beschlossen, dass es ihm nicht egal war, was Maike von ihm dachte. Und dass sie vertrauenswürdig war.

Sie erledigte schnell, wofür sie in die Toilette gekommen war, und verließ nachdenklich die Kabine. An den Waschbecken wurde sie angesprochen.

„Sind Sie Bastians neue Freundin?"

Maike erstarrte und blickte über den Spiegel in das Gesicht der Dame am Waschbecken neben sich. Es war Bastians Ex-Frau. Aus der Nähe sah sie noch atemberaubender und noch arroganter aus. Sogar das grelle Licht im Toilettenvorraum schmeichelte ihr. Maike ließ sich Zeit mit der Antwort, wusch sich erst die Hände, trocknete sie mit einem Papiertuch aus dem Spender und wandte sich dann selbstbewusst und entschlossen der ehemaligen Frau Langmaier zu.

„Ja, das ist richtig." Sie probierte es mit hochmütigem Lächeln. Gelang nicht so gut wie gehofft. Diese Frau war dafür zu einschüchternd. „Ich heiße Maike Kellermann. Und Sie sind?"

Maike streckte ihr ihre gewaschene, aber noch leicht feuchte Hand entgegen. Ihr Gegenüber nahm sie nach kurzem Zögern, was Maike freute.

„Jennifer Kastner. Ich war Bastians Ehefrau. Hat er das nicht erwähnt?"

„Ach, Sie sind das."

Maike bemühte sich nicht, diese Andeutung in irgendeiner Art und Weise zu erklären. Hätte sie auch nicht gekonnt, schließlich wusste sie ja so ziemlich null von dieser Frau und ihrer Beziehung zu Bastian. Aber sie wollte die Dominante in dem Gespräch sein. Die Andere war ihr hochgradig unsympathisch. Die quittierte ihre Worte mit einem abfälligen Lächeln.

„Ich muss dann mal wieder. Bastian und ich sind mit Geschäftspartnern hier. Die darf ich nicht warten lassen."

Und so wandte sie sich schnell um und verließ die Toilette selbstbewusster, als sie sich fühlte. Im VIP-Bereich schritt sie zügig auf die Heidenreichs und Bastian zu, stellte sich neben ihn und nahm seine Hand in ihre. Sie fing seinen leicht überraschten Blick auf, aber er zog seine Hand nicht zurück. Als hinter ihnen eine Stimme ertönte, musste ihm klar sein, warum Maike das gemacht hatte.

„Hallo, Bastian. Ich hatte gerade das Vergnügen, deine neue Freundin kennenzulernen."

Er grinste verächtlich, bevor er sich zu ihr umwandte und antwortete: „Ich kann nicht sagen, dass es mich freut, dich zu sehen."

„Schon gut. Spar dir die Worte. Rainer und ich", ein Mann war neben sie getreten, „müssen dann auch wieder rein auf unsere Plätze. Wir wollen doch wegen eines netten Plausches nichts vom Spiel verpassen."

155

Der Anzugträger neben ihr starrte Bastian feindselig an. Der blickte nur Jennifer an und schien den Mann vollständig zu ignorieren. Das war also der sagenumwobene Rainer. Was der Jennifer wohl bieten konnte, was Bastian Langmaier nicht hatte? Sah irgendwie nichtssagend aus, der Typ.

„Wir müssen auch langsam wieder rein, nicht wahr, Herr Heidenreich? Frau Heidenreich?", versuchte Maike, die unangenehme Situation in den Griff zu bekommen.

Die beiden Heidenreichs hatten das ganze Spektakel schweigend, aber sehr interessiert verfolgt und erwachten nun aus ihrer Starre.

„Natürlich", rief Herr Heidenreich.

Ohne ein weiteres Wort des Grußes wandte sich Maike von Jennifer und Rainer ab. Immer noch Händchen haltend zog sie Bastian hinter ihren Gastgebern her in die Halle.

Auf ihren Plätzen angekommen, legte Bastian seinen Arm um Maike, zog sie sanft zu sich und sagte ihr ins Ohr: „Danke, Maike."

☖

Das Spiel war knapp und hatte am Ende den besseren Ausgang für Bayreuth, was sicherlich auch an der ohrenbetäubenden Atmosphäre lag, die von den Zuschauern ausging. Die hatte die Spieler angeheizt und das Spiel, als es auf der Kippe stand, gedreht.

Es hatte wirklich viel Spaß gemacht, aber Maike konnte sich nicht komplett darauf einlassen. Die Situation mit Bastian Langmaier beschäftigte sie so sehr, dass sie schon fürchtete, ihr Gehirn würde wegen Überhitzung den Betrieb einstellen.

Sie tranken in der VIP-Lounge noch etwas mit den Heidenreichs und verabschiedeten sich dann wortreich von den beiden. Maike hoffte sehr, dass sich der Abend für Polytech rentieren würde, aber sie hatte ein gutes Gefühl. Herr Heidenreich machte den Eindruck eines Mannes, der gerne langfristige Geschäftsbeziehungen auf Basis eines gewissen Vertrauensstatus pflegte. Er und seine Frau waren gesellige Menschen und Maike hatte das Gefühl, dass sie Bastian mochten.

Der war den beiden gegenüber redselig und humorvoll und wirkte so gar nicht, als würde ihn die Sache mit der vorgespielten Beziehung groß stören.

Die beiden Paare wünschten einander alles Gute und gingen vor der Halle getrennte Wege. Sie waren schon auf halber Strecke zum Parkhaus, als Bastian Langmaier plötzlich stehen blieb. Seit sie sich von den Heidenreichs verabschiedet hatten, hatten sie kein Wort miteinander gesprochen.

Jetzt stand Bastian vor ihr, fixierte den Boden vor seinen Füßen, atmete schwer und sagte dann: „Das ist mir wahnsinnig peinlich."

Sein Blick wanderte langsam von der Straße zu ihrem Gesicht empor. Er fixierte einen Punkt hinter ihr, als er weitersprach.

„Ich weiß nicht, was in mich gefahren ist, dieses alberne Spielchen zu spielen und Sie da mit hineinzuziehen. Ich schäme mich zutiefst dafür."

Jetzt schaute er ihr in die Augen und sein Blick veranlasste Maikes Herz, in den Magen zu rutschen. Die Straßenlaterne, unter der sie zum Stehen gekommen waren, ließ die Hälfte seines Gesichts im Schatten. Seine Augen wirkten dunkel und kalt. Maike schluckte. Jegliche leise gehegte Hoffnung, dass er sich zu ihr hingezogen fühlen könnte, wurde von diesem Blick zunichtegemacht. Der Boden unter Maikes Füßen begann zu vibrieren.

„Ist schon okay", hörte sie sich mit rauer Stimme antworten. „Sie konnten eine Gegenleistung dafür verlangen, dass meine Ungeschicktheit Sie Ihre Beziehung gekostet hat."

„Nein, diese Beziehung war schon vorher zum Scheitern verurteilt. Ihr Ende hat mich eigentlich kaum berührt. Es war ein guter Vorwand für mich, sie zu beenden."

Wumm. Das Herz in ihrem Magen wurde zu Beton. Er kam ihr mit einem Mal völlig gleichgültig vor. Offenbar hatte sie sich von seinem guten Aussehen und seinem manchmal durchscheinenden Charme so sehr einwickeln lassen, dass sie nicht bemerkt hatte, dass er doch der war, den sie am Anfang in ihm gesehen hatte: arrogant, wütend, unfair und schnell beleidigt.

Sie musste sich räuspern, bevor sie weitersprechen konnte. „Es ist ja niemand zu schaden gekommen."

Außer mir, schoss es ihr durch den Kopf.

„Gut, dass Sie das so sehen", antwortete er mit einem verächtlichen Schnauben. „Vielleicht erzähle ich Ihnen irgendwann mal, was es mit Jennifer und Rainer auf sich hat, und warum mir das heute so wichtig war, denen nicht allein gegenübertreten zu müssen. Aber fürs Erste hab ich genug."

Er hatte sich schon halb zum Gehen umgewandt, da drehte er sich erneut zu Maike um, beugte sich zu ihr herunter und küsste sie sanft auf die Wange.

„Danke noch mal für Ihr Verständnis und Ihre Kollegialität."

Kollegialität. Geht's noch? Maike kam sich vor, als hätte er sie als Escort-Dame gebucht. Heiße Wut brodelte in ihr empor, auf ihn, auf den Job, auf die Welt.

Am meisten aber auf sich selbst. Weil es ihr etwas ausmachte, wie er sie abserviert hatte und sie dem Kuss auf die Wange trotz aller Worte eine große Bedeutung beimaß.

Sie schwieg die gesamte Heimfahrt, bis sie bei Polytech aus dem Auto ausstieg.

„Danke und ein schönes Wochenende noch." Mehr ging nicht. Es war eine automatische Antwort, wie die eines Anrufbeantworters. Leer und hohl, genau so, wie sich sie fühlte.

Kapitel 12

Maike konnte die ganze Nacht nicht schlafen. Sie lag wach und grübelte. Und litt. Sie schalt sich selbst als naiv und dumm.

Fast den gesamten Sonntag über blieb sie im Bett und versuchte, sich eine Strategie für ihre restliche Zeit in Oberstemmenreuth zurechtzulegen. Aber ihr Kopfchaos erlaubte ihr nur kurze Momente der Klarheit, ansonsten schweiften ihre Gedanken immer wieder zu Bastian Langmaier. Sie wusste nicht, wie sie ihm entgegentreten sollte. Außerdem schämte sie sich.

Im Laufe des Tages schwankte sie zwischen Zuversicht und der Überzeugung, dass er unmöglich gemerkt haben konnte, wie ihre Gefühle für ihn aussahen, und totaler Verzweiflung darüber, dass er es gemerkt haben musste. Sie aß kaum etwas und fühlte sich nach einer weiteren durchwachten Nacht am Montagmorgen ausgelaugt und schwach.

Ohne sinnvolle Strategie, ohne zu einem Ergebnis gekommen zu sein, schlich sie die Treppen zu ihrem Büro hinunter. Als sie an Frau Bauers Theke vorbeikam, strahlte die sie an, ließ Maikes genuscheltes „Guten Morgen" allerdings unerwidert. Das Verhalten der Sekretärin kam Maike gruselig vor. Das breite Lächeln wirkte gezwungen und ihr Blick war auf unheimliche Weise abschätzig. Fröstelnd wandte sich Maike ihrem Büro zu. Was für ein grässlicher Tag das jetzt schon war.

Nach einem kurzen Abstecher zur Bäckerei traf Maike auf dem Parkplatz der Firma Peter mit Frau Markov, die beide glänzender Laune schienen. Frau Markov stand am

159

Aschenbecher neben der Eingangstür und rauchte. Peter lehnte lässig an der Wand daneben und redete munter auf sie ein. Frau Markov quittierte beinahe jeden Satz von ihm mit einem Lachen, während die Zigarette in ihrer Hand vergessen vor sich hinglomm.

„Hey, Maike", unterbrach er seinen fröhlichen Monolog und winkte ihr zu.

Sie erwiderte seinen Gruß mit einem höflichen Lächeln und einem Kopfnicken und spürte Peters besorgten Blick, als sie sich wortlos an ihnen vorbei ins Gebäude schob.

An diesem Tag standen die letzten drei Interviews an, dann war sie damit endlich durch. Diese Aussicht konnte sie immerhin so weit motivieren, dass sie nicht heulend in ihre Wohnung zurückkehrte und sich dort einschloss.

Als sie gerade die Kaffeeküche betreten wollte, ging die Tür auf und Bastian Langmaier rannte mit seiner vollen Kaffeetasse in sie hinein.

„Au!", rief Maike, als der heiße Kaffee ihre Bluse durchtränkte. „Verdammt!", fluchte sie ungehalten.

Der Typ versaute ihr alles! Jetzt auch noch ihre schönste Bluse. Sie hatte sie heute extra angezogen, um sich besser zu fühlen, und nun war sie nicht nur ruiniert, der Kaffee hatte ihr, wie sich das anfühlte, auch noch Teile ihres Oberkörpers verbrüht.

„Scheiße! Tut mir so leid!", sagte Bastian Langmaier und stellte die Tasse auf der Arbeitsfläche in der Küche ab, um ihr mit einem Handtuch zu Hilfe zueilen.

„Bringt auch nichts mehr", brach es aus Maike hervor. Sie wirbelte mit Tränen in den Augen herum, um den Schaden in der Toilette auf der anderen Seite des Gangs in Augenschein zu nehmen.

Sie gönnte sich dort einige Minuten, um den Tränenfluss zu stoppen, ehe sie den Waschraum verließ, um sich in ihrer Wohnung umzuziehen. Wütend versuchte sie, die Bluse im Waschbecken auszuwaschen, musste aber feststellen, dass das nicht wirklich funktionierte und auch keine Zeit mehr dafür blieb: Ihr Interviewpartner würde in Kürze in der Kaffeeküche erscheinen.

Sie ließ das vor Nässe triefende Kleidungsstück im Waschbecken liegen, zog sich um und begab sich schnell wieder nach unten.

Zum Glück waren die Damen und Herren von Marketing, Produktdesign und Service sehr gesprächig und sie konnte sie einfach reden lassen. Ohne irgendwelche Notizen zu machen, verließ sie sich darauf, dass das Diktiergerät alles aufzeichnete. Sie würde das vollständig nachbearbeiten müssen, weil sie so unaufmerksam war. Aber das war ihr heute schlicht egal.

Und der Tag wurde noch schlimmer. Als sie gegen Mittag die Kaffeeküche verließ, um die Interviews auf ihrem Laptop zu sichern, schoss ihr Frau Bauer entgegen.

„Sie haben einen Anruf aus Frankfurt. Dringend, wie es scheint."

Ihre Duftwolke verursachte Maike Übelkeit. Aber sie riss sich zusammen und folgte ihr zur Empfangstheke, wo der Hörer neben dem Telefon lag. Als Maike ihn ans Ohr hielt, ertönte die bekannte Wartemusik, bis Frau Bauer mit einer Miene, die Maike irrsinnigerweise als triumphal deutete, auf einen Knopf drückte.

„Kellermann?", sprach Maike mit fester Stimme in den Hörer.

„Hier ist Kaiser, Frau Kellermann."

Oh, Herr Kaiser persönlich. Normalerweise ließ er immer erst über seine Sekretärin anrufen und sich dann verbinden. Maikes Herz begann, unangenehm heftig zu schlagen.

„Frau Kellermann, ich erwarte Sie noch heute in meinem Büro. Persönlich. Packen Sie Ihre Sachen in Bayern zusammen und machen Sie sich unverzüglich auf den Weg. Sie werden nicht zurückkommen."

Maike gefror das Blut. Was sollte das denn? Das hörte sich nicht gut an. Irgendetwas war passiert, von dem Maike nichts mitbekommen hatte.

„Darf ich fragen ...", begann sie, wurde aber jäh von ihrem Boss unterbrochen.

„Nein. Das klären wir nachher. Schauen Sie, dass Sie bis 18 Uhr bei mir sind. Das duldet keinen Aufschub."

Aufgelegt. Maike stand da und starrte den Hörer in ihrer Hand an. Da war was schiefgegangen. Herr Kaiser war normalerweise ein sehr ruhiger und bedachter Mann, der selten laut wurde. Aber hier hatte er gerade fast ins Telefon gebrüllt. Er schien stinksauer auf Maike zu sein.

Darauf konnte sie sich keinen Reim machen. Ihr blieb wohl nichts anderes übrig, als zu tun, was er von ihr verlangte.

Wenn sie jetzt packte, konnte sie es bis 18 Uhr nach Frankfurt schaffen.

Sie reichte Frau Bauer wortlos den Hörer und machte sich auf den Weg in ihr Büro. Zum zweiten Mal an diesem Tag kamen ihr die Tränen. Sie konnte kaum etwas sehen durch den Tränenschleier, als sie alle Unterlagen und ihren Laptop zusammenpackte und in ihr Auto brachte.

In der Wohnung versuchte sie, so fokussiert wie möglich ihre Habseligkeiten zu packen. Sie durfte nichts vergessen, wenn sie nicht wiederkommen würde. Mit Gewalt presste sie die beiden Koffer zu, die sie bis zum Anschlag vollgestopft hatte. Schnell ging sie die Schränke in der Wohnung durch und verließ sie dann, ohne sich noch einmal umzuschauen.

Mit einer erstaunlichen Kraft, die sie gar nicht von sich kannte, wuchtete sie die Koffer aus dem Treppenhaus ins Erdgeschoss und trat an Frau Bauers Theke. Zu ihrem Unglück stand Bastian Langmaier dort und unterschrieb gerade einige Unterlagen. Sie stellte sich neben ihn.

„Frau Kellermann, wegen vorhin ...“

Er stockte, als er aufblickte und seinen Blick über ihre Koffer und Maikes Gesicht schweifen ließ.

„Was soll das? Sie reisen ab? Wegen des Kaffees? Oder gibt es ein anderes Problem? Kommen Sie mit in mein Büro, wir reden darüber.“

Er musterte sie besorgt und bestürzt, wie es Maike schien. War auch egal. Sie würde ihn nie wiedersehen.

„Geht nicht. Ich muss bis 18 Uhr in Frankfurt sein. Ich wurde dringend zurückbeordert. Also werde ich die Arbeit in Frankfurt zu Ende bringen und Ihnen dann meinen Abschlussbericht zukommen lassen. Bitte schicken Sie die Rechnung für die Endreinigung der Wohnung zu meinen Händen an Kaiser & Locke. Vielen Dank für alles, machen Sie es gut.“

Sie griff nach Bastian Langmaiers Hand, schüttelte sie mechanisch, legte ihre Schlüssel für Firma und Wohnung auf den Tresen, nickte Frau Bauer zu und ließ den Juniorchef verdattert und sprachlos stehen. Der kurze Blick auf Frau Bauer verriet Maike, dass die offenbar höchst erfreut und überglücklich über die Wendung der Ereignisse war. Ihr unheimliches Grinsen spürte Maike noch im Nacken, bis sie endlich in ihrem Auto saß und sich auf den Weg nach Frankfurt machte.

☷

Ihre Gedanken rasten während der gesamten Fahrt. Sie konnte sich keinen Reim auf das Verhalten ihres Chefs machen. Er musste von einem wirklich gravierenden Vorfall ausgehen, aber Maike kam nicht darauf, was das gewesen sein könnte.

Hatte sie sich zu selten bei ihren Vorgesetzten gemeldet? Hatte sie ihre Zwischenberichte zu spät abgegeben? War er mit ihrer Arbeit nicht zufrieden? Mit den Schlussfolgerungen, die sie bisher gezogen hatte? Ging es ihm zu langsam? Sie hätte drei Monate Zeit, hatte man ihr zu Anfang gesagt. Hatte sich da etwas geändert?

Steckte Hochstätt dahinter? Hatte der eine Intrige gesponnen, um sie vor ihrem Chef, der bisher viel von ihr gehalten hatte, zu diffamieren?

Als sie wenige Minuten vor 18 Uhr die Tür zu den Büroräumen der Unternehmensberatung aufstieß, war sie kurz davor, sich zu übergeben. Ohne Umweg begab sie sich direkt zum Büro von Herrn Kaiser. Seine Sekretärin, Frau Atakan, erhob sich sofort, als sie sie sah und klopfte an die Bürotür des Chefs, verschwand darin und kehrte Sekunden später wieder zurück.

„Sie können rein, Frau Kellermann."

Mit zitternden Händen ergriff Maike den Türgriff und schob sich nach leisem Klopfen hinein. Die schwere Holztür klackte bedeutungsvoll hinter ihr ins Schloss, als sie vorsichtig auf den riesigen, gläsernen Schreibtisch zutrat, der einen guten Teil des Büros einnahm. Herr Kaiser blickte ihr von seinem monströsen Bürosessel aus ernst entgegen. Heute kam ihr dieser Stuhl mehr denn je wie ein Thron vor. Besprechungen hielt Herr Kaiser immer in den dafür vorgesehenen Räumen ab, daher gab es für Besucher nur einen einfachen Stuhl vor seinem Schreibtisch, was das Gefühl einer Audienz bei einem Herrscher noch verstärkte.

„Setzen Sie sich, Frau Kellermann."

Maike war froh über diese Aufforderung. Ihre Knie würden

163

es wahrscheinlich nicht mitmachen, hier vor ihm stehen zu müssen.

„Sie wissen sicher, warum ich Sie hergerufen habe."

„Nein", antwortete Maike zögerlich. „Eigentlich nicht."

Ungläubig starrte er sie an. „In meinen 35 Jahren hier habe ich es noch nicht erlebt, dass ein Angestellter oder eine Angestellte sich so etwas geleistet hat. Ihnen dürfte nicht entgangen sein, dass ich nicht gutheiße, wenn sich meine Leute an die Kunden heranschmeißen."

Maike stockte der Atem. Sie war außerstande, zu antworten. Ihre Hände wurden eiskalt. Er wartete auf eine Reaktion. Schließlich fand sie ihre Stimme wieder, wenn auch zaghaft.

„Ich habe mir nichts dergleichen zuschulden kommen lassen."

„Ach nein?", brüllte er. „Wir sind von einem Insider der Firma Polytech benachrichtigt worden, dass Sie sich an Herrn Bastian Langmaier herangemacht haben. Mit Erfolg, wie es scheint."

Er schob ihr sein Handy hin. Das Bild, das sie darauf sah, ließ ihr den Schweiß ausbrechen. Was sollte das? Wie konnte das sein? Wer hatte das getan?

„Sagen Sie mir jetzt nicht, dass es nicht so ist, wie es aussieht. Ich habe Augen im Kopf. Und die glauben nicht, was sie da sehen. Herr Alois Langmaier ist ein alter Studienfreund von mir und ich habe ihm versichert, meine beste Mitarbeiterin für seinen Auftrag zu schicken. Ich bin davon ausgegangen, dass Sie das sind. Aber da bin ich mir jetzt nicht mehr sicher."

Maike hörte kaum, was er sagte. In ihren Ohren klingelte es so laut, dass sie glaubte, in Ohnmacht fallen zu müssen. Das war ein Albtraum. Der schlimmste Tag ihres Lebens.

„Von wem haben Sie dieses Bild?"

„Tut nichts zur Sache. Herr Hochstätt und die anderen Abteilungsleiter waren dafür, dass Sie eine Abmahnung bekommen."

Super, Hochstätt wusste es schon. Dann also auch die gesamte Unternehmensberatung. Maike war ruiniert.

„Aber ich habe mich durchgesetzt, es wird für Sie bei diesem Tadel bleiben. Aber ich erwarte von Ihnen jetzt vollsten Einsatz, dass dieses Projekt zu aller Zufriedenheit abgeschlossen wird. Ich habe immer große Stücke auf Sie gehalten und mich mit meiner großartigen Menschenkenntnis gebrüstet. Das werden Sie mir nicht ruinieren. Haben wir uns verstanden?"

„Ja, Herr Kaiser. Ich werde mein Bestes geben. Etwas dergleichen wird nicht wieder vorkommen."

Das Handydisplay wurde dunkel und das Foto verschwand. Es zeigte Maike und Bastian beim Basketballspiel, als sie Hand in Hand zu ihren Plätzen gingen. Das Bild war von ein paar Reihen schräg unter ihnen aufgenommen worden und offenbarte neben dem Händchenhalten auch noch Maikes seliges Lächeln.

Ohne ein weiteres Wort verließ sie fluchtartig das Büro ihres Chefs und die Firma. Sie musste nach Hause. Kotzen, duschen, heulen, sich betrinken, was auch immer.

☎

Tommy wirkte verdutzt, als sie an diesem Abend die Tür zur Wohnung aufsperrte. Noch mal mehr, als er Maike sah. Sie war verheult und bebte vor Wut und Scham, wobei die Wut zu diesem Zeitpunkt die Oberhand gewonnen hatte. Der Zorn strömte heiß glühend durch ihre Adern und ließ sie schäumen.

Es dauerte eine Weile, bis sie ihren Mitbewohner mit gestammelten Ausführungen auf den neusten Stand gebracht hatte und der sich ihrem Seelenheil mit Tee, einer Badewanne voll schäumendem Beruhigungsbad und guter Zurede widmen konnte.

Tommy konnte gar nicht aufhören, den Kopf zu schütteln. Er hockte aufrecht im Schneidersitz auf dem Fliesenboden und war vor Empörung ganz rot im Gesicht. Dabei ließ er Maike, die sich nahezu willenlos ihrem Badeschicksal ergeben hatte, nicht aus den Augen.

„Nicht, dass du dich ertränkst vor Kummer", meinte er. „Ich kann immer noch nicht glauben, dass jemand so böse sein kann. Hast du wirklich keine Ahnung, wer das gewesen sein könnte?"

„Vielleicht war es Bastians Ex Sylvie. Die war von Anfang an wahnsinnig eifersüchtig auf mich, wie mir im Nachhinein klar wird. Vielleicht wollte sie sich rächen, weil er Schluss gemacht hat, nachdem er mit mir unterwegs war. Ich weiß aber nicht, ob sie gewusst hat, dass wir beide zum Basketball eingeladen waren. Möglicherweise hat er es ihr gar nicht erzählt."

Maike zerbrach sich den Kopf. Sie ließ nachdenklich ihre Hände über die warme Wasseroberfläche gleiten. Der Schaum kitzelte ihre Handflächen, die an den Schürfwunden noch immer leicht brannten. Ihr aufgeschlagenes Knie wummerte. Aber all das war ihr egal. Es tat gut, in der Wanne zu liegen. Vielleicht konnte sie ja so den Ärger abwaschen.

Sie ließ sich zurücksinken und tauchte kurz unter. Während sie sich das Wasser aus dem Gesicht wischte, kam ihr ein anderer Gedanke.

„Frau Bauer wusste, dass wir zu dem Spiel eingeladen waren. Peter hat mir erzählt, dass sie total auf Bastian steht und sich schon ewig an ihn ranzumachen versucht. Aber ich habe sie in der Halle nicht gesehen. Hätte mir doch auffallen müssen, oder?"

„Nicht, wenn du wegen dieses ganzen Beziehungsspieles so von der Rolle warst, wie ich glaube, dass du warst", meinte Tommy mit hochgezogenen Augenbrauen. „Und diese Ex-Frau? Wo saßen die denn? Hätten die es sein können?"

„Keine Ahnung, wo die gesessen haben. Aber ich glaube, gesehen zu haben, wie sie zur anderen Seite weggegangen sind, als die Pause um war. Dafür passt der Winkel auf dem Bild nicht. Außerdem, warum hätten sie das machen sollen?"

„Um ihm eins auszuwischen. Nach allem, was du erzählt hast, scheinen die Ex-Eheleute und die beiden Herren untereinander nicht das beste Verhältnis zu haben", sagte Tommy.

„Glaub ich irgendwie trotzdem nicht. Die wissen doch gar nicht, wo ich arbeite. Und sie wischen ja wohl eher mir eins damit aus, ihm haben sie einen Gefallen getan, dass er mich endlich los ist. Ich glaube, es war Frau Bauer. Die war heute Vormittag supergruselig zu mir. Ich glaub auch, dass die nicht ganz frisch in der Birne ist."

Maike tippte sich bedeutungsvoll an die Schläfe. Der

166

Lavendelduft lenkte ihre Gedanken langsam wieder in geregeltere Bahnen. Das Beruhigungsbad stammte aus Tamaras Beständen und sie musste ihr unbedingt sagen, dass es echt gut wirkte.

Ihre Freundin war für drei Tage im Harz bei einem Meditationsworkshop und hatte nicht mal ein Handy dabei. *Digital detoxing,* hatte ihr Tommy erklärt. Aber sie käme morgen im Laufe des Tages wieder.

„Musst du nicht zur Arbeit, Tommy?"

„Nee, hab heute keinen Auftritt. Ich werd bei dir bleiben."

Tommy hatte extra seine Verabredung mit Elios abgesagt, um sich voll und ganz der Tröstung der untröstlichen Maike zu widmen.

Neben ihrem Kummer über diese dumme Verliebtheit in Bastian Langmaier quälte Maike am meisten, dass sie nun ihr Ansehen in der Firma reparieren musste. Sie hatte so hart daran gearbeitet, ernst genommen zu werden. Ihr Leben lang hatte sie um alle Erfolge kämpfen müssen. Ihre soziale Herkunft, das fehlende Geld, die mangelnde Unterstützung der Eltern, die Tatsache, eine Frau zu sein. Das alles hatte ihr immer wieder mal mehr, mal weniger Steine in den Weg gelegt.

Endlich hatte sie Rückhalt von ganz oben gehabt. Zumindest hatte sie das gedacht. Herr Kaiser war ihr immer zugetan gewesen und hatte sie gefördert, wo er konnte. Obwohl oder gerade weil er ihren Werdegang kannte. Und jetzt hatte eine Unüberlegtheit das Ganze zunichtegemacht. Sie würde die Schlampe der Firma sein. Hochstätt würde schon dafür sorgen, dass die vermeintliche Verfehlung so schnell nicht in Vergessenheit geriet.

Und dann war das alles auch völlig umsonst gewesen. Sie hatte sich auf das blöde Spielchen mit Bastian eingelassen, weil sie sich davon mehr versprochen hatte. Zumindest der Wunsch danach war unbewusst vorhanden gewesen, anders konnte sie sich ihre Bereitschaft, mitzumachen, nicht erklären.

Und dann hatte er sie auch noch so abserviert hinterher.

Das tat am meisten weh. Sie hatte sich etwas vorgemacht und war davon ausgegangen, dass sie Bastian Langmaier nicht egal war, dass er sich auch zu ihr hingezogen fühlte. Dieser Irrtum beschämte sie zutiefst.

167

Zusammengekuschelt schauten Maike und Tommy den ganzen Abend fern, bis er fast einschlief. Maike schickte ihn ins Bett, sie würde schon klarkommen, versicherte sie ihm und begab sich in ihr eigenes Zimmer. Ihre Augen drückten und brannten nach all der Heulerei, also schloss sie sie in der Überzeugung, trotzdem nicht schlafen zu können.

Irgendwann musste sie doch eingeschlafen sein, denn sie wurde jäh durch ihren Wecker aufgeschreckt, der wild bimmelte, um ihr mitzuteilen, dass es Zeit für die Arbeit war. Übelkeit stieg in ihr auf, als ihr klar wurde, dass es keinen Weg drumherum geben würde. Sie musste besonders pünktlich und emotional abgeklärt im Büro erscheinen.

Pünktlich würde sie vielleicht hinbekommen, wenn der Verkehr mitspielte, aber an ihren Emotionen musste sie auf jeden Fall arbeiten.

Deprimiert zog sie sich an, ging ins Bad und versuchte, die Schäden des vergangenen Tages wegzuschminken. Das gelang ihr so mittel, wie sie fand. Dann holte sie ihre Unterlagen zur Firma Polytech aus ihrem Zimmer, packte Tasche und Schlüssel und ging zügig, ohne Kaffee, ohne jemanden gesehen zu haben, aus dem Haus.

Als sie in ihrem Auto saß und den Zündschlüssel umdrehte, leuchtete, von einem penetranten Piepen begleitet, eine rote Lampe auf. Scheiße! Auch das noch! Die Motorkontrolllampe hatte schon gestern auf der Fahrt kurz vor Frankfurt aufgeleuchtet. Sie hatte sie ignoriert und erst zum Büro gewollt, um pünktlich zu Herrn Kaiser zu kommen, und danach hatte sie sich beeilt, nach Hause zu fahren.

Seufzend nahm sie das Serviceheft aus dem Handschuhfach und schlug das Warnzeichen nach. Tja, das war jetzt richtig Mist: Sie musste zur Werkstatt und den Fehlercode auslesen lassen. Allerdings nicht heute, das packte sie nicht.

Dann würde sie wohl oder übel mal wieder die U-Bahn nehmen müssen. Es war zwar nicht ihr liebste Art der Fortbewegung, aber das ließ sich jetzt nicht ändern. Sie war rechtzeitig zu Hause losgekommen, da würde sie den Weg zur Arbeit mit der U-Bahn locker so schaffen, dass sie vor allen anderen im Büro ankam.

Die meisten ihrer Kollegen fingen gegen neun Uhr an, sie selbst wollte heute bereits um acht Uhr da sein. Dann konnte sie sich sichtbar in ihre Arbeit vergraben und musste an niemandem vorbei in ihr Büro gehen. Es reichte schon, wenn die Kollegen nacheinander ihre Köpfe in ihr Zimmer steckten, um Hallo zu sagen oder die Frage zu heucheln, warum sie hier und nicht in Bayern wäre.

Wenn sie erst an allen vorbeigehen musste, würden ihre Nerven vor Überlastung wahrscheinlich aussetzen. Und ein Nervenzusammenbruch mitten im Büro nach der Vorgeschichte wäre die allergrößte Katastrophe. Ihr persönlicher Super-GAU.

Sie machte sich auf den Weg zur U-Bahn-Station in der Nähe ihrer Wohnung und verließ den Untergrund bei ihrer Arbeitsstätte eine halbe Stunde später. Kaum trat sie wieder an die Oberfläche, klingelte ihr Handy. Ex-Thomas. Der hatte ihr gerade noch gefehlt. Wütend drückte sie ihn weg.

Auf dem kurzen Fußmarsch zum Büro wurde Maike wieder nervös. Wie würden die Kollegen reagieren? Wie würde Herr Kaiser mit ihr umgehen? Was für Gemeinheiten würde sich Hochstätt ausdenken?

Unbehelligt betrat sie ihr Büro, es war noch niemand sonst da. Erleichtert, diese erste Hürde genommen zu haben, packte sie ihre Polytech-Unterlagen aus der vollen Umhängetasche und sortierte sie.

Nach und nach trafen die Kollegen ein. Einige wirkten verwundert, sie zu sehen, und fragten nach. Sie antwortete allen ausweichend, dass sie mit der Grundlagenermittlung vor Ort durch wäre und die Auswertung in Frankfurt vornehmen konnte. Da sie zu keinem ihrer Kolleginnen und Kollegen ein vertrautes Verhältnis hatte, blieb ihr erspart, die vergangenen Ereignisse erklären zu müssen. Die anderen kannten sie als arbeitsam, ehrgeizig und wenig zugänglich. So zumindest war Maikes Eindruck.

Nachdem sie jetzt einige Zeit in der Provinz verbracht hatte, wo jeder alles über den anderen zu wissen schien, glaubte sie allerdings, dass dieses Desinteresse der Kollegen auch an der Großstadt und deren Anonymität liegen konnte. Zwar hielt man sich in Oberfranken mit Emotionen stark zurück – außer mit den negativen –, die Anteilnahme des Gegenübers am anderen war dort aber deutlich

169

ausgeprägter als hier. Sie vermisste die Neugierde und sogar das Misstrauen, das man ihr entgegengebracht hatte.

Hier spürte sie nur Kälte.

Das hatte sie früher nie gestört, sie hatte es vielmehr immer zu schätzen gewusst, konnte man so doch unter dem Radar sein eigenes Ding machen. Außer, wenn die anderen einen auf dem Kieker hatten. So wie Hochstätt.

„Na? Wieder da? War die Zeit in Bayern doch nicht so erfolgreich wie angenommen?"

Hochstätt lehnte sich lässig an den Türrahmen und wartete grinsend auf ihre Antwort. Sie atmete tief durch und hob absichtlich nur sehr langsam den Blick von den Unterlagen, die kreuz und quer auf ihrem Tisch verteilt lagen.

„Hier habe ich mehr Ressourcen zur Bearbeitung als dort. Wenn Sie es genau wissen wollen."

„Ist das so? Ich würde meinen, Sie hätten alles gehabt, was Sie brauchen?"

Wehe, er spielte jetzt auf diesen Beziehungsirrtum an. Sie würde ihm die Augen auskratzen.

„Und noch mehr", fügte er augenzwinkernd hinzu und verschwand aus der Tür und in seinem Büro.

„Glauben Sie, was Sie wollen!", schrie Maike ihm wütend hinterher.

Eine Kollegin, die gerade an ihrem Büro vorbeiging, blieb verdutzt stehen und starrte Maike erschrocken an. Entschuldigend lächelte Maike und winkte ab. Dieser Penner würde sie noch zu einem Mord bringen. An ihm.

Im Laufe des Tages fühlte sich Maike zunehmend beobachtet und unwohl in ihrer Haut. Wahrscheinlich war Hochstätt in der Kaffeeküche fleißig am Tratschen gewesen.

Sie bemühte sich um Konzentration für ihre Arbeit und verließ nur für die Toilette ihr Büro. Nicht einmal Kaffee oder Essen holte sie sich, denn für nichts dergleichen war ihr Magen heute empfänglich. Sie war froh, gegen 18 Uhr endlich gehen zu können.

⌗

In der U-Bahn checkte sie die Nachrichten, die sie im Laufe des Tages bekommen, aber ignoriert hatte. Tommy hatte

170

sich nach ihrem Wohlbefinden erkundigt und Tamara hatte zweimal versucht, sie anzurufen. Anscheinend wusste sie es schon, sicher von Tommy. Auch von Resi hatte sie einen Anruf und eine Nachricht.

‚Hey! Ich hab von Basti gehört, dass du abgereist bist. Warum hast du nichts gesagt? Ich hätte mich so gerne verabschiedet! Ist was vorgefallen? Mit Bastian? Soll ich ihn für dich verprügeln? ;-) Ich finde das total schade!!! Meld dich mal!!! LG, Resi‘

In der U-Bahn sitzend, verfasste Maike ihre Antwort für Resi: ‚Hi! Wurde zurückbeordert. Hatte keine Zeit, mich zu verabschieden. Sorry.‘

Mehr brachte sie nicht übers Herz, dafür war sie noch viel zu durcheinander. Sie schickte die Nachricht ab, sobald sie den Untergrund Frankfurts an ihrer Station verlassen hatte. Traurig packte sie das lautlos gestellte Handy in die Tasche und beschloss, einen kleinen Spaziergang zu machen, ehe sie nach Hause ging. Sie wollte wieder Kraft schöpfen und Ordnung in ihrem Kopf schaffen, bevor sie sich mit Resis Antwort, die sicher kommen würde, beschäftigte.

Ziellos lief sie durch die Straßen von Frankfurt. Der Feierabendverkehr war in vollem Gange, viele Frankfurter waren auf dem Heimweg und es herrschte gelöste Geschäftigkeit. Schnell noch was einkaufen und dann ab nach Hause. Zur Familie. Zum Partner.

Maike würde die Wohnung leer vorfinden. Tommy war heute schon eher in den Klub gegangen, um sich mit dem Geschäftsführer zu besprechen, wie er ihr in einer WhatsApp mitgeteilt hatte. Und danach würde er die Verabredung mit Elios nachholen. Daher verspürte Maike keinerlei Verlangen, nach Hause zu gehen und sich dort in ihr kleines WG-Zimmerchen zu setzen und Trübsal zu blasen.

Eine Stunde Umherwandern brachte Maike zu der Entscheidung, dass es besser wäre, den Kontakt mit Resi einschlafen zu lassen. Nach allem, was passiert war, würde sie ihr sowieso nicht mehr in die Augen sehen können. Das war einfach zu beschämend. Sie war Bastians Schwester und die Tochter des Auftraggebers, selbst wenn sie nicht erfuhr, was der Grund für Maikes Abreise war, Maike würde es wissen. Es schnürte ihr die Kehle zu, jedes Mal, wenn sie daran denken musste.

Sie stockte, als sie um die nächste Ecke bog. War sie wirklich unbewusst hierher gelaufen? Wenn das kein Wink des Universums war. Grinsend drückte sie die Tür zu Tamaras Laden auf. Die Glöckchen hatten noch nicht einmal ihren Tanz beendet, da war ihr Tamara auch schon ohne Begrüßung um den Hals gefallen und drückte sie heftig.

„Ich freu mich so, dass du gekommen bist. Warte, ich mach den Laden zu und dann reden wir."

Tamara löste sich von ihr, wendete das ‚Geschlossen'-Schild an der Tür, drehte den Schlüssel und zog eine Jalousie zu. So abgetrennt von der Welt, sprudelten bei Maike sofort die Tränen, die sie den ganzen Tag erfolgreich zurückgehalten hatte.

Schweigend führte ihre Freundin sie an der Hand in den Nebenraum, wo zwei gemütliche Korbstühle und ein kleiner Korbtisch mit einer Glasplatte vor einer Küchenzeile standen. Tamara hantierte mit ihrem Hightech-Wasserkocher und nahm aus einem der Küchenschränke zwei Teetassen. Mit einem wunderschön verzierten Stövchen trat sie an den Tisch und räumte das Buch weg, das darauf gelegen hatte. Irgendwas von Nietzsche. Maike konnte durch ihren Tränenschleier den Titel nicht erkennen.

Es dampfte wohlduftend aus der Teekanne, die Tamara nach wenigen Minuten auf das Stövchen stellte. Irgendwo musste sie auch noch ein Räucherstäbchen angezündet haben, denn es roch intensiv nach Lavendel. Maike hob suchend den Blick und sah es auf der Küchentheke in einem Ständerchen stehen.

Dankbar lächelte sie Tamara an. Die musterte sie abwartend. Das war ihre Art. Sie wartete erst einmal ab, was der andere zu sagen hatte, bevor sie Fragen stellte oder Ratschläge gab. Das war einerseits angenehm, weil man sich, egal, was man zu sagen hatte, komplett bei ihr auskotzen konnte. Aber es war auch anstrengend, weil sie einem nicht half, den Anfang bei einem schweren Thema zu machen. Die Überwindung dazu war für Tamara Teil des Heilungsprozesses.

„Ich hab Scheiße gebaut", begann Maike, nachdem sie den Lavendelrauch tief eingeatmet hatte. „Ich habe mich in einen Kunden verliebt."

Tamara schenkte ihr, weiterhin eisern schweigend, Tee

172

in die Tasse. Noch mal inhalierte Maike den beruhigenden Duft und begann, die ganze Geschichte zu erzählen.

⚎

Zwei Stunden und mehrere Tränenausbrüche später verabschiedete sich Maike, beruhigt und mit einem erleichterten Gefühl in der Brust. Tamara würde nachkommen, da sie noch ihre Monatsabrechnung machen musste. Maikes Angebot, ihr dabei zu helfen, hatte sie entschieden abgelehnt.

Maike ging zu Fuß nach Hause. Die kleine Papiertüte mit Tees und einer großen Auswahl an beruhigenden Räucherstäbchen und Ölen, die Tamara ihr mitgegeben hatte, schlug ihr bei jedem Schritt gegen das Bein. Etwas mehr als eine halbe Stunde später sperrte sie die Tür zur WG auf und stellte seufzend Umhängetasche und Tüte ab. Die Tasche, die ihr bei ihren Streifzügen mehrere Stunden über der Schulter gehangen hatte, hinterließ ein intensives Druckgefühl.

Sie zwang sich, etwas zu essen, und ging dann ins Bett. Mit offenen Augen in die Dunkelheit starrend, fiel ihr das Handy wieder ein, das nach wie vor auf lautlos gestellt in ihrer Tasche verstaut war. Sie stand noch mal auf und holte es, um Tommy zu schreiben, dass es ihr gut ging und sie nun zu Hause war.

Sofort bereute sie, dass sie es in die Hand genommen hatte. Resi hatte ihr zurückgeschrieben, dass sie sie anrufen solle, und danach waren mehrere Anrufe von ihr eingegangen. Fünf, um genau zu sein. Außerdem hatte Ex-Thomas noch zweimal versucht, sie zu erreichen, und da war ein Anruf von einer Handynummer, die Maike bisher nur ein einziges Mal gesehen hatte.

Sie würde sie jederzeit wiedererkennen, hatte sie doch damals auf ihr Handy gestarrt und dem Anruf entgegengefiebert. Als auf dem Display die Nummer erschienen war, hatte sich der Anblick in Maikes Gedächtnis gebrannt. Mit klopfendem Herzen zwang sie sich, den Blick davon zu lösen und legte ihr Handy weg.

Mit offenen Augen starrte sie in die Dunkelheit und hatte bis zum Einschlafen nur einen Gedanken: Warum hatte

Bastian Langmaier versucht, sie anzurufen? Sie hörte nicht mehr, als Tamara nach Hause kam. Die Erschöpfung hatte sie trotz der Grübeleien in den Schlaf gerissen.

Kapitel 13

Die Woche kroch dahin. Vor allem die Stunden in der Firma wollten nicht vergehen. Gespräche verstummten, wenn Maike den Raum betrat, ansonsten wurde sie geflissentlich von allen Kollegen ignoriert. Nur Hochstätt warf ihr, wann immer sie an ihm vorbeikam, süffisantes Gegrinse entgegen. Er hatte sicher in der ganzen Firma herumerzählt, dass Maike sich ihren Erfolg in Oberstemmenreuth hatte erschlafen wollen. Und dass sie dabei erwischt worden war.

Sicher waren die Informationen nicht von Herrn Kaiser herausposaunt worden. Der versuchte, die ganze Angelegenheit möglichst unter der Decke zu halten. Offiziell gab es für ihre Rückkehr nur die Erklärung, dass sie aufgrund der verfügbaren Ressourcen ihr Projekt in Frankfurt beenden würde.

Die Gerüchte würden nie wieder aus den Köpfen der Kollegen verschwinden. Jeder würde bei ihren Erfolgen sofort denken, dass die erschlichen waren. Sicher war das Gift schon so weit vorgedrungen, dass man sich fragte, ob bei ihren vergangenen Projekten alles mit rechten Dingen zugegangen war. Sie war sehr erfolgreich gewesen, aber niemand würde das mehr als Lohn ihres Fleißes betrachten. Also fand Maike sich im Laufe der Woche damit ab, dass sie sich eine neue Arbeitsstelle würde suchen müssen.

Am frühen Samstagnachmittag saß sie daher mit gekreuzten Beinen auf ihrem Bett und recherchierte im Netz nach Jobalternativen, als es an der Tür klingelte. Ihre Zimmertür war nur angelehnt, daher konnte sie jedes Wort laut und deutlich verstehen. Ihr rutschte beinahe das Herz in die Hose.

175

Tommy hatte geöffnet. Schweigen.

„Ähm? Ja, bitte? Was kann ich für Sie tun?", fragte er.

Hä? Was war denn in den gefahren? So war er sonst nie an der Tür. Doch dann hörte sie die Antwort, die ihr das Blut in den Adern gefrieren ließ.

„Ich, ähm, bin auf der Suche nach Frau Kellermann. Sie soll hier wohnen."

Bastian Langmaier! Großer Gott! Ihr brach der Schweiß aus. Sie hatte noch ihren Schlafanzug an, rosa mit Bärchen drauf, den sie zum letzten Geburtstag von Tommy bekommen hatte. Er hatte gemeint, sie wäre damit das Knuddeligste, was er je gesehen hätte. Knuddelig konnte sie jetzt aber mal so gar nicht gebrauchen. Was sollte sie tun? Am besten tat sie so, als wäre sie nicht da, bis er wieder wegging. Sie versuchte, Tommy diese Botschaft per Telepathie zu übertragen. Klappte aber so gar nicht.

„Ich frag mal nach, ob sie Besuch empfangen möchte."

Idiot! So musste der doch merken, dass sie da war! Schnappatmung setzte ein und ihre Tür öffnete sich einen Spalt, durch den sich Tommy quetschte, um dem Besucher nichts vom Zimmer dahinter preiszugeben.

„Was machst du denn?", fuhr ihn Maike flüsternd an.

„Ist das der, für den ich ihn halte?"

Tommy flüsterte zwar, schien aber nahe einem hysterischen Schreianfall. Maike zog ihn zu sich auf das Bett.

„Wimmle ihn ab! Ich kann nicht mit ihm reden."

„Gott, der ist so schön!"

„Halt die Klappe!", zischte Maike und drückte ihre Hand auf seinen Mund. „Der hört doch alles!"

„Du hast zwar gesagt, dass er gut aussieht, aber ich hatte ja keine Ahnung, wie gut", presste Tommy hinter ihrer Hand hervor.

Sie sprachen beide so laut, dass er es hören musste, denn die Haustür und Maikes Zimmer lagen nebeneinander. Resigniert atmete Maike tief durch.

„Tommy, tu mir den Gefallen, beruhige dich und sag ihm, dass ich ihn nicht sprechen möchte. Bitte!"

„Das wird mir zwar das Herz brechen, aber weil du es bist."

Tommy erhob sich vom Bett, schob sich wieder durch die Tür und sagte in seiner tiefsten, autoritärsten Stimme: „Sie

176

möchte nicht mit Ihnen sprechen. Ich bitte Sie, jetzt zu gehen."

„Sie wird hören wollen, was ich zu sagen habe. Ich hatte heute eine Unterredung mit Herrn Kaiser."

Maikes Herz blieb stehen. Mitten in diese Schockstarre hinein ging die Tür wieder einen Spaltbreit auf und Tommy schob sich hindurch.

„Er will anscheinend nicht gehen, ehe er mit dir gesprochen hat", flüsterte er so laut, dass sich Maike nun nicht mehr die Mühe machte, ihre Stimme zu senken, als sie resigniert antwortete.

„Bring ihn in die Küche. Sag, dass ich gleich da bin."

Also trollte sich Tommy durch den Türschlitz und Maike hörte ihn sagen: „Hier entlang. Bitte warten Sie in der Küche. Sie wird gleich bei Ihnen sein."

Maike konnte in ihrer Hektik nicht verstehen, was Bastian Langmaier antwortete. Panisch ließ sie ihren Blick über den offenen Kleiderschrank gleiten und stellte entsetzt fest, dass sie nichts anzuziehen hatte. Bisher war nichts von den Sachen, die sie in Oberfranken dabei gehabt hatte, gewaschen, und ihre restlichen annehmbaren Klamotten hatte sie bei der Arbeit getragen. Die ganze Dreckwäsche lag in der Wanne im Bad, bereit, in die Maschine zu wandern. Aber jetzt unerreichbar für sie. Um dorthin zu gelangen, hätte sie an der Küche vorbei gemusst, die wiederum eine Glastür hatte. Niemals käme sie unbemerkt mit ihrem Bärchenanzug daran vorbei.

In den Tiefen ihres Schranks fand sie schließlich einen Wollpullover in Übergröße, den sie gerne in ihrer Freizeit trug, und schwarze Leggings. Schnell zog sie den Schlafanzug aus und schloss gerade den BH, den sie neben ihrem Bett gefunden hatte, als Tommy wieder in ihr Zimmer kam.

„Er wartet in der Küche. Zum Glück habe ich da vorhin aufgeräumt. Willst du etwa den anziehen?"

Er zeigte aufgebracht auf den Pulli auf ihrem Bett.

„Muss ich. Ich hab nichts anderes. Ich hab alles andere zum Waschen in die Badewanne geschmissen."

„Soll ich rüber gehen und was holen?", schlug Tommy vor.

„Nein, das würde er durch die Tür doch sehen. Das wäre noch peinlicher als so schon."

Tommy schien nicht zufrieden mit ihrer Antwort,

177

protestierte aber nicht. Erst als sie angezogen war und sich zum Gehen wandte, sagte er: „Viel Glück, Liebes! Ich drück dir die Daumen."

Maike atmete tief durch, band sich die Haare zu einem einfachen Zopf, nahm die Schultern zurück und verließ, so aufrecht es ihr gelingen wollte, ihr Zimmer. Mit zitternden Händen drückte sie die Klinke hinunter und betrat die Gemeinschaftsküche ihrer WG.

Bastian Langmaier stand in einem schicken dunkelgrauen Anzug am Küchenfenster und blickte auf die Straße. Als sie eintrat, wandte er sich ruckartig zu ihr um. Er hatte eine schwarze Krawatte um und ein hellblaues Hemd lugte unter der zugeknöpften Jacke hervor. So geschäftsmäßig hatte sie ihn das letzte Mal bei den Vertragsverhandlungen mit Herrn Heidenreich gesehen.

„Sie haben die Anrufe von mir und meiner Schwester ignoriert", war das Erste, das er sagte.

Kein Wort der Begrüßung oder Erklärung. Stattdessen eine Feststellung. Ein Vorwurf. Maike spürte Wut in sich aufsteigen.

„Wessen Anrufe ich wann annehme, ist allein meine Sache." Gut. Wut half. Verdrängte etwas die Angst.

„Wir haben uns Sorgen gemacht", war seine leise Antwort.

Maike bereute ihre zornige Erwiderung sofort. Seufzend zog sie sich einen Stuhl heran, um überhaupt irgendetwas zu machen, und ließ sich darauf nieder. Sie fühlte sich kraftlos und leer.

Er tat es ihr gleich und nahm neben ihr Platz. Mit einem Mal fiel auch von ihm alles Geschäftsmäßige ab und er ruckelte an seiner Krawatte.

„Entschuldigen Sie, ich muss die hier abnehmen. Ich ersticke." Nach der Krawatte begann er, das Jackett auszuziehen. Er hängte es hinter sich über die Stuhllehne, krempelte die Ärmel zurück und atmete mit geschlossenen Augen tief aus. „Besser. Ich bin nicht gemacht für Anzug und Krawatte."

Maike musterte ihn erstaunt. Das hätte sie nicht gedacht. Die Businessklamotten wirkten immer so selbstverständlich an ihm.

„Ich bin mehr der Jeans- und Sweatshirt-Typ. Den Laborkittel find ich auch noch okay, aber das hier ist Folter."

Er deutete lächelnd auf die Krawatte, die er achtlos auf den Tisch geworfen hatte. Maike konnte darauf nicht antworten, sondern starrte nur das Accessoire auf dem Tisch an.

„Nachdem Sie so überstürzt abgereist sind, habe ich mich mit meiner Schwester getroffen. Ich hatte das ungute Gefühl, dass es etwas mit mir zu tun gehabt haben könnte, und musste das mit jemandem teilen. Ich habe ihr alles erzählt, was jemals zwischen uns ...“, er stockte, „vorgefallen ist.“

Das musste nach Resis Nachricht und vor oder während ihrer Anrufversuche gewesen sein. Es würde zu ihren Nachrichten passen.

„Ich habe dann in Ihrer Firma recherchiert, warum man Sie abberufen haben könnte, indem ich mich als jemand anderen ausgegeben habe, aus früheren Projekten. Schließlich hat mir dann ein schleimiger Typ gesagt, dass Sie erst einmal nicht zu sprechen sind, da Sie noch in einem laufenden Projekt stecken würden. Kam mir irgendwie komisch vor. Da wollte jemand nicht, dass ich mit Ihnen rede.“

Hochstätt wahrscheinlich, schoss es Maike durch den Kopf. Der Blödmann.

„Ich sollte mich mit meiner Frage an ihn wenden, meinte er, als Ihren direkten Vorgesetzten.“

Maike stieß ein Schnauben aus. Das konnte sie sich nicht verkneifen. Bastian Langmaier musterte sie und fuhr dann fort, als sie keine Anstalten zur Erklärung machte.

„Scheint nicht Ihr Lieblingskollege zu sein. Na, jedenfalls hab ich dann wohl oder übel meinen Vater aktiviert und ihn überredet, bei seinem Studienfreund nachzufragen, was es mit Ihrer Abreise auf sich hat. Herr Kaiser hat sich erst geziert, meinem Vater dann aber den Grund mitgeteilt.“ Er machte eine kleine Pause zum Durchschnaufen, eher er fortfuhr. „Sie hätten sich an mich rangemacht, um sich eine Beförderung zu erschleichen.“

Seine direkten Worte waren Maike so peinlich, dass sie aufstehen musste. Sie musste etwas Sinnvolles tun, etwas, das ihr ermöglichte, ihm den Rücken zuzukehren, also begann sie, an der Kaffeemaschine herumzufummeln. Ihr Gesicht brannte vor Scham. Es war sicher knallrot angelaufen.

179

Schweigend ließ er sie hantieren. Es schien auch ihm peinlich zu sein. Immerhin. Sie ließ zwei Kaffee aus der Maschine, schüttete in ihren etwas Milch und stellte Bastian Langmaier eine Tasse mit schwarzem Kaffee hin. Ohne alles, wie er ihn gerne trank, was sie von ihren gemeinsamen Besprechungen wusste. Ihn schien diese Tatsache so zu überraschen, dass er die Tasse endlose Sekunden anstarrte, ehe er zum Sprechen ansetzte.

„Ich weiß, dass das nicht stimmt", sagte er, als wäre er zuvor nicht unterbrochen worden. „Ich habe Sie stets sachlich und professionell erlebt."

Da reimte er sich aber was zusammen, fand Maike. So manch eine Begegnung mit ihm war mit Sicherheit von ihrer Seite her weder sachlich noch von Professionalität geprägt gewesen. Schon allein die Wald-Geschichte. Von der Basketball-Sache gar nicht zu reden! Oder der unsägliche Kratzer gleich zu Anfang!

„Wenn es ein Missverständnis gegeben hat, dann ist das allein meine Schuld. Die Sache mit meiner Ex-Frau war so blöd, wie man sich nur als Teenager verhalten kann. Dafür möchte ich mich bei Ihnen als Erstes entschuldigen. Ich ..."

Er wurde von der Türklingel unterbrochen. Sie hörten Tommy die Tür aufmachen und ein lautes Geschrei brandete los. Bastian Langmaiers Miene fror regelrecht ein. Er wusste offenbar nichts mit der Schreierei anzufangen und blickte Maike fragend an. Die konnte nur entschuldigend ihr Gesicht verziehen. Sie wusste sehr genau, was da los war: Heute kamen Tommys Kollegen zur Besprechung der neuen Show. Anproben, Make-up-Proben. Gesang und Tanz würden sie im Klub ausprobieren, auf der Bühne. Bei den Treffen bei Tommy zu Hause ging es immer eher um die optischen Highlights der ‚Ladys'.

Sie hörten, wie Tommy die Neuankömmlinge zischend zur Ruhe mahnte, weil Maike sich in der Küche zur Aussprache mit einem unglaublich gut aussehenden Mann befände. Maike wurde es sehr heiß in ihrem Pulli. Dazu trug auch bei, dass Anton aka Lady Steel, Marcel aka Marcella und Dominik aka Bernadette D'Amour vor der Glastür zur Küche erschienen und sich gegenseitig schubsten, um jeweils den besten Blick auf Bastian Langmaier erhaschen zu können.

Anton winkte Maike strahlend zu und Marcel hob anerkennend den Daumen. Dominik stand nur da und starrte Bastian an. Er musste regelrecht weggezogen werden. Maike hob leicht die Hand zum Gruß, zu mehr hatte sie keine Kraft.

„Was war das?", fragte Bastian Langmaier bestürzt, als die vier laut schwatzend im Wohnzimmer verschwanden.

„Das, ähm, sind die Kollegen meines Mitbewohners. Sie haben Tommy vorhin kennengelernt."

„Was, ähm, macht Ihr Mitbewohner beruflich?"

Er schien sich absolut unschlüssig darüber zu sein, bei welcher Tätigkeit man solche Kollegen haben könnte.

„Er ist Schauspieler. Momentan verdient er sein Geld in einem Varietétheater, wo er mehrmals die Woche mit seinen Kollegen", Maike deutete vage in Richtung Tür, „als Dragqueen entsprechende Shows aufführt. Sie wollen heute ein neues Programm ausarbeiten. Entschuldigung, daran habe ich nicht gedacht. Hätte ich Ihnen vielleicht vorhin mal sagen sollen."

Zu ihrem Erstaunen schüttelte er den Kopf und begann befreit zu lachen.

„Ich bin so erschrocken. Ich habe mir diese Situation die ganze Fahrt über ausgemalt, aber das hier", er deutete ebenfalls Richtung Tür, „war sicher kein Element davon."

Angesichts der Absurdität der Szenerie musste nun auch Maike lachen. Es tat so gut.

„Wie heißen die drei?"

„Anton, Marcel und Dominik. Und Tommy. Oder eben Lady Steel, Marcella und Bernadette D'Amour. Tommys Künstlername ist Talula."

„Ich habe noch nie so eine Show gesehen. Wie ist das?"

„Es ist glitzernd und bunt und sehr unterhaltsam. Hauptsächlich wird viel gesungen und getanzt, aber ab und zu gibt es, je nach Show, auch so was wie Stand-up-Comedy." Maike musste grinsen. Beinahe hatte sie vergessen, warum Bastian Langmaier hier war.

Ihm schien es genauso zu gehen. Er lächelte sie an und seine Narbe auf der Lippe verschwand.

„Ziehen die sich noch um?", fragte er unvermittelt. „Als ihre Frauenrollen?"

„Vermutlich sind sie zur Anprobe und zum Rumprobieren dafür hergekommen."

181

„Würde ich zu gern mal sehen. Bei uns in der Provinz gibt es kaum so spannende Sachen."

„Ja, da hat die Großstadt doch deutlich mehr zu bieten", erwiderte Maike lächelnd. „Ich fürchte auch, Sie werden die vier heute nicht zum letzten Mal gesehen haben. Die sind neugieriger als ein Rudel Hundewelpen."

Laut lachend warf er den Kopf zurück. Seine perfekten Zähne leuchteten hell auf und ließen sein Gesicht strahlen. Dieser Anblick brannte sich einen Weg in Maikes Herz. Sie konnte ihm stundenlang beim Lachen zusehen. Doch leider wurde er schnell wieder ernst.

„Ich wollte mich, bevor wir unterbrochen wurden, bei Ihnen für mein Verhalten Ihnen und meiner Ex-Frau gegenüber entschuldigen. Das war einfach saublöd. Die ganze Situation war mir nach dem Spiel dann auch so peinlich, dass ich Sie wohl etwas rüde behandelt habe. Ich habe durchaus gemerkt, dass ich Sie damit verletzt habe. Das ist das Zweite, wofür ich mich aufrichtig entschuldigen will."

Maike schluckte. Hoffentlich hatte er nicht durchschaut, wie es tatsächlich um ihre Gefühle für ihn stand. Sie starrte ihre gefalteten Hände auf dem Tisch an und nickte nur.

„Als Friedensangebot habe ich Ihnen etwas mitgebracht."

Sie schaute auf und beobachtete, wie er in einer Umhängetasche neben seinem Stuhl herumwühlte. Die Tasche war ihr bisher gar nicht aufgefallen. Er zog eine Flasche daraus hervor und stellte sie vor ihr auf den Tisch. Maike konnte nicht glauben, was sie da sah: Es war ihr Lieblingswein.

„Haben Sie die von Rick wieder mitgebracht?", fragte sie verdutzt.

„Nein." Er wirkte verwirrt. „Ich habe die heute hier in Frankfurt gekauft."

„Woher wussten Sie ...", setzte Maike an.

„Ich habe mir das Etikett gemerkt, als wir Ihre Flasche für Rick in den Weinkeller gebracht haben."

Maike spürte, wie ihr langsam Tränen in die Augen stiegen. Das war unglaublich süß. Er hatte sich daran erinnert und ihr genau so einen Wein besorgt.

„Danke, Herr Langmaier."

„Gern geschehen."

Sie zwinkerte die anströmenden Tränen in ihren Augen weg. Das hatte er aber wohl nicht bemerkt, denn er setzte sofort wieder zum Sprechen an.

„Nach Ihrer Abreise habe ich mich mit meiner Schwester beraten. Die fand Ihren plötzlichen Aufbruch auch sehr merkwürdig. Als uns der heikle Grund durch Herrn Kaiser offenbart wurde, sind wir zu dem Schluss gekommen, dass es jemand aus der Firma gewesen sein musste, der uns beobachtet und ausspioniert hat. Es hat nicht lange gedauert, Frau Bauer als die Schuldige auszumachen."

„Wusste ich es doch!", unterbrach ihn Maike stürmisch. „Die hat mich von Anfang an gehasst."

„Richtig. Und mich ... ähm ... das Gegenteil." Er sprach es nicht aus, denn es war ihm wohl auch etwas peinlich. „Ich habe ihr Getue immer als übertrieben freundliche Art abgetan, mehr Schleimerei als Zuneigung. Tja, da hab ich mal so richtig daneben gelegen. Wie mir der liebe Peter versichert hat, war ich in der ganzen Firma anscheinend der Einzige, der das nicht gewusst hat. Was die Angelegenheit noch eine Spur beschämender macht."

Maike lächelte schief. Sie fixierte die Flasche vor ihr auf dem Tisch, denn sie konnte ihm nicht in die Augen schauen.

„Nachdem ich das Gespräch mit ihr gesucht habe, musste ich Frau Bauer gestern entlassen. Das war meine erste Kündigung überhaupt. Hat mir aber nicht leidgetan. Was sie gemacht hat, war so hinterhältig, dass ich mich zusammenreißen musste, nicht die ganze Zeit rumzuschreien.

Sie war eifersüchtig auf Sie und wollte Sie als vermeintliche Bedrohung loswerden. Also hat sie sich Karten für das Spiel besorgt, denn sie hatte ja mitbekommen, dass wir zusammen hingehen würden. Da hat sie uns dann beobachtet und wir haben ihr mit unserer dummen Aktion das Futter geliefert, das sie brauchte." Er seufzte tief und nahm einen großen Schluck von seinem Kaffee.

„Sie hat dann bei Ihrer Firma angerufen, Sie angeschwärzt und das Bild geschickt. Die weitere Geschichte kennen Sie ja leider besser als ich."

Maike spürte seinen Blick auf ihrem Gesicht. Er wartete.

„Ja. Allerdings." Sie räusperte sich. „Ich wurde zurückbeordert und musste einen unangenehmen Tadel von Herrn Kaiser über mich ergehen lassen."

183

„Das habe ich geklärt. Ich war heute Vormittag bei Herrn Kaiser und hatte eine Unterredung mit ihm. Er hat mir sein Bedauern über dieses Missverständnis ausgedrückt und lässt Ihnen ausrichten, dass Sie das Projekt zu Ende bringen können, wo Sie wollen. Er wird Sie persönlich noch nach diesem Wochenende um Verzeihung bitten. Ich habe ihm versichert, dass alles, was falsch zu interpretieren war an unserem Verhältnis", er malte Anführungszeichen in die Luft, „einzig meine Schuld war. Sie haben nie etwas verkehrt gemacht."

Einerseits erleichterten Maike seine Worte, sie machten sie aber auch traurig, schien er doch überhaupt nicht an ihr interessiert zu sein. Ein dicker Kloß bildete sich in ihrem Hals, der sich nicht ohne Weiteres schlucken ließ. Bastian Langmaiers nächste Worte machten es nicht leichter.

„Ich wollte Sie nach meinem Gespräch in Ihrer Firma direkt aufsuchen, wurde allerdings von einem Mitarbeiter, der mir an diesem Samstagmorgen dort über den Weg lief, fehlgeleitet. Erst Ihre Eltern konnten mir Ihre richtige Wohnadresse nennen."

Maike begriff zuerst nicht, was er da eben gesagt hatte. Ihre Eltern …

„Sie waren doch nicht …"

„Doch. Bevor ich hierher gekommen bin, war ich bei Ihren Eltern. Ihr Kollege war sehr auskunftsfreudig bezüglich der offensichtlich falschen Adresse."

„Das war bestimmt Hochstätt, dieses Arschgesicht", entfuhr es der stinkwütenden Maike. Diesem Typen würde sie bei ihrer nächsten Begegnung ordentlich die Locken frisieren.

„Ah, Ihr Lieblingskollege", sagte Herr Langmaier. „Sie sind anscheinend nicht sonderlich gut aufeinander zu sprechen."

„Kann man wohl sagen", stieß Maike zwischen ihren Zähnen hervor. „Der kann was erleben."

„Warum regt es Sie so auf, dass er mich zu Ihren Eltern geschickt hat?"

Maike wandte ihm den Blick zu und zog fragend die Augenbrauen hoch. „Sie waren dort. Also liegt das doch auf der Hand."

„Sie meinen die Gegend? Warum ist Ihnen das peinlich? Sie haben keinen Grund dazu, Ihre Eltern sind hinreißend.

184

Ich habe noch nie so gute Butterkekse gegessen wie die von Ihrer Mutter."

Ihre Blicke trafen sich und Maike schaute schnell weg. Sie musste rot wie eine Tomate sein.

„Hey." Er streckte seine Hand nach ihrem Arm aus, den sie vor ihrem Körper verschränkt hatte. Seine Berührung ließ ihren Atem stocken. „Ich habe den allergrößten Respekt vor Ihnen. Es war sicherlich nicht leicht, Ihren Weg zu machen. Aber Sie haben es geschafft. Ich fand *meine* Jugend und *meinen* Weg schon nicht einfach, aber Sie kennen ja die Umstände, in die ich hineingeboren wurde. Ich habe immer alles bekommen und kann kaum abschätzen, wie viel Kraft und Energie Sie gebraucht haben müssen, um dort anzukommen, wo Sie jetzt sind."

Wieder schossen ihr Tränen in die Augen. Diesmal gelang es ihr nicht, sie wegzublinzeln. Wütend strich sie sie sich aus den Augen.

„Ich werde wohl noch mehr Kraft brauchen. In meiner Firma kann ich trotz Ihres Einsatzes nichts mehr werden. Das Gift ist gestreut und Sie können sich sicher vorstellen, dass das nicht ohne Weiteres zu reparieren ist. Ich werde mir eine neue Stelle suchen müssen."

Bestürzt zog er seine Hand zurück. Mit einem Mal fehlte ihr etwas. Sie musste dringend Abstand zwischen sich und ihn bringen, sonst wäre sie auf ewig verloren. Die Nähe war kaum zu ertragen.

„Was kann ich tun?", fragte er leise.

„Nichts. Sie haben schon alles getan, was für Sie möglich ist. Ich danke Ihnen dafür. Es war sicher auch für Sie nicht leicht, so, äh, die Hosen runterlassen zu müssen."

„Das habe ich verdient. Aber ich mache mir Sorgen um Sie. Immerhin ist es meine Schuld."

„Das brauchen Sie nicht. Wie Sie bereits bemerkt haben, verfüge ich über ein großes Maß an Durchhaltevermögen. Ich komme schon durch diese Zeit. Ich bin stärker, als ich gerade wirken mag."

Sie warf ihm ein schiefes Lächeln zu, das er nur mit einem ernsten Blick beantwortete. Als könne er darin lesen, wie es wirklich um sie stand. Hoffentlich konnte er das nicht.

„Werden Sie unseren Auftrag noch zu Ende bringen?"

Maike fiel erstaunt auf, dass er es ‚unseren Auftrag'

185

genannt hatte. Er hatte es also endlich akzeptiert und zog nun mit seinem Vater an einem Strang. Das zumindest war eine erfreuliche Entwicklung.

„Natürlich. Ich werde auch erst kündigen, wenn ich eine neue Stelle habe. In meinem Lebenslauf wird für keinen noch so kurzen Zeitraum ‚arbeitslos' stehen, das habe ich mir von klein an geschworen."

„Kommen Sie wieder mit nach Oberstemmenreuth?", fragte er zaghaft.

„Ich glaube, ich würde mich zu sehr vor Ihrem Vater, Ihrer Familie und den Mitarbeitern von Polytech schämen."

„Ach", er winkte energisch ab, „da müssen Sie sich keine Sorgen machen. Die sind alle der Meinung, dass nur Frau Bauer sich zu schämen hat. Sie sind sehr beliebt bei uns, müssen Sie wissen."

„Echt?", platzte es aus Maike heraus. „Außer bei Herrn Schuster und Ihrer Schwester ist mir das aber nicht aufgefallen."

„Das ist ja auch nicht gerade eine Stärke von uns Oberfranken. Wir sind eher jenseits der sichtbaren Emotionen zu Hause. Sogar meine Mutter fand Sie sympathisch."

„Sie hat Ihnen von unserer Begegnung in der Bäckerei erzählt? Ich glaube nicht, dass ich da einen so positiven Eindruck bei ihr hinterlassen habe."

„Warum? Weil sie es nicht gezeigt hat? Was glauben Sie, wo ich meine offene, gesellige und fröhliche Art herhabe?"

Maike wusste nicht, was sie darauf sagen sollte. Machte er sich über sie lustig? Dann begann er auch noch breit zu grinsen, was sie vollständig verwirrte.

„Ich weiß, dass ich das nicht bin. Zumindest nicht am Anfang. Würden Sie mich näher kennen, könnte ich Ihnen diese Eigenschaften durchaus beweisen. Wenigstens ein kleines bisschen."

Sein Blick ging ihr durch bis ins Herz. Es klopfte laut und hart. Er musste das doch hören. Entweder wusste er ganz genau, wie man eine Frau einwickelte und anflirtete, oder aber er hatte keine Ahnung von seiner Wirkung. Maike wusste nicht, was sie davon halten sollte. Er flirtete eindeutig.

„Ich werde mir das mit der Rückkehr überlegen und Ihnen am Montag Bescheid geben", sagte Maike, um aus der Situation herauszukommen. „Mein Auto ist gerade in der

186

Werkstatt und ich weiß nicht, wann ich es wiederbekomme. Mit dem Zug nach Oberstemmenreuth ist es mir zu kompliziert."

Damit schien sich Bastian Langmaier nicht zufriedengeben zu wollen. Er schüttelte den Kopf und ließ sie nicht aus den Augen. „Wie wäre es, wenn ich mir hier für heute ein Hotelzimmer nehme und Sie mir bis morgen Bescheid geben. Dann könnte ich Sie mitnehmen. Ich bin mit dem Auto da."

„Ich weiß nicht ..."

„Jetzt kommen Sie schon! Machen Sie es mir nicht so schwer. Ich will es wieder gutmachen. Außerdem müssen Sie dann Ihre Kollegen nicht jeden Tag sehen, wenn Sie sich in deren Gegenwart sowieso nicht mehr wohlfühlen."

Und was sollte sie in seiner Gegenwart machen? Sie wusste nicht, wie sie die verkraften sollte. Bevor sie antwortete, seufzte sie tief und atmete zwei Atemzüge bewusst.

„Ich sage Ihnen morgen Bescheid. Ist das in Ordnung?"

„Das ist super. Wissen Sie, ob ich hier in der Nähe ein Hotel finde?"

„Zwei Straßen weiter ist eines. Ein ganz gutes sogar."

Sie deutete vage in die Richtung und zögerte, bevor sie die Worte aussprach, die sie eigentlich nicht sagen wollte.

„Was haben Sie heute noch vor? Wollen Sie sich etwas in Frankfurt anschauen? Brauchen Sie Tipps?"

Oder Begleitung?

„Ich wollte mein Hotelzimmer beziehen, mir ein paar bequeme Klamotten besorgen und dann wiederkommen, um die hier mit Ihnen zu trinken."

Er deutete auf die Flasche Wein, die er vorhin mitten auf dem Tisch abgestellt hatte. Maike glaubte, in ihrem Pullover vor Hitze zerfließen zu müssen. Hatte er das gerade wirklich gesagt? Er schien auf eine Reaktion zu warten. Maike versuchte, sie ihm so gelassen wie möglich zu geben.

„Gut. Dann muss ich mich auch nicht umziehen, wenn Sie sich umkleiden?"

„Natürlich nicht!" Er wirkte ehrlich erstaunt. „Sie sind hier zu Hause. Sie können tragen, was Sie wollen. Wehe, Sie ziehen sich um!"

Er richtete drohend den Zeigefinger auf sie und lachte dann anscheinend befreit auf. Er packte seine Umhängetasche und das Jackett und erhob sich.

187

Nachdem Maike die Wohnungstür hinter ihm geschlossen hatte, ließ sie sich schwer dagegen fallen und atmete ein paar Mal tief durch. Ihr war schlecht. Was sollte sie nur machen?

Kapitel 14

„Und er hat gesagt, dass er wiederkommt?", fragte Tommy zum wiederholten Mal.

„Ja, hab ich doch jetzt schon dreimal gesagt." Maike war langsam genervt.

Sie hatte den großen Fehler begangen und war nach der Verabschiedung von Bastian Langmaier ins Wohnzimmer zu den vier ‚Ladys' gegangen. Überall waren Perücken, Schminkspiegel und Make-up verstreut. Es sah aus, als wäre eine Drogerie explodiert. Auch die vier selbst boten einen seltsamen Anblick in den unterschiedlichen Stadien ihrer Verwandlungen, teilweise mit Perücke, teils ohne, halb geschminkt.

„So seht ihr echt komisch aus", konnte sich Maike nicht verkneifen.

„Gut Ding will Weile haben, liebe Maike", kam es ernst von Tommy. „Auch du solltest die Gelegenheit seiner momentanen Abwesenheit beim Schopfe packen und dich etwas zurechtmachen."

„Wieso? Er hat mir verboten, mich umzuziehen. Außerdem würde er dann merken, dass ..."

Sie verstummte. Die anderen drei durften nichts von ihren Gefühlen wissen, denn diese Klatschtanten würden es sofort Bastian stecken, sobald er wiederkam.

„Dass du in ihn verknallt bist?", kam es von Anton.

„Tommy, du Tratschweib! Warum hast du es ihnen erzählt?"

„Hab ich nicht", stritt Tommy bestürzt ab.

„Hat er nicht", versicherte ihr Marcel. „Das haben wir an deinem Gesichtsausdruck ablesen können."

189

Na toll. Dann hat Bastian es womöglich auch gemerkt. Resigniert vergrub Maike das Gesicht in den Händen. Aber Frau Bauers Avancen hatte er nicht mitbekommen. So richtig Zuversicht wollte allerdings trotzdem nicht bei ihr aufkommen.

„Kopf hoch, Schätzchen. Wer würde sich nicht in den Typen verlieben? So wie der aussieht", schwärmte Dominik.

„Also wenn du dich schon nicht umziehen willst, dann wasch dir wenigstens die Haare und mach dich ein bisschen frisch. Dusch oder so. Du siehst ganz wüst aus von der letzten Woche", riet ihr Tommy. „Und mach dir keine Sorgen, der steht hundertprozentig auch auf dich. Warum würde er sonst wieder herkommen wollen?"

„Vielleicht wegen euch?", fragte Maike.

„Quatsch!", warf Marcel ein. „Der ist nur wegen dir nach Frankfurt gekommen. Du hast doch vorhin gemeint, dass er die peinliche Geschichte, in die er involviert war, jedem erzählt hat, damit du aus dem Schneider bist. Das macht man nicht, wenn einem der andere egal ist."

„Und wenn es so ist? Dann würde die Sache, die wir so vehement abstreiten, doch wahr werden? Wie steh ich denn dann da?", fragte Maike verzweifelt.

„Scheiß drauf, was andere von dir denken!", antwortete Anton schroff und blickte sie aus zwei verschieden geschminkten Augen an.

Maike raffte sich auf, ging in ihr Zimmer und versuchte, irgendwo in ihrem Schrank saubere Unterwäsche aufzutreiben. Da klingelte ihr Handy. Sie hatte die Nummer zwar nicht eingespeichert, aber sie wusste trotzdem, wer anrief.

„Kellermann?", meldete sie sich zaghaft.

„Hallo, ich bin's. Ich habe im Hotel eingecheckt und suche mir jetzt einen Klamottenladen. Der Hotelier hat mir ein paar Tipps gegeben. Ich werde so ein, zwei Stunden brauchen, dann komme ich wieder."

„Ist gut. Ähm, mögen Sie Pizza? Tommy will später für sich und seine Kollegen was bestellen. Wenn nicht, organisiere ich was anderes."

„Nein, Pizza ist super. Bis dann."

„Bis dann."

Maike legte auf. Beim Gedanken an seine Rückkehr kribbelte ihr ganzer Körper.

190

Sie duschte ausgiebig und versuchte, mit einem unauffälligen Make-up die Spuren der letzten Woche zu beseitigen. Außerdem packte sie die Waschmaschine voller, als es die Gebrauchsanleitung empfehlen würde.

Anderthalb Stunden nach seinem Anruf klingelte es an der Tür. Maike machte auf und lauschte mit klopfendem Herzen auf die Schritte, die die Treppe hochkamen. Als er auf dem Treppenabsatz erschien, schlugen die Schmetterlinge in ihrem Magen Alarm. Er trug einen schwarzen Kapuzenpulli und ausgewaschene, enge Jeans mit hellen Sneakers. Wenn das überhaupt möglich war, sah er so noch besser aus als im Anzug vorhin. Über seiner Schulter hatte er die Umhängetasche, aus der es laut klirrte.

„Da ich mich selbst eingeladen habe, habe ich ein paar Getränke für alle mitgebracht", sagte er anstelle einer Begrüßung grinsend.

Sie führte ihn zurück in die Küche, wo er sich des Inhalts der Tasche entledigte. Mehrere Flaschen Wein aller Art und Bier kamen zum Vorschein, aber auch Cola. Er deutete auf die Krawatte, die immer noch auf dem Küchentisch lag.

„Gut, dass ich wieder zurückgekommen bin. Die hätte ich vergessen. Haben Sie etwas mit Ihren Haaren gemacht? Die sehen anders aus als vorhin."

Maike lächelte zaghaft unter seinem prüfenden Blick.

„Gekämmt", antwortete sie.

Er lachte.

„Nur Spaß. Ich hab geduscht. Sie haben mich an meinem Gammeltag erwischt, dem hab ich schnell Abhilfe geschaffen."

Er lächelte immer noch breit.

„Gehen wir rüber zu den Ladys? Die werden begeistert sein, Sie wiederzusehen", schlug Maike vor.

„Klar."

Maike holte Weingläser aus dem Schrank, Bastian Langmaier griff sich drei Weinflaschen und so gingen sie rüber ins Wohnzimmer, wo sie mit großem Hallo empfangen wurden.

Der restliche Nachmittag und der Abend verliefen extrem unterhaltsam. Die meiste Zeit fragten die Jungs Bastian aus und er sie, Maike schwieg hauptsächlich. Die fünf duzten sich sofort und Bastian wirkte hier sehr viel gelassener und entspannter, als er es in seiner Heimat jemals gewesen war. Er war tatsächlich lustig, gesellig und humorvoll. Unverkrampft antwortete er den Ladys, selbst die fünfte Frage Dominiks nach seiner sexuellen Orientierung.

„Frauen. Auch wenn ein Mann noch so schön geschminkt und gekleidet ist, wie du gerade, sind es immer nur Frauen. Sorry."

Aha. Er wusste also, dass er heiß war.

„Du weißt, dass du ganz schön heiß bist?", sprach Marcel die Frage zu Maikes Entsetzen tatsächlich aus.

Bevor Bastian zu einer Antwort ansetzen konnte, unterbrach Maike das Geschehen. Das ging ihr dann doch etwas zu weit.

„Schluss jetzt! Ihr bringt unseren Gast in Verlegenheit. Was war jetzt mit der Pizza? Soll die heute noch bestellt werden?"

Vier geschminkte und ein ungeschminktes Augenpaar richteten sich auf sie. Sie spürte sofort wieder die Röte in ihr Gesicht steigen.

„Klar. Mach ich", sagte Tommy und verschwand mit wehendem Kleid aus dem Zimmer.

Während er zum Telefonieren draußen war, öffnete Bastian Langmaier die Weinflasche, die er Maike als Geschenk mitgebracht hatte, und goss sich und ihr ein Glas ein. Maike war schon ein wenig beschwipst von dem Glas Wein zuvor, dennoch nahm sie das dargereichte Glas entgegen.

Er schien etwas sagen zu wollen, aber nach den richtigen Worten zu suchen. Tommy war unterdessen zurückgekommen und blieb in der Tür stehen, gespannt die Situation musternd.

„Ich … bin hier ungefragt und uneingeladen in Ihre Privatsphäre eingedrungen", Bastian räusperte sich, „daher würde ich für diesen Abend gerne jegliche Geschäftsbeziehung ruhen lassen. Darf ich heute Du sagen?"

Maike blickte ihm tief in die Augen, stieß ihr Glas gegen seines und antwortete feierlich: „Schön, dass du da bist. Ich bin Maike."

Sie spürte deutlich, wie die vier Ladys den Atem anhielten.

„Super. Ich bin Bastian."

Sie tranken und lächelten dann um die Wette. Tommy fing sich als Erster wieder.

192

„Wir finden es alle super, dass du da bist. Du bist uns jederzeit willkommen."

Und so erhoben auch alle anderen die Gläser und gemeinsam prostete man sich zu. Die Stimmung wurde immer ausgelassener. Die Ladys testeten am unerfahrenen Bastian Teile ihrer neuen Show und der war begeistert, was wiederum alle glücklich machte.

Bei einer kleinen Tanzeinlage Tommys zu ‚In the Air Tonight' von Phil Collins trommelte Bastian auf dem Tisch den Rhythmus mit, bis das Schlagzeug im Song einsetzte. Dann spielte er – ziemlich gekonnt, wie Maike fand – mit unsichtbaren Drumsticks Luftschlagzeug dazu. Alle wandten sich ihm erstaunt zu.

Er zuckte nur mit den Schultern und meinte gelassen: „Sorry. Alte Drummerkrankheit. Ich spiel Schlagzeug in 'ner Band."

Das brachte das Fass für Maike zum Überlaufen. Sie konnte Bastian nur anstarren. Dieser Mann hatte deutlich mehr zu bieten als sein Aussehen und seine grummelige Art.

Er wandte ihr das Gesicht zu und meinte dann trocken: „Überrascht?"

Sollte das ein Witz sein? Sie war schockiert. Gerade bekam sie eine Ahnung davon, was die Bäckereiverkäuferin mit „aufgetreten" gemeint hatte. Als sie nicht antwortete, grinste er schief und wandte sich den Ladys zu.

„Das ist Teil der Geschichte, die ich Maike versprochen hatte, da sie in die Folgen dieser Sache verstrickt war. Da *ich sie* in die Sache verstrickt hatte, so muss ich eigentlich sagen. Da wir unsere Geschäftsbeziehung für heute aussetzen, könnte ich sie dir erzählen. Ist das okay?"

Er blickte sie fragend an und sie nickte langsam. Er wandte seinen Blick nicht von ihr, lächelte leicht und begann zu reden.

„Wie du weißt, habe ich drei sehr gute Freunde, Rick, Thorsten und Flo. Rick, Thorsten und ich haben uns schon im Kindergarten kennengelernt, dann waren wir zusammen in der Grundschule, und als es Zeit war, aufs Gymnasium zu gehen, entschieden wir uns alle für das gleiche." Er blickte die vier Ladys nacheinander an, bis er trocken anfügte: „War auch das einzige in der Nähe."

Sie lachten. Er grinste.

„Dort stieß Flo zu uns und so etwa in der siebten Klasse kamen wir im Musikunterricht auf die Idee, unsere musikalischen Talente zusammenzulegen und eine Band zu gründen. Flo übernahm die Leadgitarre und das Klavier, wenn nötig. Thorsten ist hervorragend am Bass und als Backgroundsänger. Rick spielte Schlagzeug und sang im Hintergrund. Bei harten Metal- und Rocksachen ist er immer schon der Mann für die Vocals gewesen. Daher nahm ich neben dem Klavier- auch noch Schlagzeugunterricht, um mit ihm den Platz tauschen zu können. Aber meist war ich der Leadsänger."

Alle hingen gebannt an seinen Lippen. Er unterbrach sich und trank einen Schluck Wein.

„Wie ist euer Bandname?", fragte Maike.

„*Borderline Spruces.*"

„Grenzfichten?", kam die Frage von Marcel. Er war unter der Woche als Dolmetscher für Französisch und Englisch tätig. Die „Marcella" gab er nur an den Wochenenden.

„Ganz genau. Wir wohnen recht nahe an der tschechischen Grenze, umgeben von Fichten", er zögerte und musterte dann Maike mit einem verschmitzten Grinsen, „wie Maike hier aus eigener Erfahrung weiß."

„Allerdings." Den verpatzten Ausflug in den Fichtenwald würde sie so schnell nicht wieder vergessen.

„Wir waren die Stars unserer Schule. Das rief natürlich auch den ein oder anderen Feind auf den Plan." Er seufzte tief, trank einen Schluck, als müsste er sich wappnen, und fuhr fort.

„Einer in meiner Klasse hasste mich, seit wir uns kannten. Rainer. Er war ziemlich gut in der Schule, aber ich war etwas besser. Er war sportlich, aber ich war etwas besser. Seine Eltern hatten normale Jobs, meine waren wohlhabend. Er war völlig unmusikalisch, ich war Leadsänger einer Band. Er hasste mich wie die Pest und ließ es mich immer spüren, während ich versuchte, ihn zu ignorieren. Er war mir schlichtweg egal. Aber er provozierte mich, wo er nur konnte.

Als wir kurz vor dem Abitur standen, eskalierte die Situation. Wir hatten Sport, Fußball, und waren in verschiedenen Teams. Ich konnte ihm den Ball abnehmen und ein Tor schießen. Das war eigentlich mehr ein Glückstreffer, ich bin kein toller Fußballer, aber er stürzte sich auf mich und wir prügelten uns richtig schlimm."

Er atmete tief durch.

„Wir mussten von zwei Lehrern getrennt werden. Haben beide nur noch rot gesehen. Ich habe ihm das Jochbein gebrochen, davon hat er bis heute eine taube Stelle im Gesicht. Meine Nase war ebenfalls gebrochen und meine Lippe so aufgeschlagen, dass mir diese Narbe blieb." Er zeigte auf seine Unterlippe und alle Anwesenden beugten sich vor, um einen besseren Blick darauf zu bekommen.

„Wir kriegten beide einen Verweis und mussten viele Stunden Strafarbeiten machen. Ich hatte auch riesigen Ärger zu Hause. Rainer und ich haben uns nie beieinander entschuldigt, obwohl unsere Eltern uns dazu drängen wollten. Wir hassten uns aus tiefster Seele.

Nach dem Abitur bin ich zum Studieren nach Bayreuth gezogen, er ist an eine andere Uni zum BWL-Studium. In der Uni habe ich dann meine zukünftige Frau kennengelernt. Wir heirateten direkt nach dem Abschluss. Sie war mein größter Fan bei meinen Konzerten und liebte es, als Frau des Leadsängers im Mittelpunkt zu stehen. Sie hatte immer schon einen Hang zur Selbstinszenierung, aber ich war blind vor Liebe. Ich habe ihre schlechten Seiten erst nicht erkannt, und sie hatte auch durchaus ein paar gute." Er trank seinen Wein aus und schenkte sich nach. Ein trauriges Lächeln huschte über seine Lippen.

„Wir hatten mit der Band einige eigene Songs aufgenommen. Flo ist ein guter Songwriter. Dann bekamen wir das Angebot für einen Plattenvertrag.

Jenny, meine Frau, war total außer sich. Sie wollte Bastian, den Rockstar, das war ihr Traum. Als Juristin verdiente sie genug, dass wir auch über schlechtere Zeiten hinweggekommen wären, also drängte sie mich zur Zusage. Aber wir wollten nicht. Thorsten hatte gerade eine Beziehung mit meiner Schwester angefangen und wünschte sich eine Familie. Flo wollte das Band-Ding auch lieber als Hobby weiterführen, denn er traute uns einen dauerhaften Erfolg nicht zu. Rick schwankte, aber dann starb sein Vater und er übernahm dessen Schreinerei.

Ich liebte es, Materialwissenschaftler in der Firma meines Vaters zu sein und wollte das nicht aufgeben. Also entschieden

195

wir uns alle dagegen. Jenny war sauer. Sie warf mir vor, ein Langweiler zu sein, und unsere Beziehung wandelte sich."

Tommy schnaubte verächtlich: „So eine Kuh."

Die anderen nickten bekräftigend. Bastian schüttelte niedergeschlagen den Kopf.

„Das war noch nicht das Schlimmste. Ich wollte sie nicht verlieren, immerhin liebte ich sie. Um die Beziehung zu festigen, baute ich uns in Oberstemmenreuth ein Haus. Aber es nützte nichts mehr, sie entfernte sich immer weiter von mir.

Sie mochte Oberstemmenreuth nicht und wollte wieder nach Bayreuth, aber ich musste bleiben, schließlich hatte ich einen Job, der mir wirklich Spaß machte. Mein Vater wollte mich als Nachfolger in seiner Firma aufbauen. Und meine ganze Familie und Freunde waren ja dort. Also stritten wir immer öfter. Bis sie mir eines Tages eröffnete, dass sie ein Verhältnis hatte, und die Scheidung wollte."

Alle hielten den Atem an. Keiner konnte fassen, dass irgendjemand diesen Mann betrügen wollen würde. Maike sah es den Ladys an, sie waren schockiert. Aber sie ahnte, wie die Geschichte endete, hatte sie doch Teile davon schon mal gehört. Und sie hatte recht.

„Ich zog sofort aus und ging in die Firmenwohnung im Betrieb. Dort blieb ich, bis sie sich eine Wohnung gesucht hatte und ausgezogen war. Sie ließ sich fast ein halbes Jahr Zeit, denn sie meinte, sie wolle nach Bayreuth zurück und ihr Neuer müsste dort erst einen Job finden.

Ich war wütend, aber ich ließ es mir gefallen. Schließlich musste ich sie zur Hälfte beim Haus auszahlen und wir konnten endlich geschieden werden. Das befreiende Gefühl nach dem Verlassen des Gerichtsgebäudes hielt allerdings nur so lange, bis ich sah, wer da auf Jenny wartete. Es war Rainer."

Kollektiver Aufschrei. Mit entsetzten Blicken musterten ihn alle, bis er weitersprach.

„Sein größter Schlag gegen mich. Er hatte mir die Frau genommen und auch noch den halben Wert meines Hauses. Er ging als Sieger vom Platz, zum ersten Mal. Ich weiß nicht, ob er von Anfang an wusste, dass Jenny meine Frau war, aber es muss ein toller Moment für ihn gewesen sein, als er es herausfand."

Marcel strich sich eine Träne aus den angeklebten Wimpern. Keiner sprach ein Wort. Langsam drehte Bastian den Kopf zu Maike und blickte ihr tief in die Augen, eher er weitersprach.

„Ich habe beide nicht wieder zusammen gesehen, erst beim Basketballspiel. Da ist was bei mir durchgebrannt. Ich dachte, dass ich darüber hinweg bin, aber mein Stolz hat wohl doch schweren Schaden davongetragen. Da hab ich deine Hand genommen, um ihnen den Unverletzten vorzuspielen. Und vielleicht auch, um ihnen nicht wie damals beim Gericht allein entgegentreten zu müssen. Es tut mir wirklich leid."

Ihre Augen brannten und der Kloß in ihrem Hals ließ sie kaum atmen. Sie konnte nichts sagen. Ihn nur ansehen. Und er sah sie an, endlose Sekunden. Ein stilles Zwiegespräch, an dessen Ende alles stehen konnte. Aber es kam zu keinem Ende, denn die Türklingel unterbrach sie und ließ den Moment zerplatzen.

Maike wusste, dass er auch nicht so schnell zurückkommen würde, also sprang sie auf und ging zur Tür, um den Pizzaboten in Empfang zu nehmen. Sie floh regelrecht aus dem Wohnzimmer. Ihre Gefühle drohten sie sonst zu überwältigen.

Sie stellte die Pizzakartons auf dem Wohnzimmertisch ab und setzte sich wieder. Die Ladys stürzten sich wie eine Horde hungriger Wölfe auf den Inhalt, während Bastian und sie einen Moment still und in Gedanken versunken dasaßen. Sie fühlte seine Anspannung, er war kurz davor, etwas zu sagen. Aber er tat es nicht.

Stattdessen nahm er sich ein Stück Pizza aus dem Karton, den Dominik ihm hinhielt. Auch Maike angelte sich eines, obwohl sie keinen Hunger hatte. Es war eher ein Alibistück.

Schmatzend sagte schließlich Tommy: „Sei froh, dass du die Alte los bist. Die war nichts für dich."

Bastian lächelte schief.

„Ja", pflichtete Marcel Tommy bei. „Du hast hoffentlich daraus gelernt."

„O ja", sagte Bastian. „Ich bin seither nicht mehr als Leadsänger aufgetreten. Ich wollte nie der Star der Band sein, das ist ein Teamding. Jenny hatte mich auf einen Thron gehoben, auf dem ich nie sitzen wollte. Rick und ich haben dauerhaft die Plätze getauscht."

„Würdest du noch mal zurücktauschen und singen? Irgendwann? Um 'ne Frau zu beeindrucken, zum Beispiel?", fragte Tommy mit einem schnellen Seitenblick auf Maike.

Die war kurz davor, ihrem Freund eine reinzuhauen. Noch auffälliger ging es wohl nicht. Bastian schien den Blick nicht bemerkt zu haben. Er zuckte die Schultern.

„Vielleicht. Für die Richtige."

Endlich begannen die Ladys, wieder über ihr geplantes Programm zu diskutieren, und die Stimmung wurde erneut etwas ausgelassener. Keiner ging mehr auf Bastians Geschichte ein und Maike war froh darüber. Und sie war erleichtert, als Bastian schließlich aufstand und meinte, dass er sich nun auf den Weg ins Hotel machen würde.

Auch die Ladys waren dem Aufbruch nah, da sie am späten Abend wieder einen Auftritt hatten. Sie verabschiedeten sich mit viel Getöse von Bastian und Dominik ließ es sich nicht nehmen, ihm zum Abschied fest an den Hintern zu packen. Dafür kassierte er von Maike einen Schlag gegen die Schulter. Bastian lachte nur.

„Basst scho."

Das brachte Maike zum Grinsen.

„Wie ist deine Antwort?", fragte er schließlich, als sie allein an der Wohnungstür standen. „Wirst du morgen mit mir zurückfahren?"

„Bleibt mir etwas anderes übrig?", stellte sie die Gegenfrage.

„Nein, eigentlich nicht." Ein freches Grinsen breitete sich auf seinem Gesicht aus.

„Das Argument, dass ich meinen Kollegen dann nicht unter die Augen treten müsste, war das Entscheidende", antwortete sie. „Ich komm mit."

„Super", rief er sichtlich erfreut. „Ich hol dich gegen neun ab. Ist das okay?"

„Ja, ist okay."

„Dann bis morgen, Maike."

„Bis morgen, Bastian."

Sie blickte ihm nach, als er die Treppen hinunterstieg, und atmete erst wieder, als sie die Haustür ins Schloss fallen hörte.

Pünktlich um neun Uhr klingelte es an der Tür. Maike schloss gerade ihren Koffer. Am Abend hatte sie noch eine weitere Maschine Wäsche gewaschen und getrocknet. Sie hoffte, dass sich die Nachbarn nicht im Nachhinein bei Tommy beschwerten, aber die meisten Bewohner des Hauses waren Studenten und sehr tolerant, wenn man es ihnen gegenüber auch war. Den Rest des Koffers hatte sie mit Dreckwäsche gefüllt, die sie in Oberstemmenreuth waschen wollte.

Viel geschlafen hatte sie nicht. Ihre Gedanken waren dermaßen gerast, dass sie nicht zur Ruhe gekommen war. Ihr war zu viel im Kopf herumgegangen. Erst als sie den Schlüssel im Schloss gehört hatte, als Tommy in den frühen Morgenstunden nach Hause gekommen war, war sie in einen unruhigen, kurzen Schlaf gefallen.

Sie fühlte sich wie vom Laster überfahren, was allerdings vielleicht auch am Wein gestern lag. Laut seufzend ging sie zur Tür, um Bastian reinzulassen.

Er lächelte sie warm an, als sie die Tür öffnete. Die Schmetterlinge tanzten wild und sie lächelte zurück. Sie wusste nicht, was noch zwischen ihnen passieren würde, aber sie war bereit, es herauszufinden.

„Bist du fertig?", fragte er.

„Ja, gleich. Geh kurz in die Küche. Willst du einen Kaffee?"

„Ja. Gern."

Er ging an ihr vorbei zur Küche. Sie folgte ihm und schaltete die Kaffeemaschine an. Schweigend sah er sich um, während er auf den Kaffee wartete. Sie beobachtete ihn mit klopfendem Herzen.

Sie sah ihn gern an, das hätte sie stundenlang machen können. Da riss sie das Piepen der Maschine aus ihren Gedanken.

„Hier, dein Kaffee. Ich komm gleich. Da ist übrigens deine Krawatte. Die liegt da immer noch."

Er grinste und ließ sich auf dem Küchenstuhl nieder.

„Diesmal nehm ich sie mit."

Er knüllte sie zusammen und stopfte sie sich in die Jeans. Er hatte die gleichen Sachen an wie am Vortag und Maike war froh darüber. Er schüchterte sie etwas ein mit den

Businessklamotten. Dann wirkte er immer so distanziert auf sie, als müsste er eine ernste Rolle spielen. Seit gestern war Maike klar, dass die nicht seiner eigentlichen Persönlichkeit entsprach. Der Bastian von gestern kam dem näher. Auch der Bastian der Wald-Geschichte passte eher zu seinem wirklichen Wesen. Dieser Bastian hatte nichts Einschüchterndes und Distanziertes, er war warmherzig und lustig, gesellig und selbstironisch.

In diesen Bastian hatte sie sich rettungslos verliebt.

Schnell verließ sie die Küche, ging in ihr Zimmer und packte ihre restlichen Sachen ein. Da klingelte ihr Handy. Tamara. Die war an diesem Wochenende bei einem Yogaseminar. Weil sie dort ihr Handy kaum benutzen konnte, hatte ihr Maike noch am Abend lange Textnachrichten mit der aktuellen Entwicklung von der Bastian-Front geschrieben. Inklusive ihrer Entscheidung, nach Oberstemmenreuth zurückzukehren.

„Hey, Maike! Ich hab nicht lange Zeit, hab gleich meinen Pranayama-Kurs. Ich wollte dir nur viel Glück wünschen."

„Danke dir! Was sagst du dazu? Verrenne ich mich in was? Ich habe einfach das wahnsinnige Bedürfnis, in seiner Nähe zu sein. Auch wenn die Geschichte nicht gut ausgehen sollte. Ich meine, hätte ich Nein gesagt, wäre sie jetzt schon vorbei."

„Dann hast du doch deine Antwort", meinte Tamara ruhig. „Ist doch egal, was deine Kollegen denken, wenn du eh kündigen wirst. Ob du mit ihm zusammenkommst oder nicht, spielt im Moment keine Rolle. Jetzt zählt, dass er dich um sich haben will und du ihn. Pack dein Zeug und dann ab!"

„Okay, danke. Ich hab dich lieb, Tamara. Ich melde mich."

„Ich hab dich auch lieb. Und ich erwarte regelmäßige Berichterstattung."

Das erleichterte Maike. Den Zuspruch hatte sie gebraucht. Entschlossen schnappte sie ihren Koffer und die Reisetasche und verließ ihr Zimmer. In der Küche stieß sie neben Bastian auf Tommy, der sich verschlafen an der Kaffeemaschine zu schaffen machte. Sie umarmte ihn zum Abschied fest.

„Mach's gut, Tommy."

Er küsste sie auf die Wange und drückte sie an sich.

„Alles Gute", flüsterte er ihr leise ins Ohr.

Sie lächelte und wandte sich dann Bastian zu, der etwas abseitsstehend die Szene beobachtet hatte. Da klingelte es an der Tür.

Bastian sagte: „Ich mach auf, wenn's recht ist, bin ja am nächsten dran."

Maike, die sich gerade wieder ihren Taschen zuwenden wollte, und Tommy, der verschlafen gähnte, nickten ihm zu. Wahrscheinlich ein Nachbar, der sich Eier borgen wollte oder so.

„Wer sind Sie denn?", kam es ungehalten aus dem Hausflur, bevor Bastian ein Wort der Begrüßung sagen konnte. Maike rutschte das Herz in die Hose, als sie die Stimme erkannte.

Bastian antwortete kalt: „Langmaier. Und wer sind Sie?"

„Koch, Thomas. Ist Frau Kellermann zu sprechen?"

Bastian warf Maike an der geöffneten Tür vorbei einen fragenden Blick zu. Maike war erschüttert. Warum tauchte der ausgerechnet jetzt auf? Aber sie rang sich zu einem Nicken durch.

Bastian öffnete daraufhin die Tür so weit, dass Maike ihren Ex-Freund im Türrahmen stehen sehen konnte.

„Was machst du hier, Thomas?", fragte sie.

„Warum gehst du nicht ran, wenn ich dich anrufe?", kam sogleich die Gegenfrage.

Thomas sah irgendwie zerstört aus. Seine hellbraunen Haare, die sonst immer makellos frisiert waren, standen ihm zu allen Seiten vom Kopf ab. Was bei Bastian, der heute Morgen auch keinen Kamm benutzt zu haben schien, sexy wirkte, machte bei Thomas einen eher erbärmlichen Eindruck. Maike war von sich selbst überrascht, dass sich ihre Gefühle zu ihrem Ex so radikal geändert zu haben schienen.

Der begann nun, sich an Bastian vorbei in den Flur zu quetschen. Er war etwas größer und schmaler als Bastian und Maike konnte auf die verringerte Distanz Rasierwasser und auch eine Spur von Alkohol riechen.

„Überlass mir bitte selbst, zu entscheiden, welchen Anruf ich annehme", spie sie ihm förmlich entgegen. „Was ist denn so dringend, dass du dich extra herbemüht hast?"

Tommy war neben sie getreten und musterte die Situation irritiert, aber auch amüsiert.

Thomas drehte sich wütend zu Bastian um, der ihm mit verschränkten Armen den Weg zur Tür hinaus versperrte.

„Könnten Sie mich vielleicht unter vier Augen mit meiner Freundin reden lassen?", fragte Thomas mit vor unterdrückter Wut zitternder Stimme zu Bastian.

„Nur, wenn sie das auch will", war Bastians ruhige Antwort.

„Nein. Bleib da, Bastian. Ich habe Thomas nichts zu sagen."

„Ist das dein Neuer?" Thomas deutete bebend auf Bastian, der ungerührt zu bleiben schien.

„Geht dich nichts an, Thomas. Was willst du? Dich entschuldigen? Dass du mich nicht ernst genommen hast während unserer Beziehung? Dass du mich für meine Herkunft insgeheim verabscheut hast?"

„Ja. Das alles!", brach es aus Thomas heraus. „Mir war nicht klar, wie viel dir dein Job bedeutet. Und ... wie viel *du mir* bedeutest. Ich will dich wiederhaben! Ich verspreche auch, dich in Zukunft immer zu unterstützen und ..."

Er brach ab. Gut so, sie wollte nicht mehr hören.

Er hatte sie und ihre Bedürfnisse nie für voll genommen und das würde er auch in Zukunft nicht tun. Niemand konnte sich so vollständig ändern, auch nicht aus Liebe oder Reue. Sie wollte sich nicht mehr verstellen und in ihrem Privatleben Rollen spielen. Sie wollte sie selbst sein, mit allen Schwächen. Vor allem gegenüber ihrem Partner. Das hatte sie aus der Trennung von Thomas gelernt.

„Nein, Thomas, das will ich nicht. Ich danke dir für unsere gemeinsame Zeit, aber eine Zukunft für uns wird es nicht geben."

Langsam zerflossen Thomas' Gesichtszüge. Sie sah Schweiß auf seine Stirn treten. Er machte eine geradezu beängstigende Verwandlung durch.

„Warum dein plötzlicher Sinneswandel? Bist du ein paarmal abgeblitzt? Hast du deinen Job verloren?", setzte sie nach. Sie wusste, dass das grausam war, aber diese Spitze musste sie doch loswerden.

Thomas wurde kreidebleich und schwieg. Da ging Maike plötzlich ein Licht auf. „Du hast deinen Job verloren!", stieß sie triumphierend hervor. „Ich wusste es! Du willst gar nicht mich. Du willst mein Geld! Du willst deinen sozialen Status nicht riskieren und nimmst lieber eine Frau in Kauf, die beruflich erfolgreicher ist als du, als dein Gesicht zu verlieren."

Thomas ballte die Fäuste. Gefährliche Schwingungen breiteten sich von ihm aus. Auch Bastian schien es zu merken. Mit sanfter Stimme begann er, auf Thomas einzureden.

„Hey, Kumpel, komm mal runter. Du bist doch sicher ein schlauer Typ, du findest schon 'ne neue Arbeit. Und sich aushalten zu lassen, das passt doch nicht zu dir, oder? Du bist doch ein Macher, Mann. Das hab ich gleich gemerkt."

Seltsamerweise schienen Bastians Worte eine beruhigende Wirkung auf Thomas zu haben. Das Beben ließ nach und seine Fäuste öffneten sich etwas. Auch Tommy sprang mit auf den Zug auf.

„Klar, Thomas! Er hat recht! Du brauchst keine Frau, um erfolgreich und angesehen zu sein. Du machst das schon!"

Sanft drängten Bastian und Tommy ihn im Schneckentempo zurück zur offenen Wohnungstür. Und dann stand er draußen im Treppenhaus und Bastian klopfte ihm freundschaftlich auf die Schulter.

„Ich wünsch dir alles Gute, Mann! Du packst das. Aber lass Maike in Frieden, ja?"

„Ich hab sogar bei deinen Eltern angerufen, um mich nach dir zu erkundigen", wagte Thomas noch einen letzten Versuch.

„Sogar. Hm. Interessante Wortwahl", sagte Maike mit vor Wut bebender Stimme. „Weißt du, Thomas, Sozialbau scheint nichts für dich zu sein. Such dir jemanden in deiner Kategorie."

Eiskalte Flammen schossen durch Maikes Körper, als sie energisch die Tür vor seiner Nase zuwarf. Wütend wandte sie sich zur Küche um.

„Sorry, ich muss rasch ein Glas Wasser trinken, bevor wir fahren. Zum Runterkommen."

Schweigend folgten ihr Bastian und Tommy in die Küche und sahen ihr dabei zu, wie sie drei Gläser Leitungswasser hintereinander runterstürzte.

„Meint ihr, er ist weg?", fragte sie atemlos.

„Denke schon", sagte Tommy.

„Wenn nicht, ich bin ja dabei", sagte Bastian leise.

Maike gab sich einen Ruck und stieß sich schwungvoll von der Küchentheke ab, an der sie gelehnt hatte.

„Auf geht's. Ich muss allerdings noch kurz im Büro vorbei und meine Unterlagen holen."

203

„Kein Problem. Tommy, mach's gut. Danke für deine Gastfreundschaft. War toll mit euch!"

Bastian reichte Tommy die Hand, zog ihn dann an sich und klopfte ihm in freundschaftlicher Umarmung fest auf die Schulter. Tommy erwiderte Bastians Geste lachend.

„War auch toll mit dir. Lass dich mal wieder blicken! Bist bei uns immer willkommen."

Bastian löste sich lächelnd aus der Umarmung und griff nach Maikes Koffer. Gemeinsam verließen sie die Wohnung. Thomas war weg. Maike wunderte das nicht: Er war nie der Kämpfertyp gewesen, eher ein Maulheld.

Zusammen trugen sie Maikes Taschen zum Hotelparkplatz, auf dem noch Bastians BMW stand. Sie luden ihre Sachen in den Kofferraum des Wagens und stiegen ein. Maike lotste Bastian durch die Stadt zur Tiefgarage ihrer Arbeitsstelle, verließ den Wagen und hastete nervös zum Aufzug. Sie hoffte, dass sie niemandem begegnete, das würde sie nach der Szene gerade nicht gut verkraften. Aber sie hatte Glück, heute war sie allein.

Schnell suchte sie ihre Sachen zusammen und schrieb Herrn Kaiser eine E-Mail, in der sie ihren Schritt erläuterte und ankündigte, die Firma nach Beendigung des Auftrages verlassen zu wollen. Sie hielt es für fair, ihn rechtzeitig darüber zu informieren. Sie fügte hinzu, dass sie ihn im Laufe der Woche dazu noch mal anrufen wolle, um ihm ihre Entscheidung persönlich zu erklären.

Wieder in Bastians Auto stieß sie einen tiefen Seufzer der Erleichterung aus. Sie hatte sich die ganze Woche so unwohl in der Firma gefühlt, jetzt würde sie sie nur noch zur Übergabe der schriftlichen Kündigung und der Verabschiedung sehen. Hoffentlich schaffte sie es, vorher einen neuen Job klarzumachen. Aber jetzt gerade war sie einfach nur erleichtert.

Bastian hatte sie schweigend gemustert und fragte nun: „Alles in Ordnung?"

„Ja, alles gut. Fahr los, damit ich schnellstmöglich Abstand zwischen mich, Thomas und das Gebäude hier bekomme."

Er lächelte und antwortete, das Auto startend: „Zu Befehl. Ihr Taxi nach Bayern ist abfahrbereit."

Da Sonntag war, kamen sie gut durch die Stadt auf die

Autobahn und verließen den Dunstkreis von Frankfurt zügig. Ruhig und gleichmäßig rauschten der Motor und die Räder auf dem Asphalt und sie merkte, wie sie immer schläfriger wurde. Das Radio spielte leise und angenehm über die Hintergrundgeräusche hinweg und schließlich forderten die durchwachten Nächte der letzten Woche ihren Tribut.

„Maike? Wir sind da."

Wer sprach da? Verschlafen öffnete sie die Augen und erschrak, als sie Polytech vor sich auftauchen sah. War sie eingeschlafen? Hatte sie die ganze Fahrt über geschlafen? Großer Gott! Hoffentlich hatte sie nicht gesabbert. Oder im Schlaf gesprochen! Sie war sich sicher, von Bastian geträumt zu haben.

Lachend lenkte er den Wagen auf den Parkplatz und stellte den Motor ab. „Na, da warst du ganz schön müde. Du hast fast drei Stunden geschlafen."

Schockiert sah Maike ihn an. Das war ja peinlich. Und so schade. Sie war unbeschreiblich enttäuscht darüber, die ganze Fahrt mit ihm verschlafen zu haben. Er schien jedoch nur amüsiert. Grinsend schnallte er sich ab und stieg aus. Immer noch verwirrt und benommen folgte sie ihm und zusammen trugen sie ihre Sachen in die Wohnung. Er stellte den Koffer in ihrem Flur ab und wandte sich dann zum Gehen.

„Danke, Bastian", sagte Maike.

Er blieb in der Tür stehen und drehte sich langsam zu ihr um. Seine Silhouette wurde von hinten im hellen Türrahmen angestrahlt. Sein Gesicht lag im Schatten, aber sie konnte seinen Blick spüren.

„Ich freue mich, dass du wieder da bist, Maike."

Er drehte sich um und zog die Tür hinter sich ins Schloss. Maike blieb mit ihren Hitzewallungen allein im dunklen Flur zurück.

Nachdem sie ihre Sachen ausgepackt hatte, zog sie die Balkontür ihres Schlafzimmers auf und betrat die Dachterrasse. Der Geruch des Waldes war heute intensiv und würzig. Die Fichten rauschten laut, als ein warmer Wind durch sie hindurchfuhr und Maike willkommen hieß. In ihr breitete sich eine unerwartete Vertrautheit aus. Der Anblick des Waldes beruhigte sie.

Sie mochte ihn. Sie hatte ihn vermisst.

Kapitel 15

„Ich freue mich sehr, dass Sie wieder da sind, Frau Kellermann. Und dass diese dumme Geschichte geklärt werden konnte. Es ist uns allen riesig peinlich gewesen."

Alois Langmaier empfing sie im Erdgeschoss, als sie sich am Montagmorgen gerade auf den Weg zu Bastians Büro machen wollte, um zu sehen, ob er schon da war. Sie hatten gar nicht darüber gesprochen, ob sie wieder das ehemalige Sekretariat beziehen und wie die weitere Zusammenarbeit aussehen sollte.

„Mir ist das auch wahnsinnig peinlich, Herr Langmaier. Es lag mir fern, dass meine Anwesenheit solchen Wirbel verursacht. Wegen mir haben Sie Ihre Sekretärin verloren."

Sie deutete auf den verwaisten Empfangsplatz. Er winkte brüsk ab.

„So eine Person hat nichts bei uns zu suchen. Wer weiß, was sie noch alles veranstaltet hat, ohne dass wir es mitbekommen haben. Ihr war nicht zu trauen, im Nachhinein betrachtet. Eine Schande. Ich hoffe, dass mein Sohn mit Ihren Vorgesetzten alles hat klären können."

„O ja, ich wurde rehabilitiert. Danke, dass Sie ihn geschickt haben."

„Das habe ich gar nicht. Ich wusste nicht, dass er auf eigene Faust nach Frankfurt aufgebrochen ist. Er hat mich erst von unterwegs darüber informiert. Aber ich bin froh, dass er es gemacht hat. So haben wir Sie wieder und Sie haben keine Probleme mehr mit Ihrem Arbeitgeber."

Sie versuchte ein freundliches Lächeln, aber es wollte ihr nicht gelingen. Sie würde es noch etwas hinauszögern, dem Senior von ihren Zukunftsplänen ohne Kaiser & Locke

206

zu berichten. Was sich allerdings tief in ihrem Gehirn festsetzte, war der Gedanke, dass Bastian von sich aus zu ihrem Chef gefahren war. Sein Vater hatte es nicht von ihm verlangt, es gar nicht gewusst. Ihr wurde wohlig warm.

Als sie im Augenwinkel eine Bewegung im Eingangsbereich wahrnahm, wurde ihr vor Nervosität noch wärmer. Bastian war gerade hereingekommen. Wieder ganz in Anzug, aber ohne Krawatte. Sie lächelte ihm breit entgegen und wurde sofort enttäuscht: Er verzog keine Miene, ließ nur einen kühlen Blick über sie gleiten.

Bei ihnen angekommen, sagte er ernst: „Hallo, Papa. Guten Morgen, Frau Kellermann."

Oh. Dann war die Du- und Maike-Zeit wohl vorbei. Der Kloß in ihrem Hals wanderte in ihren Magen.

So sachlich wie möglich antwortete sie: „Guten Morgen, Herr Langmaier. Wo kann ich Quartier beziehen? Wieder im ehemaligen Sekretariat?"

„Natürlich. Wo sonst?"

Wo sonst? Was war denn mit dem heute los? Sie bemühte sich, schnellstmöglich aus der Situation zu kommen, und verabschiedete sich kurz und knapp von den beiden Langmaiers. Hastig ging sie mit ihrer Laptoptasche auf ihr Büro zu und schloss energisch die Tür hinter sich. Während sie den Laptop aufbaute, atmete sie schwer und strich sich wütend eine Träne der Enttäuschung aus dem Augenwinkel.

Dieses Arschloch. Wieso hatte er sie zurückgeholt, wenn er sie dann so unfreundlich abservierte? Was sollte das? Machte er sich über sie lustig? Testete er seine Aufreißerfähigkeiten an ihr? Sie bereute es zutiefst, dass sie mit zurückgekommen war.

Den ganzen Tag konnte sie sich kaum auf die Arbeit konzentrieren. Gegen Abend klopfte es schließlich an ihrer Bürotür.

„Herein!"

Bastian Langmaier trat ein. Ihr Herz setzte einen Moment aus, aber dann spürte sie Wut in sich aufsteigen. Was wollte der jetzt?

„Haben Sie alles, was Sie brauchen?"

Ähm. Nein?!

„Ja, alles da", antwortete sie kühl, ohne aufzusehen.

„Dann ist ja gut. Ich ... bin dafür, die ... Vertraulichkeiten zwischen uns ruhen zu lassen, bis Sie das Projekt abgeschlossen haben. Es soll niemand einen falschen Eindruck bekommen."

So, falsch also. Sie war kurz davor, ihm die blauen Augen auszukratzen. Sie hatte sich von ihm einwickeln lassen und jetzt saß sie hier fest. Zurück in ihre Firma konnte sie nicht mehr, die würden sich kaputtlachen oder sie davonjagen.

„Frau Kellermann? Ist alles in Ordnung?"

„Ja. Danke für Ihre Offenheit." Arschloch. „Ich muss jetzt aber noch ein bisschen was arbeiten, damit ich diesen Auftrag auch endlich abschließen kann."

Kaum hatte er schweigend das Zimmer verlassen, öffnete sie ihren Internetbrowser, um weiter nach einer neuen Arbeitsstelle zu suchen.

Drei Wochen gingen ins Land und Maike erarbeitete stur und zügig ihre Untersuchungsergebnisse. In drei Tagen würde die Abschlusspräsentation stattfinden und dann wäre sie weg.

Sie hatte mittlerweile vier Termine zu Vorstellungsgesprächen in den nächsten zwei Wochen, also wollte sie hier so schnell wie möglich fertig werden, um sich darauf vorzubereiten.

Der einzige Lichtblick der vergangenen Wochen war Resi, die überglücklich gewesen war, dass Maike zurückgekommen war. Sie hatten lang und breit über Frau Bauer gelästert und Maike hatte sich etwas besser gefühlt. Aber die Situation mit Bastian hatte sich seit ihrem ersten Zusammentreffen nicht verändert, geschweige denn verbessert. Er behandelte sie kühl und distanziert und sie tat es ihm gleich.

Mittlerweile hatte sie sich mit dem Gedanken abgefunden, dass es zwischen ihnen nichts werden würde. Aber das Leben ging weiter und ihre Tränen waren längst getrocknet.

An diesem Abend hatte sie es sich mit ihrem Laptop im Wohnzimmer auf der Couch gemütlich gemacht. Sie steckte gerade in der Erstellung der Diagramme für die Präsentation und den Bericht, als es an ihrer Wohnungstür klopfte. Das war sicher Resi, die wollte am Abend vorbeikommen, um mit ihr über eine kleine Abschiedsparty zu sprechen. Sie wollte mit ihr schick essen und dann tanzen gehen, aber sie hatten noch nicht ausgemacht, wann und wo das stattfinden sollte. Maike legte den Laptop zur Seite und ging zur Tür.

Draußen stand tatsächlich Resi. Die Tür zum Labor hinter ihr war offen und Licht brannte darin. Dann war sie wohl kurz von einem Besuch bei Bastian bei ihr vorbeigekommen.

„Hi!", begrüßte Resi sie fröhlich. „Ich wollte mit dir den Samstagabend besprechen. Wie schaut's aus? Bock auf Essen gehen und tanzen?"

„Ja, sicher. Komm doch einen Moment rein, du musst nicht hier draußen stehen."

„Och, das macht mir nichts. Ich ... muss eh gleich wieder los."

Maike hatte das Gefühl, dass ihr Resi irgendwas vorzuspielen versuchte, aber sie kam nicht drauf, was das sein sollte. Sie wirkte nervös und fahrig, was sonst so gar nicht ihre Art war.

„Ist alles okay bei dir? Bist du im Stress?", fragte Maike.

„Ja, richtig, im Stress! Laura kränkelt etwas. Da will ich schnell wieder zurück."

„Ach so. Schade. Drück sie von mir."

„O ja, das mach ich. Sie mag dich wirklich sehr. Sie redet dauernd davon, was du für schöne Haare hast und dass sie mal so hübsch wie du werden will."

„Gott, da werd ich ja richtig rot."

Das wurde Maike wirklich. Wie süß die Kleine war! Aber hoffentlich hatte Bastian das drüben im Labor nicht mitbekommen.

„Sie fragt Basti ständig, wann er dich wieder mitbringt."

Puh. Sie wurde noch röter und verkniff sich die Frage, was Bastian dazu gesagt hatte. Auch wenn es sie brennend interessierte.

„Samstag hol ich dich um 18 Uhr ab, dann gehen wir Pizza essen und anschließend", sie zögerte kurz, „zum Tanzen."

„Geht das bei euch immer so früh los? Bei uns in Frankfurt braucht man vor Mitternacht gar nicht in irgendeinen Klub zu gehen."

„Ist auch eher ein Fest."

Resi nestelte nervös an ihrem Ärmel. Maike verstand nicht, was heute mit ihr los war. Sonst war sie nicht so. Da musste Laura aber ganz schön krank sein, dass es Resi derart aus der Bahn warf.

„Fest ist auch okay. Wird da gute Musik gespielt? Oder nur Volksmusik?"

„Was hältst du von uns! Nur weil wir in der Provinz wohnen, heißt das nicht, dass wir nicht zu feiern verstehen." Resi lachte laut auf. Im Labor klirrte es leise. „Glaub mir, wenn dir Ricks Party gefallen hat, gefällt dir das Fest auch."

„Überzeugt!" Maike grinste.

„Dann bis Samstag!"

„Ja, bis Samstag! Mach's gut!"

„Du auch", meinte Resi.

Als Maike die Tür schließen wollte, sah sie, dass Resi nicht, wie erwartet, den Gang entlang verschwand, sondern ihn überquerte und die Labortür hinter sich zuzog.

Sehr seltsam. Na, vielleicht hatte sie drüben etwas vergessen.

Maike dachte nicht weiter darüber nach und machte es sich mit ihrem Laptop wieder auf der Couch bequem.

♦

Die Abschlusspräsentation vor den beiden Herren Langmaier war für den Freitagvormittag angesetzt. Maike war ziemlich nervös. Sie hatte sich lange und intensiv darauf vorbereitet, schließlich musste sie nicht nur positive, sondern auch solche Nachrichten überbringen, die der eine oder andere negativ auffassen konnte. Sie konnte es nicht einschätzen, so oft sie die Situation auch in den letzten Tagen gedanklich durchgegangen war.

Maike hatte den Besprechungsraum vorab für ihre Präsentation hergerichtet. Sie hatte den firmeneigenen Beamer aufgebaut und ihren Laptop damit verbunden, außerdem ihren Abschlussbericht ausgedruckt und die Plätze der Langmaiers mit allerlei Getränken, Gebäck und Kaffee bestückt. Da im Moment keine Sekretärin zur Verfügung stand, hatte sie das alles selbst übernommen.

Für sich hatte sie kein Transkript vorbereitet. Sie würde frei

210

sprechen, denn dann konnte sie am besten Reaktionen erkennen und darauf eingehen. Auch wenn sie Angst davor hatte.

Pünktlich zur verabredeten Uhrzeit trafen Senior und Junior ein. Jetzt galt es. Der Einstieg musste klappen. Sie erhob sich von ihrem Platz.

„Ich freue mich, Ihnen heute die Ergebnisse meiner Arbeit präsentieren zu dürfen. Sie haben unser Büro engagiert", kleiner Blick zu Alois Langmaier, „um eine Standortbestimmung vorzunehmen. Wo steht die Firma? Wie steht sie da? Und vor allem: Wie wird sie zukünftig dastehen?"

Bastian sah auf die vor ihm auf dem Tisch gefalteten Hände. Dann hob er plötzlich den Kopf, blickte ihr tief in die Augen und schenkte ihr ein aufmunterndes, warmes Lächeln, das Maike regelrecht euphorisch werden ließ. Sie fing sich schnell wieder und fuhr fort.

„Sie haben diese Firma aus dem Nichts erschaffen, in einer Region, die nicht zu den stärksten Wirtschaftsstandorten gehört. Dafür kann ich Ihnen nicht nur meinen Respekt zollen, sondern auch konkrete Zahlen nennen."

Sie begann, die Analyse der vergangenen Jahrzehnte anhand von Diagrammen und Tabellen zu erläutern. Letztlich hatte sie sich alle verfügbaren Bilanzen angesehen und die gesamte Firmengeschichte ausgearbeitet, um ihre Argumente untermauern zu können.

„Sie sehen also, für die Firma gab es, bis auf eine kleine Krise Anfang der Neunzigerjahre, eine stabile und stete Weiterentwicklung. Heute steht Polytech gut im Markt. Und nicht nur das: Seit einigen Jahren, genauer gesagt, seit Herr Bastian Langmaier in die Firma eingetreten ist, verzeichnet Polytech einen Zuwachs an heterogener Kundenstruktur. Das geht meines Erachtens auf die Vielzahl an Innovationen zurück, die durch seine Entwicklungsarbeit entstanden sind."

Alois Langmaier warf seinem Sohn einen stolzen Blick zu, den der mit einem leichten Lächeln erwiderte.

„Diese Innovationsfähigkeit kann Ihnen in den nächsten Jahren dauerhaft einen stabilen Grundstock an Kunden erhalten. So ist meine Einschätzung."

Soweit die guten Nachrichten. Jetzt kam sie langsam zum unangenehmen Teil. Sie trank einen Schluck Wasser, räusperte sich und fuhr dann fort.

„Sie gaben mir Gelegenheit, mit Ihren Mitarbeitern zu sprechen. Ich habe mir aus jeder Abteilung mindestens einen oder eine vorgenommen und mit ihnen über ihren Arbeitsplatz, ihre Einschätzung der Arbeitsplatzsicherheit, ihre Zufriedenheit und ihre Einschätzung zur Zukunft der Firma gesprochen. Auch wenn es nicht immer leicht war, die Menschen zum Gespräch zu motivieren", Alois Langmaier lachte auf, „ist es mir doch gelungen, die Interviews auf einige Kernaussagen mit hohem Übereinstimmungsgehalt unter den Kollegen einzudampfen."

Sie blendete ein Kuchendiagramm ein und begann, besagte Kernaussagen durchzugehen.

„Die Zufriedenheit ist in Ihrer Firma überdurchschnittlich hoch. Das kann an dem Erfolg oder der familiären Struktur liegen, aber auch daran, dass die beruflichen Perspektiven für die hiesige Bevölkerung bisweilen schwierig sein können. Man ist zufrieden mit der Arbeit und wünscht sich, dass dieser Erfolg bestehen bleibt.

Weiterhin konnte ich keine strukturellen Probleme ausmachen. Bis auf Lager und Versand, bei denen eine zusätzliche Arbeitskraft sinnvoll wäre, da durch effektivere Herstellung immer schneller mehr Produkte zu verschicken sind, sind Ihre Mitarbeiter gut auf die einzelnen Abteilungen aufgeteilt."

Sie atmete kurz und tief durch.

„Bis auf Labor und, ähm, Geschäftsführung."

Maike schluckte. Beide Langmaiers hoben ihren Blick von den Unterlagen auf dem Tisch und blickten sie an.

„Solange Sie, Herr Langmaier", sie deutete auf den Senior, „noch in der Firma tätig sind, gibt es kein Problem. Aber die Mitarbeiterinnen und Mitarbeiter treibt die Angst um, dass die Arbeitsbelastung nach der Firmenübernahme durch Sie, Herr Langmaier", ihr Blick ging zu Bastian, der sie ernst anstarrte, „der Firma die Kraft der Innovation nehmen könnte. Sie müssten zwei Jobs machen, von denen eigentlich jeder einzelne Ihre gesamte Aufmerksamkeit fordert. Sie müssten sich entscheiden, was Sie lieber tun wollen.

Da Sie im Moment auch noch den Part eines Werksstoffprüfers übernehmen, sind es im Prinzip drei Vollzeitstellen, die Sie dann innehätten. Ich weiß, dass Sie … sehr fleißig und bemüht sind. Keiner spricht Ihnen das ab. Aber unter Ihren Mitarbeiterinnen und Mitarbeitern geht die Angst um, dass Sie der Aufgabe nicht gewachsen sein könnten."

Bastians Blick wanderte von seinem Vater zu ihr und zurück auf die Blätter vor sich. Alois Langmaier beobachtete seinen Sohn. Er schien von Maikes Aussage in keiner Weise überrascht zu sein. Offenbar hatte sie damit den Nagel auf den Kopf getroffen.

„Und was ist, Ihrer Meinung nach, die Lösung für dieses Problem?" Bastian wandte sich ihr wieder mit ernstem Blick zu. Er hatte seine Augenbrauen hochgezogen und wartete auf ihre Antwort.

Maike schluckte schwer.

„Die Firma zu übernehmen, bedeutet nicht, dass Sie auch die Geschäftsführung übernehmen müssen. Sie könnten jederzeit Teil der Geschäftsführung bleiben, diese aber zum größten Teil einem angestellten Geschäftsführer überlassen, der die Firma in Ihrem Sinne leitet.

Sie selbst könnten mit zusätzlicher Unterstützung in Ihrem Labor die Innovationsfähigkeit von Polytech weiter ausbauen und festigen. Da die Konkurrenz nicht schläft, wird diese Eigenschaft meiner Einschätzung nach entscheidend für die nächsten Jahrzehnte in dieser Geschäftssparte sein."

Die beiden Langmaiers schwiegen. Maike ließ sich auf ihren Stuhl sinken und seufzte leise. Sie konnte nicht beurteilen, ob ihre Worte Schaden angerichtet hatten, aber sie stand hinter ihren Ergebnissen. Auch ihr kam es so vor, als wäre Bastian zu ambitioniert, um alle seine Aufgaben vollständig ausfüllen zu können. Er würde keinerlei Privatleben mehr haben, aber es würde nicht wie bei einer kurzfristigen Urlaubsvertretung sein.

Es schien, als wollte er das unbedingt übernehmen, um seinem Vater etwas zu beweisen. Seiner Familie. Aber Maike hatte den Eindruck, dass gerade sein Vater das eigentlich gar nicht wollte. Vielleicht hatte er sich Bastian immer als Nachfolger gewünscht und ihn dazu aufgebaut, aber auch er musste erkannt haben, dass Bastian einen sehr viel besseren Platz im Labor innehatte.

Jetzt musste es nur noch Bastian einsehen.

„Danke, Frau Kellermann, für Ihre ehrlichen Worte. Und

für die Arbeit, die Sie für uns investiert haben. Ich bin hochzufrieden mit dem Ergebnis und werde das auch Ihrer Firma Kaiser & Locke mitteilen. Bastian?"

Bastians Blick ruhte auf Maike. Er wirkte nachdenklich, aber nicht zornig. Na immerhin. Die Worte seines Vaters schreckten ihn auf. Er wandte sich ihm zu.

„Kommst du mit mir rüber in mein Büro?"

Bastian nickte stumm und erhob sich. Langsam strich er sich den Anzug glatt, warf Maike ein entschuldigendes Lächeln zu und folgte seinem Vater. Maike blieb zurück.

Es war vorbei. Sie hätte erleichtert sein sollen. Mit einem Mal fiel aller Druck von ihr ab und sie fühlte sich ausgelaugt und müde. Mit schweren Armen hievte sie sich aus dem Stuhl und räumte ihre Sachen zusammen.

Zurück in ihrem Büro packte sie ihre Unterlagen ein und ließ sich auf ihren Stuhl sinken. Das war es also gewesen. Wehmütig blickte sie sich um. Dieses Büro hatte sie immer gerne gemocht. Der Ausblick aus dem Fenster über die Felder und Wälder von Oberstemmenreuth hatte ihr nach der schwierigen Anfangsphase ein Gefühl von Ruhe und Stabilität gegeben. Sie würde das alles sehr vermissen.

Traurig packte sie ihre Tasche, verließ das Büro und ließ sich in ihrer Noch-Wohnung weinend auf das Bett fallen, das nach all der Zeit immer noch nach Bastian roch.

Kapitel 16

Am Samstagabend saß Maike mit Resi in der Pizzeria. Sie hatte den ganzen Tag die Wohnung geputzt und aufgeräumt, um sie anständig zu hinterlassen. Seit ihrer Präsentation hatte sie nicht mit Bastian gesprochen, daher wusste sie auch nicht, ob er sie am nächsten Tag heimfahren würde. Wenn nicht, musste sie eben ein Taxi zum Bahnhof nehmen. Irgendwie würde sie schon nach Frankfurt zurückkommen.

Maike war niedergeschlagen. Sie bemühte sich darum, fröhlich zu wirken und sich ihre Traurigkeit nicht anmerken zu lassen, aber sie würde Resi sehr vermissen. Sie war ihr wirklich ans Herz gewachsen. Der Abschied von der neuen Freundin, von Polytech, von Oberfranken würde ihr schwererfallen, als sie das anfangs erwartet hatte.

Sie hoffte, dass sie den Abschied von Bastian würdevoll und sachlich würde hinter sich bringen können, aber dessen war sie sich nicht sicher. Momentan war sie wirklich nahe am Wasser gebaut und das Gefühlschaos, das er angerichtet hatte, machte die Sache nicht besser.

„Also? Gehen wir?", fragte Resi.

„Ja, gehen wir zu dem Fest. Was ist das eigentlich für eins?"

„Kerwa in Kirchenstemmenreuth."

„Kerwa?", fragte Maike verdutzt.

„Kirchweih. Kirmes?", fragte Resi lachend.

„Ach so. Kirmes kenn ich." Maike grinste. Den Dialekt würde sie auch vermissen. „Und da ist dann fett Party oder wie? Ich hab immer gedacht, dass da in einem Bierzelt eine Volksmusiktruppe aufspielt und man Bier trinkt und Brezeln isst."

„Das ist morgen, heute ist Partynacht. Mit Livemusik."
Livemusik. Das hatte Resi mit einem merkwürdigen Gesichtsausdruck gesagt.

Wenig später standen sie vor einer großen Scheune, die mit Bierbänken, Bar und breiter Bühne bestückt war. Am Eingang hing das Plakat der Band: ‚Samstagabend 20 Uhr Party-Nacht mit den *Borderline Spruces*'. Der Bandname war umrahmt von stilisierten Fichten.

Maikes Herz drohte ihr aus der Brust zu springen. Resi spürte ihr Zögern beim Betreten der Scheune und zog sie an der Hand weiter, direkt auf einen Biertisch in einer Ecke vor der Bühne zu. Dort saßen bereits Flo neben einer kleinen, zierlichen Frau, Rick und Thorsten. Der stand auf, als er sie sah und kam ihnen entgegen. Er begrüßte seine Frau mit einem Kuss und Maike mit einem Lächeln, das sie nicht deuten konnte. Irgendwie geheimnisvoll.

Sie ließ sich von den beiden zum Tisch bugsieren, wo ihr Marianne, Flos Frau, vorgestellt wurde. Rick umarmte Maike zur Begrüßung und drückte sie auf einen Platz mit Blick zur Bühne. Es waren unzählige Boxen und Verstärker aufgestellt und mehrere Gitarren und Bässe standen bereit. Am rechten Rand der Bühne war ein E-Piano aufgebaut und hinter allem thronte riesig ein gewaltiges Schlagzeug, das in den verschiedenen Farben der Effektbeleuchtung schimmerte und glänzte.

Zwischen all den Trommeln und Becken sah sie eine Gestalt knien und an irgendwelchen Schrauben von irgendwelchen Ständern drehen.

„Ich hol dann mal den Basti und Bier, oder?", meinte Rick augenzwinkernd zu den anderen und stieg auf die Bühne.

Dort quetschte er sich an den Instrumenten vorbei und beugte sich zu der Person, die das Schlagzeug bearbeitete. Die erhob sich und blickte in Maikes Augen. Mehrere Herzschläge lang stand Bastian nur da und starrte Maike an. Sie schluckte. Die Schmetterlinge in ihrem Magen vervielfachten sich.

Dann gab er sich offenbar einen Ruck und stieg von der Bühne. Ohne Maike aus den Augen zu lassen, ging er auf den Tisch zu und hinter Maike vorbei zu Resi, der er einen Kuss auf die Wange gab. Sie spürte ihn wieder hinter sich durchgehen. Seine Hand strich ihr sanft über den Rücken.

Er beugte sich zu Maike und sagte so, dass nur sie es hören konnte, in ihr Ohr: „Danke, dass du gekommen bist. Du siehst sehr hübsch aus."

Seine Wange berührte dabei die ihre und ließ ihr einen Schauer über Hals und Rücken laufen. Dann löste er sich von ihr, ging um den Tisch herum und setzte sich ihr gegenüber. Er trug ein schlichtes schwarzes T-Shirt und enge, ausgewaschene Jeans. Seine Haare hatte er zu einer Wuschelfrisur gegelt und sah einfach nur verboten gut aus. Er blickte sie weiter an und sie ihn. Zwischen ihnen schien die Luft zu brennen.

Obwohl die Scheune schon gut gefüllt war und eine ziemliche Lautstärke herrschte, wurden die Geräusche um Maike plötzlich dumpf, als hätte jemand das Radio leiser gedreht. Die Farben wurden intensiver, die Zeit verlangsamte sich und … dann war der Moment vorbei.

Eine Frau kam auf ihren Tisch zu und rief: „Basti! Dich hab ich ja ewig nicht gesehen!"

Bastian zuckte zusammen und zwang sich zu einem freundlichen Lächeln, als er die Frau begrüßte. Maike konnte nicht hören, worüber sie sprachen. Ihre Gedanken rasten. Als die Frau nach kurzem Plausch verschwunden war und Rick mit mehreren Biergläsern auftauchte, war alles um Maike herum wieder so wie vorher. Die Realität hatte sie zurückgesaugt.

Bastian schien es genauso zu gehen. Er lächelte leicht und zwinkerte Maike zu, als er ihr sein Bier zum Anstoßen hinhielt.

„Auf einen schönen Abend. Ich hoffe, es gefällt dir."

Maike lächelte zur Antwort sanft zurück. Schnell und in großen Schlucken trank sie ihr halbes Bier und erntete dafür verwunderte Blicke der Band.

„Was geht denn mit dir ab?", fragte Thorsten amüsiert.

„Ist gut, ne?", sagte Flo. „Ist von einer Brauerei in der Nähe."

Maike setzte das Glas ab und fing wieder Bastians Blick auf, der sie seltsam musterte.

„Sorry, Durst", sagte sie achselzuckend.

Er grinste, stieß wieder mit ihr an und trank sein Bier ebenfalls in einem Zug bis zur Hälfte aus.

„Alter! Du musst fei durchhalten bis zum Schluss!", kam

217

es lachend von Rick. Er klopfte Bastian dabei fest auf den Rücken, beugte sich zu ihm und flüsterte ihm etwas ins Ohr. Bastian nickte und zwinkerte ihm zu.

Die Zeit bis zum Auftritt verging wie im Flug. Immer wieder kamen Leute zu ihnen an den Tisch und begrüßten die Band. Auffallend viele Frauen wollten zu Bastian, der höflich und geduldig mit jeder Einzelnen sprach. Auch die Bäckereiverkäuferin Vikki war unter ihnen. Jedes Mal, wenn eine sich Bastian näherte, verspürte Maike einen schmerzhaften Stich in der Magengegend. Viele der Frauen fassten ihn an, was Maike beinahe zum Weglaufen veranlasste. Bastian warf ihr dann jedes Mal einen schnellen Blick zu.

Endlich war es soweit. Die vier erhoben sich vom Tisch, Thorsten und Flo küssten ihre Frauen und Rick klatschte mit allen drei Damen am Tisch ab. Bastian war schon halb auf dem Weg zur Bühne, da drehte er sich um und kam zurück.

Er beugte sich zu ihr herunter und raunte ihr ins Ohr: „Bis gleich. Viel Spaß."

Maike hielt den Atem an, bis er auf der Bühne hinter seinem Schlagzeug angekommen war. Resi neben ihr lächelte vielsagend und drückte kurz ihre Hand. Das Licht ging aus und einige Leute jubelten.

Maike konnte vier Schemen auf der Bühne ausmachen. Sie brachten sich in Position und in die knisternde Stille hinein begann eine Gitarre wild zu spielen. Gleich darauf setzte das Schlagzeug ein und in diesem Moment ging alles Licht auf der Bühne an.

Links stand Flo mit einer Gitarre und mühte sich mit schnellen Riffs ab. Daneben stand Thorsten mit einem Bass und einem Mikro. In der Mitte der Bühne setzte Rick ein. Er hatte ebenfalls eine Gitarre umhängen und ein Mikro vor sich stehen. Maike war beeindruckt von seiner vollen, rauchigen Stimme. Das hatte sie so nicht erwartet.

Sie ließ den Blick über die Band schweifen und blieb schließlich an Bastian hängen, der hinter seinem gewaltigen Schlagzeug mit vollem Körpereinsatz mitging. Hoch konzentriert schlug er seinen Rhythmus und wenn er sich zum Mikro beugte, um im Hintergrund mitzusingen, schloss er seine Augen. Maike konnte nicht mehr wegsehen. Sie sog jede Sekunde auf.

Sie kannte das Lied nicht, daher riss sie sich schließlich doch von Bastians Anblick los und beugte sich zu Resi, um sie nach dem Titel zu fragen.

„‚The Spirit of Radio‘ von *Rush*“, schrie die ihr zur Antwort ins Ohr.

Maike wandte sich wieder der Bühne zu. Dort endete gerade das Lied und tosender Applaus und Geschrei der Menge setzten ein. Maike war noch nicht in der Lage, zu klatschen. Sie war in einer Art Schockstarre gefangen.

„Servus, Kirchenstemmenreuth!“, schrie Rick ins Mikro. Jubel antwortete ihm. „Wir sind heute hier, um mit euch ’ne Menge Spaß zu haben! Es wird wie gewohnt hart, aber auch weich. So wie ihr uns eben kennt.“ Gelächter. „Außerdem wird es heute ein Comeback geben, aber das verrate ich jetzt noch nicht. Lasst euch überraschen, habt Spaß und tanzt, was das Zeug hält!“

Die Menschen jubelten der Band zu und in den Applaus hinein setzte das zweite Lied ein. ‚The Boys are Back in Town‘ von *Thin Lizzy*. Das kannte Maike.

Die ersten Zuschauer kamen nach vorne, um auf der freien Fläche vor der Bühne zu tanzen, hauptsächlich Frauen. Maike schluckte und blickte wieder zu Bastian. Ihr fiel auf, dass ihr Platz so ausgerichtet war, dass sie stets freie Sicht auf ihn hatte. Sie konnte durch Thorsten und Rick hindurch zu Bastian schauen. Hin und wieder fing sie seinen Blick auf und in ihrem Magen explodierten jedes Mal die Schmetterlinge.

Sie hatten nicht zu viel versprochen. Das Programm war hart, mit Rock, Punkrock, Metal und Grunge. Aber zwischendurch kam auch eine weiche Seite zum Vorschein. Maike war hingerissen, von Ricks Interpretation von ‚Patience‘ von *Guns n’Roses*. Die *Borderline Spruces* waren großartig und es dauerte nicht lange, da jubelte und klatschte Maike so laut wie alle anderen in der Scheune. Bei ‚Zu spät‘ von den *Ärzten* sang sie aus vollem Halse mit und Bastian strahlte, als er es bemerkte. Maike war glücklich. Das hier war einfach fantastisch.

Als der Applaus nach ‚Zu spät‘ langsam abebbte, kam Bewegung in die Band. Maike konnte sehen, dass sie sich zunickten und anfingen, ihre Plätze zu tauschen. Flo ging zum E-Piano und Rick wandte sich dem Schlagzeug zu.

Bastian stand auf, quetschte sich zwischen seinen Drums hindurch und stellte sich neben Flo zum Mikrofon. Vereinzelt erklang lauter Jubel und ein Raunen ging durchs Publikum.

Maikes Mund wurde trocken und sie hielt den Atem an, als Bastian eine Hand zum Mikro ausstreckte und sich leicht vorbeugte. Er ließ gemächlich seinen Blick über die Menge schweifen, die langsam leise wurde.

„Hey, Leute! Ich hab das lange nicht gemacht, wie ihr wisst. Wegen einer Frau habe ich damit aufgehört."

Sein Blick glitt über die vielen Gesichter, die sich ihm gespannt entgegenreckten, und blieb schließlich an Maike hängen. Ihr stockte der Atem. Neben sich spürte sie Resi nach ihrer Hand tasten. Maike klammerte sich mit zitternden Fingern daran fest.

„Wegen einer Frau werde ich heute wieder damit anfangen. Ich will sie beeindrucken und ihr damit sagen, wie sehr sie mich beeindruckt hat."

Sein Blick blieb in ihrem hängen, und endlose Sekunden starrten sie sich nur an. Viele im Publikum folgten seinem Blick und versuchten, herauszufinden, wer mit seinen Worten gemeint war. Maike spürte unzählige Augenpaare auf sich ruhen.

Dann drehte sich Bastian zu Flo um, und der begann, die ersten Töne am E-Piano anzuschlagen. Resi seufzte laut und schlug sich die Hand vor den Mund. Mit der anderen drückte sie Maikes kalte Finger. Maike war wie betäubt.

Als Bastians Stimme einsetzte, verschwand die Welt um sie. Es gab nur noch ihn. Jeden Ton von ‚Against All Odds' sang er nur für sie. Er steigerte seinen Gesang immer weiter und legte mit geschlossenen Augen alles in seine Interpretation. Maike hatte nie zuvor so etwas gefühlt. Ihr Körper flirrte und vibrierte.

Als die letzten Töne verklungen waren, herrschte für den Bruchteil einer Sekunde Totenstille. Dann brandete tosender Applaus los. Die Zuschauer sprangen auf, es wurde gepfiffen und gejohlt. Maike spürte Tränen über ihre Wangen laufen. Sie konnte sich nicht rühren, sondern starrte nur Bastian an.

Das plötzliche Verlöschen des Bühnenlichts riss sie aus ihrer Erstarrung. Bastian war nur noch als dunkler Schemen auszumachen. Zitternd holte sie Luft und wischte sich mit der freien Hand die Tränen aus dem Gesicht. Resi neben ihr tat es ihr gleich.

„Pause, Leute", kam Ricks Stimme aus dem Lautsprecher und die Scheune erstrahlte wieder in normalem Licht. Die Band war verschwunden, vermutlich hinter die Bühne.

„Was sagst du dazu?", flüsterte Resi.

„Ich … kann noch nichts … sagen", war Maikes ehrliche Antwort und Resi ließ sie mit ihren Gedanken allein, indem sie sich Marianne zuwandte, um sich mit ihr zu unterhalten.

Mit einem Mal standen Rick, Thorsten und Flo am Tisch und musterten Maike besorgt. Keiner sprach sie an. Sie starrte immer noch auf die Stelle, an der Bastian gestanden hatte. Wo war er eigentlich? Fragend wandte sie sich schließlich an Rick, der sich über den Tisch zu ihr beugte.

„Wo ist er?"

„Kommt gleich. Muss sich nur kurz umziehen."

Maike nickte stumm. Sie nahm einen großen Schluck Bier und versuchte, wieder normal zu atmen. Das gelang ihr so lange, bis sie Bastian neben der Bühne auftauchen und auf sich zugehen sah. Er nahm ihre Hand und führte sie wortlos vom Tisch weg und aus der Scheune.

Draußen angekommen, machte er auf einmal keinen so selbstsicheren Eindruck mehr. Er wirkte verlegen und ängstlich, als er sie um die Ecke der Scheune an deren Rückseite führte, wo viele Autos geparkt waren. Schließlich blieb er stehen und wandte sich ihr zu.

Aber bevor er etwas sagen konnte, platzte es aus Maike heraus: „Warum hast du mich so lange warten lassen?"

Irritiert zog er die Augenbrauen zusammen und antwortete: „Ich … musste mich noch umziehen … Ich war so verschwitzt."

Maike verstand die Antwort erst nicht, aber schließlich ging ihr ein Licht auf.

„Ich meinte nicht jetzt gerade", versetzte sie wütend. „Ich meine, warum hast du mich so lange zappeln lassen?"

Bastian starrte sie an, als wüsste er keine Antwort. Er streckte schweigend seine Hand nach Maike aus und begann die Tränen, die ihr vor lauter Zorn aus den Augen strömten, sachte mit seinem Daumen wegzuwischen.

„Ich wollte dir keine weiteren Probleme bereiten. Ich ..."
„Du hast mich erst eingewickelt und dann von dir gestoßen. Immer wieder!"
Sie begann, haltlos zu weinen. Aller Schmerz der letzten
Wochen brach sich Bahn. Bastian schwieg. Dann zog er sie
langsam, aber bestimmt in eine Umarmung. Seine Arme
schlossen sich um Maike und zogen sie fest an sich. Sie
konnte nicht aufhören zu weinen, ihr Körper bebte. Sanft
streichelte er ihren Kopf.
„Ich wollte dir nicht wehtun. Ich war mir nicht sicher, wie
deine Gefühle aussehen. Ich bin zu dir nach Hause gekommen, um das herauszufinden.
Aber ich wollte auch nicht dein Ansehen weiter beschmut-
zen, indem ich wahrwerden lasse, was wir immer abgestrit-
ten haben. Ich wollte mein Wort gegenüber dir und deinem
Chef halten: dass ich mich professionell verhalte und du
diesen Auftrag ohne persönliche Gefühle zu Ende bringen
kannst. Als ich gesehen habe, aus welchen Verhältnissen
du dich aus eigener Kraft herausgearbeitet hast, wollte ich
dir das nicht kaputt machen.
Und dann war da noch deine Reaktion auf deinen Ex-
Freund. Ich wollte dich nicht vor die Wahl stellen, wegen
mir vielleicht dein Leben zu ändern. Ich will dich zu nichts
drängen.
Ich hatte viel Zeit zum Nachdenken, als du auf der Herfahrt geschlafen hast, und da wollte ich dich nicht wieder
in diese Zwickmühle bringen. Du solltest dich vor niemandem mehr rechtfertigen müssen."
„Du hast mich so kalt behandelt, um mich zu schützen?"
Fragend hob sie ihm ihr verheultes Gesicht entgegen. Er
lächelte und strich ihr über die Wange.
„Ich habe nie behauptet, dass ich ein toller Typ wäre. Manche meiner Entscheidungen und Verhaltensweisen können
durchaus scheiße sein."
Halb weinend, halb lachend blickte sie in seine blauen
Augen, die sie völlig einnahmen. Wie in Zeitlupe beugte er
sich zu ihr und küsste sie sanft auf die Stirn. Dann nahm
er ihr Gesicht in seine Hände und berührte ihre Lippen mit
seinen. Maike erwiderte den Kuss erst zaghaft, dann immer leidenschaftlicher, bis sie sich, von ihrer eigenen Hef-
tigkeit schockiert, von ihm löste.

Er grinste nur und küsste sie ein weiteres Mal. Sie schlang ihm ihre Arme um den Hals und zog ihn fest zu sich. Der Kuss steigerte sich immer mehr zu einem stürmischen Knutschen, bis Bastian einen tiefen Seufzer ausstieß und sie behutsam von sich schob.

„So gerne ich das hier fortsetzen würde, aber ich muss wieder auf die Bühne. Die Pause ist sicher schon längst überzogen. Außerdem", er grinste sie verschmitzt an, „kann ich mich sonst nicht mehr vor die ganzen Leute stellen, wenn du verstehst, was ich meine."

Maike wurde rot und begann verlegen, seine Haare, die sie durchwühlt hatte, wieder so gut sie konnte in Ordnung zu bringen.

„Das wird schon so gehen", sagte er.

Er lächelte, strich auch ihr eine Haarsträhne aus dem Gesicht und gab ihr einen sanften Kuss auf die Wange.

„Komm, wir gehen wieder rein. Ich muss noch was arbeiten."

Er griff ihre Hand und zog sie neben sich her, während er sich zügig dem Eingang der Scheune näherte. Die Leute, denen sie begegneten, glotzten sie teilweise unverhohlen an, was Maike aber völlig egal war. Sollten sie doch glotzen.

Sie schwebte beinahe zurück an ihren Platz, wo sie schon sehnsüchtig erwartet wurden. Als Rick ihre ineinander verschränkten Finger sah, strahlte er und zog Bastian in eine feste Umarmung. Thorsten und Resi grinsten um die Wette und Flo reckte übermütig seinen Daumen in die Luft.

„Set zwei Version ‚ja' oder Version ‚nein'?", fragte Rick Bastian.

Der überlegte nicht lange und sagte strahlend: „Version ‚ja'!"

Jubel brandete unter den Bandkollegen auf.

„Geil, Mann!", schrie Flo.

Maike blickte fragend von einem zum anderen. Die wiederum schienen darauf zu warten, dass Bastian es ihr erklärte.

„Version ‚ja' ist die Version, in der ich wieder einige Gesangsparts übernehme. Wir haben beide Versionen geprobt, jeweils für den Fall, wie das hier", er ließ seinen Zeigefinger zwischen sich und ihr hin und her pendeln, „ausgeht. Ich habe dir gesagt, dass ich nur für die Richtige wieder mit dem Singen anfange."

„Bastian. Ich ... weiß nicht, was ich darauf sagen soll", stammelte Maike überwältigt.

„Gar nichts."

Er beugte sich zu ihr, küsste sie noch mal und wandte sich dann mit den anderen wieder der Bühne zu.

Er war offenbar für Balladen und ruhigere Songs zuständig. Ricks Stimme hatte einen dreckigen Klang und passte hervorragend zu den harten Sachen. Anders als Ricks Stimme war Bastians weich, warm, voll und so voller Gefühl, dass sie nicht die Einzige blieb, die sich hin und wieder die Tränen aus den Augen wischen musste.

Bei ‚Dust in the Wind' von *Kansas* ging er selbst zum Klavier und spielte darauf das Violinensolo. Rick und Bastian wechselten sich immer wieder ab an Mikro und Schlagzeug und die ganze Band wirkte wie beflügelt. Wenn überhaupt möglich, wurde das Konzert im zweiten Set noch besser als im ersten.

Gegen Ende des zweiten Sets hatte die Gänsehaut auf Maikes Körper ein beinahe unerträgliches Maß angenommen. Langer Applaus und lauter Jubel läuteten die nächste Pause ein.

Als die Band diesmal an den Tisch zurückkam, war Bastian der Erste und grinste glücklich über das ganze Gesicht. Maike strahlte ihm entgegen. Er setzte sich neben sie, packte die Flasche Wasser, die auf dem Tisch stand und exte sie weg. Mit einem tiefen Seufzer stellte er die leere Flasche zurück und blickte dann fragend auf Maike, die ihn immer noch beobachtete.

„Deine?"

„Eigentlich schon." Maike grinste.

„Sorry. Ich hol dir 'ne Neue."

„Nein, bleib sitzen!" Schnell nahm sie seine Hand. Fest schlossen sich seine Finger um ihre und sein Blick wurde ernst.

„Kannst du mir was versprechen?", fragte er.

„Was denn?"

„Kannst du morgen bitte noch hierbleiben? Fahr morgen noch nicht nach Hause. Ich will alles über dich wissen. Ich will den Tag mit dir verbringen."

Maike schluckte, als sie in seine warmen, fragenden Augen sah. Ein Schweißtropfen lief ihm langsam über die Stirn. Sanft strich sie ihn weg.

„Ich werde morgen bei dir bleiben."

Bastian antwortete ihr mit einem langen Kuss, der alles andere unwichtig erscheinen ließ. Nach viel zu kurzer Zeit löste er sich von ihr und stand auf. Er steuerte die Bar an und wurde dabei von mindestens zehn Personen angesprochen. Viele der Männer klopften ihm auf die Schulter, einige Frauen wollten ihn mit einem Küsschen begrüßen.

Schließlich hatte er sich zur Bar durch und wieder zum Tisch zurückgekämpft. Er zuckte entschuldigend und ein wenig verlegen mit den Schultern, als er zwei Flaschen Wasser vor ihr abstellte.

„Sorry. Hat etwas gedauert."

Den Rest der Pause besprach er mit seinen Bandkollegen das restliche Programm. Danach würden sie noch abbauen, alles in Ricks Lieferwagen packen und bei Rick in der Scheune wieder ausladen.

„Wie lange dauert das?", fragte Maike.

Sie ließ ihren Blick über die unzähligen Boxen, Verstärker und Instrumente gleiten. Dazu mussten sie mindestens bis Sonnenaufgang brauchen bei der Masse.

„Abbauen ist nicht so langwierig. Wir sind ja auch in Übung. Wir haben einen genauen Ablauf und kriegen das in zwei Stunden hin", erklärte ihr Thorsten.

„Soll ich helfen?", fragte Maike.

„Nee", meinte Rick. „Wir sind da schon so eingespielt. Wir machen das immer zu viert."

Sie begaben sich wenig später wieder auf die Bühne und läuteten die letzte Runde mit ‚Toxicity' von *System of a Down* ein. Dabei zeigte Bastian, was er aus dem Schlagzeug herausholen konnte, und Maikes Herz schwoll über vor Stolz auf ihn. Den anderen beiden Frauen am Tisch schien es bei der Performance ihrer Männer ähnlich zu gehen. Maike kam aus dem Grinsen gar nicht mehr heraus.

Nach zwei lautstark geforderten Zugaben beendeten die vier ihr Konzert furios mit ‚Killing in the Name' von *Rage Against the Machine*. Strahlend nahmen die *Borderline Spruces* den Applaus und den Jubel entgegen. Sie winkten und verbeugten sich zum Abschied, dann war es vorbei. Das Licht auf der Bühne erlosch.

Zwei Uhr morgens war es mittlerweile. Bastian und Rick kamen Arm in Arm zum Tisch und alle vier Freunde strahlten über das ganze Gesicht.

225

„Ihr wart fantastisch!", rief ihnen Resi entgegen.

Bastian ging zu ihr und umarmte sie fest. Als er sich von ihr löste, wandte er sich an Maike.

„Resi wird dich mitnehmen. Sie hat einen Schlüssel und kann dich reinlassen."

„Aber ich hab doch einen Schlüssel. Ich habe ihn noch nicht abgegeben", antwortete Maike irritiert.

„Sie fährt dich zu mir. Warte da auf mich. Und fühl dich wie zu Hause. Schau dich um, schau fern, geh duschen, baden, schlafen, iss was. Mach, was du willst. In zwei Stunden bin ich dann da, okay?"

Er gab ihr einen schnellen Kuss und begann mit den anderen Jungs den Abbau. Die verdatterte Maike ließ er stehen. Sie wandte sich an Resi, die sie amüsiert musterte.

„Ich soll bei ihm im Haus warten? Hab ich das richtig verstanden?"

„Ja, ich denk schon. Dann los, gehen wir heim. Ich bin todmüde."

Und so verabschiedeten sie sich von Marianne, die sich ebenfalls zum Aufbruch bereit machte, und verließen die Scheune.

Draußen war es kalt geworden. Der Sommer hatte noch nicht Einzug gehalten in Oberfranken, aber Maike spürte die Kälte kaum. Sie wurde wieder nervös. Sie sollte in Bastians Haus auf ihn warten? Machte er sich keine Sorgen, dass sie dort herumstöberte oder so was? Na, offenbar nicht.

„Ich freu mich so für euch", sagte Resi, als sie im Auto saßen. „Bastian zeigt sich sonst nie so offen mit einer Frau. Du musst es ihm ganz schön angetan haben."

„Hm", konnte Maike nur antworten.

Irgendwie waren ihr alle Worte ausgegangen. Es waren keine mehr übrig. Ihre Gedanken überschlugen sich. Was sollte sie jetzt machen? Sie musste nach Frankfurt zurück. Sie musste sich einen Job suchen und ihr Leben wieder in den Griff kriegen. Wie sollte sie das mit dieser neuen Situation hinkriegen?

Würden sie eine Fernbeziehung führen? Würde das halten? Oder würde das alles in einer kurzen Affäre enden? Sie wusste es nicht.

„Magst du Bastian auch?", fragte Resi plötzlich mit einem besorgten Unterton.

Sie schien sich Sorgen um sein Wohlergehen zu machen. Maike hatte bisher nur eine kleine Ahnung davon bekommen, wie nahe sich die Geschwister standen. Sie dachte kurz nach, ehe sie antwortete.

„Unerwarteterweise ja. Sehr sogar."

Resi grinste und meinte: „Das ist schön. Ihr passt super zusammen. Ihr gebt ein tolles Paar ab."

Ach, echt? Maike hatte bisher nicht den Eindruck gehabt, dass Bastian und sie wirklich zusammenpassen könnten. Aber ihr fehlte der Mut, nach dem genauen Grund für Resis Annahme zu fragen.

Einige Minuten später hielt Resi vor einem relativ neuen Einfamilienhaus in einem Neubaugebiet. Viel konnte Maike bei der Dunkelheit nicht erkennen. Die Straßenlaterne und Resis Scheinwerfer erhellten einen kleinen Vorgarten, der nur spartanisch bepflanzt war. Neben dem Haus stand eine Doppelgarage und zum Haus führte ein gepflasterter Weg.

Es schien das letzte Gebäude vor dem Waldrand zu sein, Maike konnte die Fichten rauschen hören, als sie ausstiegen. Die Straße endete hier in einem Wendehammer.

Sie folgte Resi den Weg entlang zum großzügigen, überdachten Eingangsbereich. Maikes Herz schlug nervös, als Resi die Tür aufsperrte und das Licht einschaltete.

„Willkommen in der Casa Basti. Hier hast du den Schlüssel. Tu dir keinen Zwang an und fühl dich wie zu Hause. Bis dann."

Resi drückte sie fest und ließ sie dann allein in Bastians Flur zurück. Maike seufzte tief, zog ihre Schuhe aus und sah sich um. Modern, aber nicht ungemütlich, war ihr erster Eindruck. Die Küche war groß und wirkte teuer, das Wohnzimmer hatte einen gewissen Landhausstil und sah urgemütlich aus. Vor allem das ausladende, weiche Sofa gegenüber einem riesigen Fernseher und einem Schwedenofen lockte. Das zum Wohnzimmer offene Esszimmer wurde von einem großen Tisch mit zehn Stühlen dominiert. Offenbar hatte Bastian gerne Besuch.

Bei ihrem Rundgang entdeckte Maike noch eine kleine Toilette im Erdgeschoss und die Treppe, die sowohl in einen Keller als auch den ersten Stock führen musste. Aber sie beließ ihre Entdeckungstour beim Erdgeschoss, die anderen Bereiche waren ihr dann doch zu intim. Vorerst wollte

227

sie ins Wohnzimmer gehen und die Couch ausprobieren. Seufzend ließ sie sich darauf nieder, lehnte sich zurück und war nach wenigen Sekunden eingeschlafen.

Ein sanftes Rütteln weckte sie. Im ersten Moment wusste sie nicht, wo sie war. Als es ihr einfiel und ihr klar wurde, wer sie geweckt hatte, fuhr sie hoch.

„Ich wollte dich nicht erschrecken."

Sie blickte in Bastians müdes, aber strahlendes Gesicht. Er hatte offenbar geduscht, denn seine Haare waren nass und er hatte sich wieder umgezogen. Wie lange war er schon zu Hause?

„Komm mit nach oben. Du musst nicht auf der Couch schlafen."

Sanft zog er sie hoch und führte die verschlafene Maike an der Hand aus dem Wohnzimmer, die Treppe hinauf und in ein großes Schlafzimmer mit einem riesigen Bett.

„Such dir die Seite aus. Brauchst du was Bequemes zum Anziehen? Hier hab ich ein T-Shirt von mir. Und 'ne Schlafanzughose. Du kannst dich hier im Bad umziehen."

Er deutete auf eine angrenzende Tür. Maike ging hinein und zog sich die verschwitzten Klamotten aus. Als sie das T-Shirt hochhielt, musste sie grinsen. Garfield glotzte ihr entgegen. Da hatte Bastian wohl heute nicht mehr viel mit ihr vor. Umso besser, dazu war sie jetzt auch zu erschöpft und das wollte sie auf keinen Fall völlig übermüdet erleben.

Sie zog sich das T-Shirt und die Stoffhose an und ging zurück ins Schlafzimmer. Bastian lag schon im Bett. Auch er hatte ein T-Shirt an und lehnte mit geschlossenen Augen am Rückenteil. Bei ihrem Eintreten öffnete er die Augen und lachte.

„Na, das steht dir ausgezeichnet."

Sie grinste zurück und kroch zu ihm ins Bett. Er löschte das Licht seiner Nachttischlampe und zog Maike dann fest in seine Arme. Nach kurzer Zeit hatte sich seine Atmung vertieft und Maike lauschte noch etwas auf seine kräftigen, ruhigen Herzschläge, ehe auch sie zum zweiten Mal in dieser Nacht in einen tiefen Schlaf fiel.

Vier Monate später

Heute war Maike unendlich nervös. Das hier würde ein besonderer Tag werden. Sie hatte immer schon von dem geträumt, was gleich geschehen würde, aber noch konnte sie nicht glauben, dass der Traum wirklich wahr wurde.

Nervös blickte sie auf ihre Armbanduhr. Noch zwanzig Minuten. Wo blieb er nur?

Da klopfte es an der Tür und Bastian schob sich herein, über das ganze Gesicht strahlend. Mit großen Schritten kam er auf sie zu und nahm sie fest in den Arm.

„Alles klar bei dir? Du wirkst so blass."

„Ich bin tierisch aufgeregt."

„Kann ich mir vorstellen. Ist auch ein großer Tag." Er küsste sie leidenschaftlich, ehe er weitersprach: „Ich bin stolz auf dich. Du packst das schon."

„Bleibst du bei mir währenddessen?"

„Klar! Ich werde direkt neben dir stehen."

„Das beruhigt mich", meinte Maike. „Die Bühne ist bereit?"

„Auf jeden Fall. Du weißt ja, mit Bühnen und Bühnentechnik kenn ich mich aus."

Sie lachte und wuschelte ihm durchs Haar.

„He! Ich muss auch gut aussehen heute! Ich geh schon mal vor. Kommst du in fünf Minuten nach?"

„Mach ich. Ich versuche, mich nur noch kurz zu beruhigen, und komm dann raus."

Er verschwand wieder. Mit einem Seufzer drehte sie sich um und schaute aus dem Fenster über die Felder von Oberstemmenreuth. Der Sommer neigte sich dem Ende zu und der Herbst begann, die Natur zu verwandeln. Der Mais war abgeerntet und die Sommerblumen verblühten langsam.

Nur die Fichten in der Ferne machten nicht den Eindruck, als könnte der Jahreszeitenwechsel ihnen etwas anhaben. Das beruhigte Maike.

Sie ließ den Blick über ihr neues Büro schweifen. Die ehemaligen Räumlichkeiten von Alois Langmaier machten mit den hellen Möbeln einen sehr viel freundlicheren Eindruck. Bastian hatte darauf bestanden, dass sie dieses Zimmer nahm. Er wollte lieber in seinem bleiben und meistens war er sowieso im Labor. Sie sollte als Geschäftsführerin von Polytech entsprechend residieren, war sein Argument gewesen.

Sie hoffte, dass ihre Antrittsrede vor der Belegschaft in wenigen Minuten glattlaufen würde. Man hatte extra eine Bühne im Betriebshof aufgebaut und sie hatte sich eine schöne, kurze Rede überlegt. Sie hoffte, dass man sie als neue Geschäftsführerin akzeptierte.

Auch ihre Eltern würden bei ihrem Auftritt dabei sein. Sie hatten sich extra freigenommen und waren endlose Stunden mit dem Zug hierher gefahren, um ihr zur Seite zu stehen. In den nächsten zwei Wochen wollten sie in der Firmenwohnung Quartier beziehen und Bastian hatte schon ein Ausflugsprogramm für ihren Besuch ausgearbeitet.

Edith und Alois würden sich um Maikes Eltern kümmern, wenn Bastian und Maike arbeiteten. Sie hoffte, dass sie ihren Vater überreden konnte, eine Stelle im Lager anzunehmen, aber das wollte sie ihnen überlassen. Sie würde sie nicht dazu drängen. Allerdings konnte sie sich gut vorstellen, dass die beiden hier ein besseres Zuhause finden würden als in den Sozialbauvierteln Frankfurts. Hier in Maikes neuer Heimat mit bester Aussicht auf Fichten.

ENDE

Danksagung

Seufzend ließ sich Maike in das Sofa sinken.

„Puh. Das war ein anstrengender Tag."

Bastian reichte ihr eine Tasse. Der emporsteigende Dampf duftete verheißungsvoll nach Kaffee.

„Weißt du, was wir noch nicht getan haben?", fragte Bastian, als er sich neben sie auf die Couch plumpsen ließ.

„Wir haben noch nicht danke gesagt."

„Stimmt. Melanie meinte ja noch, dass das wahnsinnig wichtig wäre." Sie nahm einen tiefen Schluck aus der Tasse.

„Willst du anfangen?"

„Nee. Muss nicht sein."

„Mann, Basti. Du bist wirklich ein Stoffel. Aber gut. Dann fang ich eben an. Aber wo? Bei wem? Bevor Melanie es mir gesagt hat, hatte ich gar keine Ahnung, wie viele Menschen an so einem Buch Anteil haben. Es ist ja nie immer nur der Autor oder die Autorin allein. Vor allem die Veröffentlichungsform des Selfpublishings suggeriert doch, dass es ein Ein-Mann- oder Ein-Frau-Ding ist. Findest du nicht?"

„Ja. Aber es ist in jedem Fall immer ein Gemeinschaftsding. Man denke nur an die Testleser und Testleserinnen, die sich die Rohfassung angetan und mit ihren Rückmeldungen versehen haben."

„Genau. Durch die Anmerkungen von Vanessa, Susanne, Heike, Nico, Lea, Susann, Petra, Marta, Sabrina und Jürgen hat doch manches um einiges mehr an Tiefe und auch Logik gewonnen."

„Das kannst du laut sagen. Der Mehrwert, den der Roman durch ihre Hilfe bekommen hat, ist unschätzbar." Nachdenklich ließ Bastian den Blick über Maikes Gesicht schweifen. „Susanne Pavlovic, die Textehexe, dürfen wir nicht vergessen. Sie hat unserer ersten Begegnung mit ihren Anregungen überhaupt erst den nötigen Boost gegeben."

Maike grinste, als sie in ihrer Hosentasche nach dem Mandala-Anhänger kramte. Triumphierend hielt sie ihn in die Höhe. „War anscheinend wirklich ein Glücksbringer."

„Na ja. Den Kratzer hätte es nicht gebraucht." Missmutig verzog er die Augenbrauen.

„Ich hab mich schon ungefähr tausendmal entschuldigt.

Der Lektorin Simona Turini müssen wir danken. Melanie meinte, es hätte wahnsinnig Spaß gemacht, Stilblüten, merkwürdige Formulierungen, ausufernde Inquits und parallele Satzanfänge, die Simona identifiziert hat, auszumerzen. Ohne Simona würden wir wahrscheinlich noch immer sauviel lachen, während wir reden oder mit zitternden Fingern auf Uhren schauen." Glücklich nahm Maike zur Kenntnis, dass Bastians Narbe durch ein breites Grinsen vom Gesicht gewischt wurde.

„Und dank Kia Kahawa und ihrem Team konnten nun auch die hartnäckigsten Schreibfehler ausgemerzt werden", warf Bastian ein.

„Und einen Buchsatz hätte Melanie ohne Kia und ihr Team wohl auch nicht hinbekommen", meinte Maike.

„Nö. Glaub ich auch nicht."

„Du, Bastian? Ist das Cover nicht wunderschön geworden?"

„Oh ja! Ich liebe es! Da hat Caro auf jeden Fall ganze Arbeit geleistet. Zum Glück gibt es kreative Menschen, an die man sich wenden kann, wenn einem da die eigenen Fähigkeiten verlassen."

„Das stimmt! Auch das Logo von Melanie, das Catrin von *Rauschgold Coverdesign* entworfen hat, gefällt mir. Macht sich gut auf melanieschubert.com, Melanies Website."

„Hast du eigentlich gewusst, Maike, dass es eine eigene Playlist auf Spotify zu dem Roman gibt? Da hat Melanie alle Songs, die auf unserem Konzert gespielt wurden, draufgepackt. Entweder man sucht nach der Playlist *Aussicht auf Fichten - Ein Oberfranken-Liebesroman* oder man scannt einfach diesen QR-Code hier:

233

Zusammengestellt hat sie die Setliste mit Hilfe von Nico von der Band *Exception* aus Bamberg. Auch die Inspiration für den Konzertabschluss ist *Exception* zu verdanken."

„Abgefahren! Das war ein toller Abend, euer Konzert." Ein seliges Lächeln breitete sich auf Maikes Gesicht aus.

„Ohne den Zuspruch und die Unterstützung durch ihre Familie und Freunde hätte Melanie sicherlich nicht ihren Debütroman von der Idee zum fertigen Buch gebracht", sagte Bastian.

„Das glaub ich auch nicht. Ohne ist so was unmöglich. Und dass ihre beiden Hunde, Beja und Buddy, sie mit ihrer zumeist schlafenden Anwesenheit beim Schreiben beglückt haben, hat deutlich zur Produktivität beigetragen."

„Klar. Ich glaube aber, dass ihr Mann den allergrößten Anteil der Dankbarkeit verdient hat. Ohne seine tatkräftige Unterstützung, ihr den Rücken freizuhalten, sie zu kritisieren, zu bestärken, zu beraten, zu ermutigen, von der Idee bis zur Fertigstellung, als erster Leser und letzte Instanz, wäre kein einziges Wort unserer Geschichte jemals niedergeschrieben worden."

„Ohne ihn gäbe es uns gar nicht", pflichtete Maike bei.

„Bleibt noch ein Dank offen", sagte Bastian. „An die Leserin, den Leser, die/der unsere Geschichte bis hierher gelesen hat. Allerherzlichsten Dank für das Interesse. Hoffentlich hatten Sie eine schöne, angenehme, anregende, spannende und gute Zeit mit uns allen. Melanie würde sich sicher über viele positive Rezensionen freuen. Wenn Sie aus vollstem Herzen ,Basst scho' zu unserer Geschichte sagen können, hat sie ihr Ziel erreicht."

„Meinst du, Basti, unsere Zukunft ist schon geschrieben?"
„Wer weiß …"

Der Roman ist nicht nur eine Liebesgeschichte zweier Protagonisten. Sondern auch eine Liebeserklärung an das großartige Fichtelgebirge im wunderbaren Oberfranken mit seinen oft schwer zugänglichen und doch höchst liebenswerten Einwohnern. Große Herzen eingeschlossen in Granitfelsen. Aber mit genügend feinem Sand und Geduld kommt man in die Ritzen. Versprochen.

Ihre

MELANIE SCHUBERT

235

©MINT & SUGAR Fotografie

Über die Autorin

Melanie Schubert lebt im wunderschönen Fichtelgebirge. Im Hauptberuf ist sie als Bauzeichnerin tätig. Das Schreiben hat erst recht spät Eingang in ihr Leben gefunden. Während eines Literatur- und Pädagogikstudiums in Erlangen begannen Ideen zu eigenen Geschichten in ihrem Kopf zu reifen. Das erste Ergebnis halten Sie mit ‚Aussicht auf Fichten' in Ihren Händen.

Für mehr Informationen zur Autorin besuchen Sie gerne *www.melanieschubert.com*.

Lust weiterzulesen?

Das ruhige Leben des Schreiners Rick im beschaulichen Fichtelgebirge gerät völlig durcheinander, als er unvermittelt auf seine Traumfrau Tamara trifft. Die junge Frankfurterin mit dem Esoterik-Geschäft ist ganz anders als alle Frauen, die Rick bisher getroffen hat.

Ihre Beziehung, im Zoiglrausch erwacht, ist so perfekt, wie eine Fernbeziehung mit all der schmerzlichen Sehnsucht eben sein kann. Bis sich Tamara plötzlich seltsam verhält … Was verbirgt sie vor ihrem neuen Freund?

Ein neuer Oberfranken-Liebesroman, der jedes Herz erobern kann. Auch das der Oberfranken selbst.

Zwischen Zen und Zoigl
Schubert, Melanie
ISBN:9783756884643 | 240 Seiten

Überall, wo es Bücher gibt!
Auch als E-Book erhältlich.